#《中国家庭基本藏书》

荣获

新闻出版总署优秀畅销书奖
全国优秀古籍图书普及读物奖
第十七届山西省优秀图书一等奖
第二届山西出版政府奖
山西出版集团2008年度十种好书

全套藏书累计销售500万册

中国家庭基本藏书（修订版）

诸子百家卷

《诗经》《尚书》《礼记》《楚辞》《论语·大学·中庸》《孟子》《老子》《庄子》《荀子》《韩非子》《孙子兵法·尉缭子·鬼谷子》《墨子》《周易》《山海经》《吕氏春秋》《三十六计》

名家选集卷

《三曹诗集》《陶渊明集》《王勃集》《王维集》《孟浩然集》《高适集》《岑参集》《李白集》《杜甫集》《白居易集》《刘禹锡集》《元稹集》《李商隐集》《李贺集》《杜牧集》《韩愈集》《柳宗元集》《李煜集》《欧阳修集》《王安石集》《苏轼集》《黄庭坚集》《柳永集》《秦观集》《周邦彦集》《李清照集》《辛弃疾集》《陆游集》《范成大集》《杨万里集》《姜夔集》《文天祥集》《元好问集》《唐寅集》《张岱集》《三袁集》《李贽集》《傅山集》《纳兰性德集》《袁枚集》《郑板桥集》《龚自珍集》

史著选集卷

《左传》《国语》《战国策》《史记》《汉书》《后汉书》《三国志》《资治通鉴》

综合选集卷

《唐诗三百首》《宋词三百首》《元曲三百首》《千家诗》《古文观止》《汉魏六朝小赋骈文选》《唐宋八大家文选》《明清小品文选》

笔记杂著卷

《蒙学六种——三字经·百家姓·千字文·增广贤文·幼学琼林·格言联璧》《颜氏家训·朱子家训》《世说新语》《金刚经·坛经·心经·地藏经》《曾国藩家书》《菜根谭·小窗幽记·幽梦影》《浮生六记》《闲情偶寄》《近思录》《徐霞客游记》《古代书信精选》

戏曲小说卷

《元杂剧精选》《西厢记》《牡丹亭》《长生殿》《桃花扇》《今古奇观》《三国演义》《水浒传》《西游记》《红楼梦》《聊斋志异》《儒林外史》《封神演义》《话本小说选》《文言小说选》

中国家庭基本藏书　名家选集卷

龚自珍集

〔清〕龚自珍　著

张强　审订

侯荣荣　解评

山西出版集团
三晋出版社

博学工作室

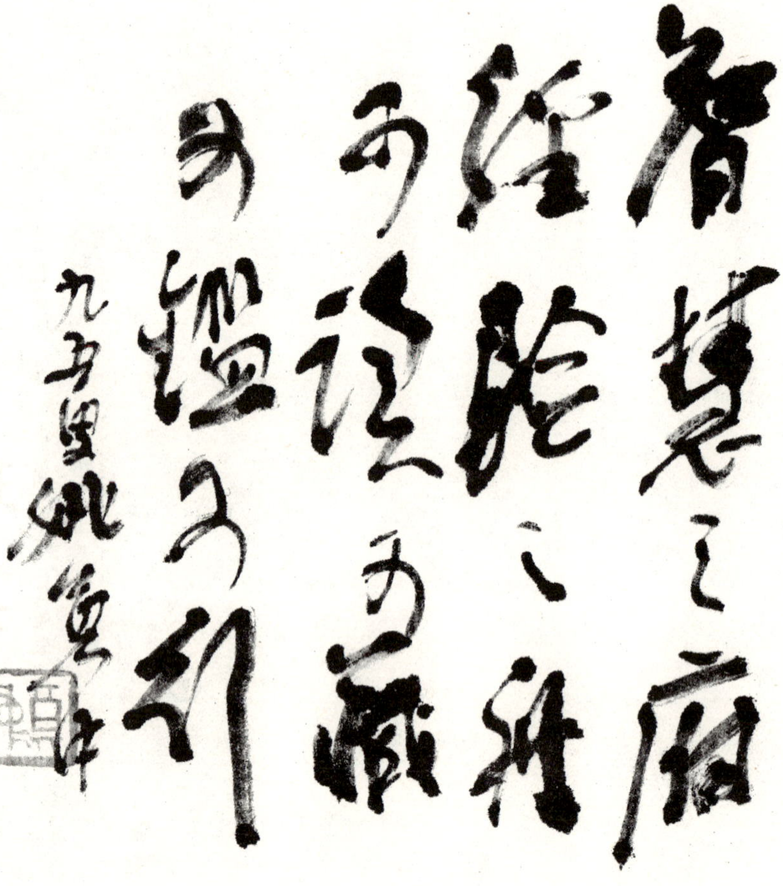

·山西大学教授姚奠中先生为《中国家庭基本藏书》题词

前言

“烟新月旧长相从”（《能令公少年行》），这一册《龚自珍集》终于完成了。作为本选集的作者，虽然知道因格登（RomanIngarden）“作品完成时即作者和作品分手之刻”的理论，但面对读者的检阅，依旧是忐忑不安。

作为晚清最伟大的诗人，龚自珍的文字曾经风靡一时，让一代文士为之折腰。约二百年后，重新阅读龚自珍的诗文，打开书卷，扑面而来的依然是这位逞才任气的诗人在文字中表现出的那种惊人的感染力。可以说，富有力度和激情，又华艳瑰丽的龚氏诗文，有一种席卷人心的力量。

我对龚自珍诗词的迷恋始于本科阶段。2000 年 5 月黄梅雨时节的一次杭州之行，在曲曲折折的江南小巷中手持一份地图，于烟雨蒙蒙中苦苦寻觅马坡巷的龚氏故居小米园。在那个虽一掌可掬却玲珑有致的园内，带着一本浙江古籍出版社出版的刘逸生先生的《龚自珍编年诗注》，我默坐了很久，缅怀着这位天才绝艳的伟大诗人。

七年后，当接到为龚自珍诗词作

一个选注本的任务时，首先浮上心头的，就是绿枝披拂的小米园中那静谧的一个下午。当时的心境，既有能为自己所热爱的诗人作“郑笺”的激动，又深知这份任务的沉重不易。龚诗有魅力而难读，好用古奥字眼，好用典故，尤其好用生僻典故如佛藏中语。而这些典故，又多有虽隐晦却强烈的现实指向。是以注古典尚易，注今典实难。而相对于中国诗史上其他重量级诗人来说，古典文学界对于龚自珍诗词文的注释算得上冷落。在龚自珍诗方面，能够加以参考的前人成就，除了刘逸生先生的《龚自珍编年诗注》是诗集全注外，就只有上世纪八十年代初期郭延礼选注的《龚自珍诗选》和2006年孙钦善选注的《龚自珍诗词选》这两个选注本。而龚自珍词至今尚无一个全注本出现，可资参考的仅有散落于各种清词选本中的几首龚词而已。

因此，完成本书，最大的难度在于需联系当日社会实际，政坛变幻，加以龚氏的个人经历，来揣摩体味龚氏作诗时的真正心态，从而“破译”龚诗中埋藏的语言密码，展现真正的诗旨。这个过程是荆棘丛生之途上的艰难前行，然而偶有所得，对注释者来说自是最大的愉悦。

在这本小书杀青之际，首先要诚挚地感谢张强教授。到淮阴师范学院任教以后，张先生身教言传，在学业上对我关心爱护良多。在担任张先生的学术助手期间，张先生将《龚自珍集》的撰写任务交给了我，可以说是张先生促成了这本小书的诞生。张先生对一个初出茅庐的稚嫩学界后辈的种种关心提携和鼓励，令人深深感动。特别是在写作的过程中，张先生更是从资料搜集，到字句的推敲乃至书写格式的统一都给予了无微不至的关怀。那种严谨的治学风格和薪火相传的精神，让我受益匪浅。同时也要感谢三晋出版社落馥香女士提供的珍贵机会，让我能再次沉溺于奇艳郁勃的龚自珍诗词世界。

为方便读者使用，末附“龚自珍年谱简编”、“龚自珍著作主要版本”、“龚自珍研究主要著作”及“《龚自珍集》名言警句”（正文中用着重号标注）等助读资料四种。

过似秋草芟杂尽，学如春冰积不高。这本小书，期待着读者的批评和指正。

侯荣荣

2008年8月25日

龚自珍生平事迹简论（代序）

张　强

1840年，鸦片战争的隆隆炮声将中国带入了近代。从这时起，一个“天朝大国”开始走向沉沦，然而，一个曾用“四大发明”改变世界进程的民族怎能自甘落伍呢？面对复杂多变的形势，龚自珍率先发出了“我劝天公重抖擞”（龚自珍《己亥杂诗》其一百二十五）的呐喊。这一呐喊集中体现了一代先行者对民族危机的清醒认识。放眼世界，当我们赞赏那些抵御洋枪大炮的英雄时，同时也要记住那些发现危机的思想先行者。客观地讲，启蒙思想家龚自珍就是其中的杰出代表。

龚自珍（1792—1841），乳名阿珍，初名自暹，又名自珍，初字尔玉；后更名易简、巩祚，又字璱人、伯定；自号定盦，又号羽琌山民，浙江仁和（今杭州）人。龚自珍出生于杭州望族，父亲龚丽正为嘉庆元年（1796）进士，曾任京官，后任江南苏松太兵备道，署江苏按察使。龚丽正是龚禔身的次子，龚禔身为清乾隆三十四年（1769）的进士，曾任内阁中书军机处行走。龚禔身与龚敬身为同胞兄弟，因龚敬身无后，龚丽正遂过继给龚敬身。龚敬身是清乾隆三十四年(1769)的进士,早年任吏部稽勋司员外郎,后出知云南楚雄府,在地方上极有政声。此外,龚自珍的叔父龚守正为清嘉庆七年(1802)的进士,官至礼部尚书。不难想象,出生在这样的官宦家庭,龚自珍自幼接受的教育自然是走仕途经济的道路。进而言之,在这样的环境熏陶和影响下,龚自珍在苦读与参加科举的同时,有机会接触到朝野内外不同的人物。如嘉庆十九年(1814),龚丽正任徽州知府时主持重修《徽州府志》,23 岁的龚自珍参与到徽州文献的搜集和整理的过程中,其间,与徽州的官宦及社会贤达名流多有交往。道光二年(1822),31 岁的龚自珍应会试落第后,与著名的文士魏源、包世臣、何绍基等交游,并参加了陈沆设立的五篙会。道光三年(1823),龚自珍赴京参加会试,因叔父龚守正任会试同考官,避嫌未试,于是与谢阶树、陈沆等交游,并与在京的名士举行诗会,一同纪念宋代大诗人欧阳修的生日。交往中,龚自珍与一批饱学之士或切磋学问,或关注现实,或关注时代风云的变化。这些都对龚自珍未来的人生道路产生了十分重要的影响。

也许是老天爷太看重龚自珍了,赐给他一个令人羡慕的读书环境和有很高文化修养的家庭。具体地讲,祖父龚敬身著有《桂隐山房遗稿》,生祖父龚禔身著有《吟臞山房诗》。父亲龚丽正是著名的学者,著有《国语注补》、《三礼图考》、《两汉书质疑》、《楚辞名物考》等著作;母亲段驯是著名小学家段玉裁的女儿,知书达礼,著有《绿华吟榭诗草》等。龚自珍自幼受到了良好的教育。如 8 岁时,龚丽正曾亲自教龚自珍读《登科录》和《昭明文选》。又如,吴伟业的诗歌、方舟的文章是举子们追捧的对象。当许多蒙童还搞不清楚吴伟业、方舟在文坛上的地位时,龚自珍已于"慈母帐外灯前诵之"(《三别好诗序》)。通过阅读,年仅 10 岁的龚自珍已能从事诗歌的写作,并与其母唱和。更重要的是,龚自珍在少年时代还接受了外公段玉裁的严格训练。段玉裁是乾嘉学派的代表人物,精通经史子集,著有《段注说文解字》。不过,如果仅仅把乾嘉学派的学术成就说成是小学,那将是天大的错误。乾嘉学派的最大功绩是以考据、训诂等为手段,在反对程朱理学的过程中,主张恢复汉代经学经世致用的文化传统。段玉裁曾语重心长地对龚自珍说:"勿读无益之书,勿作无用之文……努力为名儒,为名臣,勿愿为名士。"(《经韵楼集·与外孙龚自珍札》)在段玉裁的亲自教导下,龚自珍对经学为经世致用之学有了较为明晰的认识。因为这样的缘故,28 岁的龚自珍拜著名的今文经学家刘逢禄为师,开始了研习《公羊春秋》学的历程。

刘逢禄是一代大儒，在《公羊春秋》学方面极有心得。以师从刘逢禄为转折点，龚自珍的思想发生了重大的转变。他在《杂诗，己卯自春徂夏，在京师作，得十有四首》其六中写道："昨日相逢刘礼部，高言大句快无加。从君烧尽虫鱼学，甘作东京卖饼家。"刘逢禄的教诲使龚自珍如沐春风。在这中间，龚自珍为得到《公羊春秋》学的真谛而欣喜若狂，并如醉如痴地沉浸在这一学问之中。"从君烧尽虫鱼学，甘作东京卖饼家。"在这两句诗中，龚自珍通过反省，对自己的过去进行了否定。也就是说，通过师从刘逢禄，《公羊春秋》学开始成为龚自珍批判现实、主张社会变革的思想武器。之所以出现这样的变化，是因为经学发展到宋代，在理学家程朱（程颢、程颐、朱熹）的倡导下，以"心性"阐释经学，提倡"格物致知"，使经学堕入了理学化的泥潭，进而成为束缚思想的缰绳。质言之，程朱理学对经学的反动，使经学丧失了解决现实问题的能力。乾嘉以后，一批经学家以恢复汉代经学传统为己任，对程朱理学进行了严肃的批判。乾嘉学派批判程朱理学的根本目的是为了反对将经学僵死化的做法，是为了重新确认六经为先王政典、为统治大法的思想。通过师从刘逢禄，龚自珍确立了经学为经世致用之学的思想，并且完全把思想立场移到了《公羊春秋》学方面。这一时期，龚自珍把研习《公羊春秋》学时获取的心得贯穿到社会实践活动之中，并运用《公羊春秋》学的思想精髓来解决现实问题。如针对西方列强不断地侵扰西北边疆，龚自珍写下了《西域置行省议》一文，以此来探讨解除西北边疆免受列强侵扰的途径。又如为了维护六经思想精髓的崇高性，龚自珍写下了《五经大义终始答问》、《春秋决事比答问》等著作，针锋相对地从理论上和现实中批驳抱残守缺的腐儒。追溯龚自珍思想变化的轨迹，应该说，是段玉裁给龚自珍灌输了经学为经世致用的思想，是刘逢禄为龚自珍思想发生重大的转变奠定了基础，是《公羊春秋》学给龚自珍提供了要求变革的思想武库。

从另一个层面看，当龚自珍痴迷于《公羊春秋》学的时候，他对《公羊春秋》刻意宣扬谶纬灾异的做法又是有微辞的。如针对汉代经学家提出的《春秋》"决狱"说，他将其放大为"决事"，至于如何"决事"，他通过引援古事论述现实政治取法于《公羊春秋》学的重要性。他指出："《春秋》当兴王，假立是吏而作。今律，有部议，有部拟，有阁臣票双签、票三签，有恩旨缓决，皆本《春秋》立文者也；先原奏，后旨意，两者具，然后狱具。作者曰：是亦吾所为测《春秋》也。"（《春秋决事比答问第一》，王佩诤校《龚自珍全集》，上海古籍出版社 1999 年版，第 56 页）结合《春秋决事比答问》系列文章的中心观点来考察"测《春秋》"一语的含义，应该说，龚自珍所关心的《公羊春秋》学是经世致用之学，他是坚决反对以谶纬灾异附会《公羊春秋》的。进而言之，经过龚自珍的阐释，《公羊春秋》不但被还原成一部有着丰富思想的历史著作，而且寓于其中的历史观还成了龚自珍批判现实、为现实服务的思想武器。

岁月蹉跎，嘉庆十八年（1813）八月，22 岁的龚自珍经历丧妻之痛苦后参加顺天府乡试，不料落第南归。经过一番准备，嘉庆二十三年（1818），龚自珍参加浙江乡试，一举高中，名列第四。或许是人生必须经受历练，从乡试中举的次年起，龚自珍连续五次会试落榜，甚至在道光元年（1821）夏天以内阁中书应考军机章京也铩羽而归。这一盆盆的冷水泼来，并没有让龚自珍心灰意冷，相反，为了实现鸿鹄之志，龚自珍屡败屡战，终于在 38 岁（道光九年，1829 年）的时候考取了进士。金榜题名后，龚自珍非常渴望进入梦寐以求的翰林院供职。遗憾的是，因"书法不合楷法"，龚自珍与此失之交臂。此时，龚自珍面临两种选择，一是继续留在京城，等待机会；一是放外任，担任知县。经过一番思考，龚自珍做出了呈请留京的决定。没有想到的是，在此后的十年京官生涯中，从内阁中书到任宗人府主事，再到任礼部主事祠祭司行走，主客司主事，龚自珍始终没有得到重用。或许是心灰意冷，龚自珍决定辞官南归。不料，两年后即道光二十一年（1841）竟暴卒于丹阳，从此结束了充满传奇色彩的一生。在京十年既是岁月蹉跎的十年，同时也是龚自珍关心国事的十年。在这十年中，龚自珍放眼世界，对日益临近的民族危机和政治危机充满了忧虑。如道光十二年（1832），龚自珍上书朝廷，作《当世急务八条》。又如道光十八年（1838），龚自珍上书礼部堂官，论四司政体沿革。

鸦片战争的前夕是中国社会出现前所未有的危机的时刻。这一时期，各种社会矛盾由深层浮到表层，直接动摇了清王朝的统治基础。当时，土地高度集中，兼并事件屡屡发生，不但消解了康乾以来的繁荣，而且成为引发农民起义的导火线。与此同时，统治者顽固地执行闭关锁国的政策，在盲目自大中失去了与世界各国及不同民族同步发展的机会。当西方列强在航海技术的支持下来到中国时，举朝上下的傲慢代替了科学和知识。在满族最高统治者的眼里，"天朝"作为世界的中心，只能接受四方的朝贡。"夷人"来到中国，只能向"天朝"行跪拜礼，只能接受"天朝"的恩惠。然而，满清王朝万万没有想到的是，无知与傲慢迭加在一起，只能给民族带来更加深重的灾难。当满族统治者以"天朝"自居时，觊觎中国已久的西方列强终于发现麒麟皮下的马脚，他们不再把威严的"天朝"放在眼里，决定给色厉内荏的"天朝"以致命的打击。为了打破贸易上的逆差，为了从精神上和肉体上摧残中华民族，西方列强采取卑劣的手段，疯狂地进行鸦片贸易。没有想到的是，一些王公大臣为了中饱私囊反而与西方的鸦片走私贩子勾结在一起，干起毒害中华民族的勾当。在这一紧要的关口，即当满族最高统治者还在醉生梦死的时候，龚自珍已敏锐地发现了西方列强以鸦片贸易进行经济掠夺以及白银大量外流的严峻现实。面对日益加重的危机，龚自珍从经学入手，提出了挽救社会危机的方案。为此，他于道光十三年(1833)作《古史钩沉论》、《六经正名》、《六经正名答问》等，又作《左氏春秋服杜补义》一卷、《左氏决疣》一卷等。道光十四年(1834)作《干禄新书》。道光十八年又编成《春秋决事比答问》六卷，文集百卷。这些著作在反映龚自珍的改革思想的同时，也展示了龚自珍位卑未敢忘忧国的赤子之心。如道光十八年十一月，林则徐被任命为钦差大臣前往广东查禁鸦片，此时，一向不愿放外任的龚自珍曾表示愿意随同林则徐前往广东，遗憾的是，因林则徐派人劝阻，龚自珍未能成行。尽管如此，这件事却在一定程度上表明龚自珍对鸦片贸易带来的民族危机是有清醒的认识的。

1840 年，第一次鸦片战争爆发，当满族统治者及大多数的士人还没有认识到这场战争的恶果时，甚至还在醉生梦死中大唱歌舞升平的赞歌时，龚自珍已深刻地认识到这场战争给中国社会带来的灾难。因无法遏制内心的痛苦，他心情沉重地写下了“秋气不惊堂内燕，夕阳还恋路旁鸦”(《逆旅题壁，次周伯恬原韵》)、“凭君且莫登高望，忽忽中原暮霭生”(《杂诗，己卯自春徂夏，在京师作，得十有四首》其十二)等诗句。许多年后，梁启超感慨万千地写道：“举国方沉酣太平，而彼辈(指龚自珍、魏源等)若不胜其忧危，恒相与指天画地，规天下大计。”(《清代学术概论》，上海世纪出版集团 2005 年版，第 64 页）从这些事例中都可以看到龚自珍对国家前途和命运的关心，都可以看到他站在时代前列的形象。

龚自珍是近代中国主张改革的先行者，其改革方案是在西方列强节节进逼、满清王朝日趋腐败的现实中提出来的。当然，这一改革方案带有先天上的不足。具体地讲，一是龚自珍接受的教育是中国传统知识分子所接受的教育。这一教育体系的基础是“修齐治平”，其核心价值取向是入仕进取。这样一来，龚自珍倡导的改革只能具有“补天”的性质，只能是改良，不可能从根本上发现社会矛盾的痼疾，进而针对这一痼疾提出变革方案。二是长期以来中国一直走在世界的前列，以至于自然经济体系成为因袭的重负，在一定程度上阻碍了人们用科学的知识看待山川万物。再加上近代航海技术发明以前，因缺少世界地理概念，以至于长期生活在中国这一区域的社会成员一直把中国视为世界地理的中心，一直以先进文化的代表自居，这样一来，盲目的自大导致了中国无法与世界上的其他民族平等地交流。三是长期以来形成的自然经济体系严重地阻碍了科学技术的发展，成为科学技术向生产力转化的阻力，与此同时，科举制度轻视科学技术的导向也成为阻碍重视科学的因素，这些都在一定程度上为近代中国无法面对西方列强的坚船利炮埋下了伏线。由于这些原因的存在，龚自珍的改革思想只能以传统文化为本位，以经学为本位，或者是向传统文化回归。所以连龚自珍自己也说："岂敢自矜医国手？药方只贩古时丹。"（《己亥杂诗》其四十四）尽管如此，面对深重的民族危机，毕竟是龚自珍率先提出了改革。在这一过程中，试图以改革来挽救民族危机的思想，则使得龚自珍成为同时代人中的佼佼者。

遗憾的是，龚自珍只是从经学中寻求医治中国的药方，没能在研究西方的基础上提出社会变革的方案。当时，龚自珍完全有了解西方社会的条件。如在西方列强的进逼下，魏源提出了"师夷之长技以制夷"（魏源《海国图志》，岳麓书社 1998 年版，第 2 页）的主张。魏源是龚自珍的密友，两人在思想上和学术上多有交流和切磋。然而，尽管龚自珍十分关注西方社会的现状和历史，但其变革思想的提出却与西方无关。具体地讲，龚自珍鼓吹的社会变革思想是以"穷则变，变则通，通则达"（《易传·系辞下》）为逻辑起点的。之所以会出现这种情况，一是表明在经学氛围中成长起来的龚自珍不可能抛弃长期以来形成的知识结构；二是表明龚自珍是《公羊春秋》学即经世致用之学的自觉维护者；三是不以西学为变革的理论而是从经学中寻找依据，表明龚自珍是在比较中西文化优长的基础上，经过思考独自得出的结论。当然，我们可以说龚自珍的思想保守，是一个固守文化传统的改良主义者，但绝不能说龚自珍没有面对西方列强先进科学技术的勇气和眼光。

在欧洲文学史和思想史上，但丁占有重要的一席。一代伟人恩格斯曾用"中世纪的最后一位诗人，同时也是新时代的最初一位诗人"（《共产党宣言·序言》1893 年意大利文版）一语来赞扬但丁。其实，把这句话移到龚自珍的身上也同样准确。放眼中国文坛，龚自珍既是中国古代文学的最后一位诗人，同时也是中国近代文学和启蒙主义文学的第一位诗人。1840 年的鸦片战争给中国古代文学画上了句号，如果我们找一位最接近这一时间断限的诗人，似乎只有龚自珍了。在这一终结期，尽管文坛上有一批诗人，可是有谁能像龚自珍那样自铸伟词饱蘸着思想情感以天下为己任呢？又有谁在诗文创作中始终如一地关注时代风云的变幻呢？

国家不幸诗人幸，时代把龚自珍放到了历史的转折关口，让他承担起承前启后的重任。当他的生命延续到鸦片战争的次年时，深重的民族危机又将他的视野引向了“振兴中华”的方面。

龚自珍的诗文涉及许多方面。早年，富有才学和阅历不深的龚自珍自视甚高，颇有狂放孤傲之风。是时，虽有佳作，但大都锋芒毕露，实为抒写书生意气之作。这一时期，著名的诗篇有《行路易》、《呜呜硁硁》等。稍后，京城十年冷署闲曹、久沉下僚的生活，使龚自珍与官场产生巨大的矛盾。在这中间，对官场深刻的洞察与内心世界的苦闷交织在一起，使龚自珍的诗文创作在批判现实中激荡着一股怨愤之气。从其创作的情况可以看出，理想和现实之间的矛盾与冲突成为龚自珍这一时期诗文创作的原动力。受这种原动力的支配，其诗文创作始以抒写不平之气为主旋律。具体地讲，《十月廿夜大风，不寐，起而书怀》、《西郊落花歌》、《送南归者》等，堪称这一方面的佳作。《送南归者》云：“布衣三十上书回，挥手东华事可哀。且买青山且鼾卧，料无富贵逼人来。”诗人在抒写送友人南归之情时，又暗写了自己的失落情怀和愤懑之情。在抒写情怀时，龚自珍有意识地渲染了失落和心地苍凉的艺术氛围，成功地塑造了“城南有客夜兀兀，不风尚且凄心神”（《十月廿夜大风，不寐，起而书怀》）的自我形象。读其作品，可谓是令人心神摇曳。

道光十九年（1839），厌倦官场的龚自珍辞官南下，行程中写下了震古铄今的组诗《己亥杂诗》。《己亥杂诗》由315首七言绝句构成，组诗处处留下龚自珍个人的生活印记和身世飘零的身影，完全可以视为龚自珍个人的人生总结。组诗从辞官南归的当天四月二十三日写起，一直写到十二月二十六日抵达昆山，即龚自珍将眷属安顿到昆山别墅羽琌山馆为止。从表面上看，《己亥杂诗》是一组纪行诗，它从离京之日写起，一路信笔写来，似为遵循传统之作。然而，仅有这样的认识将大错特错。这一组诗的价值在于，它真实地记录了诗人走过的人生道路，完整地描述了诗人关心国事的思想历程。在这一组诗中，龚自珍通过纪行将平生所遇所思所学任意点染，或写人生际遇，或写得意时的快感，或写失意时的困顿，或写艳情，或写情思，或写寄托，或写考订金石，或写甄别学术源流等。除此之外，在组诗中龚自珍还有意识地打破绝句固有的书写格式，从艺术上进行了积极的探索和可贵的尝试。如他有意识地以古字奥典入诗，以佛经话语为诗，甚至还故意地重复用韵。通过这一探索，《己亥杂诗》不但成为无所不包、前无古人的绝唱，而且还成了体制宏大的中国古代诗歌的压卷之作和龚自珍自己的扛鼎之作。

前人在论述龚自珍文学成就时有许多精辟的观点。如鲍正鹄先生指出："龚自珍文学作品的独创性也表现在形式与技巧上。他的作品冲破和摆脱了当时流行的艺术戒律。……在他的散文（包括政论）写作上，有着曲而中，肆而隐的表达方法和辞文旨远的特色，由于清朝封建专制积威的影响，他无从把许多不欲明言、不忍卒言的内容明白晓畅地说出来，于是在他的作品中出现了精巧的'暗示'手法……龚自珍的诗歌能使人'闻是声也，忽然而起，非乐非怨，上九天，下九渊，将使巫求之，而卒不自喻其所以然'（《长短言自序》）。其奥秘是它的巨大的抒情力量（所谓抒情，无非是指一个激动了的心灵的呼唤。但跳踉叫啸决不能达到抒情的要求）。龚自珍的诗歌善于塑造完整而鲜明的形象吸引读者分享他的感受。他善于用比兴的手法来表达他的窈窕要眇之思。他又善于用不同的体裁、句法、韵律来表达不同的内容与感情，说服读者，感染读者。"（王佩诤校《龚自珍全集·前言》，上海古籍出版社 1999 年版，第 17—18 页）其实，龚自珍的文学成就远不止这些，为此，有必要再作一些补充。

其一，龚自珍的文学创作有两个基本倾向。一是直抒胸臆，一是曲折己意。所谓直抒胸臆，是指龚自珍在文学创作时常常以不吐不快的形式，将激情倾诉于笔端，造成一种磅礴的气势，以震耳欲聋之势感染读者。如脍炙人口的"九州生气恃风雷，万马齐喑究可哀。我劝天公重抖擞，不拘一格降人才"（《己亥杂诗》其一百二十五），就是典型的直抒胸臆之作。曲折己意是指龚自珍因为迫于外部的压力，只能采用含蓄的手法来传达复杂的情感，只能借助于诗歌来排遣愤懑的心情。他写道："一天幽怨欲谁谙？词客如云气正酣。我有箫心吹不得，落花风里别江南。"（《吴山人文征、沈书记锡东饯之虎丘》）在这里，"箫心"成为了龚自珍传达复杂情感的载体。

其二，龚自珍善于捕捉不同的意象或物象来表达高远的政治抱负和理想。在这一过程中，经过诗人的反复皴染，一些看似平常的物象往往生发出象征性的意义。如在诗歌创作中，龚自珍特意强调了入仕进取精神的"剑气"和不甘寂寞及冷遇的"箫心"这两个意象。如他在《纪梦》其五中写道："按剑因谁怒？寻箫思不堪。"在《漫感》中写道："绝域从军计惘然，东南幽恨满词笺。一箫一剑平生意，负尽狂名十五年。"在《秋心三首》其一中写道："气寒西北何人剑？声满东南几处箫。"在《己亥杂诗》其九十六中写道："少年击剑更吹箫，剑气箫心一例消。谁分苍凉归棹后，万千哀乐集今朝。"很显然，"剑气"抒写了诗人的理想和豪情；"箫心"抒写了诗人的幽愤和怨怼。通过诗人的刻意渲染，"剑气"与"箫心"具有了象征性。在这一过程中，通过龚自珍的对举，“剑气”与“箫心”又具有互文的品质。剑与箫是中国古代常见的器物，一向是士人表达人生志向和宣泄情感的凭借物。在“修齐治平”的指引下，剑与箫作为士人手中的器物，往往与文能治国、武能安邦的雄心壮志联系在一起。然而，当满清王朝已经到达病入膏肓的境地时，对于个体来说，即便是有惊世骇俗的才干、手中有最为精良的武器，又有什么用呢？又怎能有回天之力呢？所以，龚自珍只能用“剑气”和“箫心”来抒写不平之气和怨愤之情了。从另一个层面看，当“剑气”与“箫心”等意象反复出现时，它所传达的艺术情境无疑为创造龚诗“声情沉烈，恻悱遒上”（《己亥杂诗》末程金凤女士跋）的艺术风格添上了精彩的一笔。

其三，龚自珍的诗词文有追求奇崛的特点，其摄物取象往往给人以新奇之感。《病梅馆记》堪称这方面的代表。在这一传颂千古的散文名篇中，龚自珍先叙述“梅以曲为美，直则无姿；以倚为美，正则无景；梅以疏为美，密则无态”的审美标准，随即宕开一笔，将符合这一审美标准的梅花盆景称之为“病梅”。为了追究“病梅”产生的根源，龚自珍刨根问底地将“病梅”的产生与“文人画士”的喜爱联系在一起，由此层层剥笋，揭露出是文人画士的“孤癖之隐”才倡导了以“病梅”为美的世风。在这一过程中，经过作家的反复强调，“文人画士”与“病梅”之间的联系遂具有了普遍性的象征意义，进而承担起龚自珍控诉病态社会对人性的束缚与迫害的真实意图。此外，在诗歌创作中，龚自珍还善于用豪壮语写伤感绮靡的情思。如辞官南归时，龚自珍写下了“浩荡离愁白日斜，吟鞭东指即天涯。落红不是无情物，化作春泥更护花”（《己亥杂诗》其五）。一般来说，诗人抒写离愁时大都将其写得缠绵悱恻，但龚自珍别出心裁，以“浩荡”二字领起，从而使诗歌具有了奇崛的特点。又如他的词作在抒写细腻缠绵的情爱时，亦有奇崛的风格和别样的寄托。其词或直入求之不得的失落情怀，或表现忧生叹世的情绪。如他在《端正好》一词中写道：

> 数年华闲中黯黯，记不起谁恩谁怨。金炉香袅昼沉沉，并叠作，闲愁片。　　月明花满天如愿，也终有酒阑灯散。不如被冷更香销，独自去，思千遍。

从“闲中”二字中可知这是一首别有寄托的词，是在倾吐诗人失意的情怀。当我们把“闲愁”片片与“思千遍”联系在一起时，从中自可见诗人因失意于政治带来的不平静，亦可见诗人比喻之奇。

其四，龚自珍的诗歌给刻意模仿晚唐、推崇宋诗的晚清诗坛吹进了一股清风。当众人以模仿晚唐、推崇宋诗为荣时，龚自珍能全面地吸收中国古代文学的营养，在此基础上形成独特的艺术风格。如龚自珍有“读罢一时才子句，骚香汉艳各精神”（《题红蕙花诗册尾》）、“《天问》有灵难置对，《阴符》无效勿虚陈”（《秋心三首》其二）、“贾谊长沙谪未还，江东文酒绪阑删。论文膹有何无忌，指点吾徒梦里山”（《程秋樵江楼听雨卷，周保绪画》）、“陶潜诗喜说荆轲，想见《停云》发浩歌”（《己亥杂诗》其一百二十九）等诗句，从这些脍炙人口的诗句中可以看到，龚自珍艺术风格的形成与他广泛地吸收中国古代文学的营养有密切的关系。在这中间，庄骚对龚自珍的影响尤其巨大。“庄骚两灵鬼，盘踞肝肠深”（《自春徂秋，偶有所触，拉杂书之，漫不诠次，得十五首》其三），龚自珍把庄子奇特的想象和屈原奇幻飘逸的风格铸入诗歌创作中，把庄子、屈原的浪漫的艺术风格融入到创作中，既为其反叛清诗传统的格调打下了坚实的基础，同时也为充满激情的浪漫诗风注入了灵魂。

梁启超在《清代学术概论》中指出：“晚清思想之解放，自珍确有功焉。光绪间所谓新学家者，大率人人皆经过崇拜龚氏之一时期。”（上海世纪出版集团 2005 年版，第 63 页）龚自珍之所以成为近代中国尊崇的对象，是因为他开创的一代文学，将完美的艺术追求与深厚的思想紧密地结合在一起，进而对旧世界发动了凌厉的攻势，在批判现实的基础上提出了启蒙主义的思想要求。因为这样的缘故，他的思想他的文学成为晚清人士尊崇的对象，乃至于鼓吹“诗界革命”的黄遵宪、主张维新变革的康有为、梁启超等都从不同的方面接受了龚自珍的遗产。从这一意义上讲，龚自珍开创的一代诗风，以其思想的深邃性和前瞻性直接干预了近代中国的思想界和文坛。

龚自珍文集及诗词集的版本十分丰富。其中，重要的版本有，道光三年(1823)龚自珍自刻《定盦文集》三卷、《馀集》一卷、附《少作》一卷。道光二十年(1840)龚自珍自刻《己亥杂诗》一卷。龚自珍去世后第二年，友人魏源辑《定盦文录》十二卷，又编考证、杂著、诗词十二卷，无刻本。同治七年（1868），吴煦刻《定盦文集》三卷，《定盦续集》四卷，《定盦文集补》九卷。清光绪十二年（1886），朱之榛刻《定盦文集补编》四卷。其后，《四部丛刊初编》影印本据吴氏、朱氏刻本编订。在此基础上，又有民国二十四年上海商务印书馆《万有文库》本，民国二十五年上海印书馆《国学基本丛书》本。（按，《国学基本丛书》本另辑有《定盦文集轶文》一卷）目前，最为完备的版本当推中华书局 1959 年出版的《龚自珍全集》，该版本由王佩净校，1999年在旧版的基础上挖补形成新的《龚自珍全集》本。该本共十一辑，第一至第八辑为文，第九、十两辑为诗，第十一辑为词，后附一定数量的龚自珍研究资料。

近年来，研究龚自珍的主要著作分别有：管林等《龚自珍研究》，人民文学出版社1984年版；郭延礼《龚自珍年谱》，齐鲁书社1987年版；孙文光等《龚自珍研究论文集》，上海书店出版社1992年版；陈铭《龚自珍评传》，南京大学出版社1998年版；樊克政《龚自珍年谱考略》，商务印书馆2004年版。主要的选注本有：刘逸生《龚自珍己亥杂诗注》，中华书局1980年出版；郭延礼《龚自珍诗选》，齐鲁书社1981年版；刘逸生等《龚自珍编年诗注》，浙江古籍出版社1995年版；孙钦善《龚自珍诗词选》，中华书局2006年版等。可以预计，随着清代文学研究的升温，必将会有更多更优秀的龚自珍研究著作问世。

张强，1956年生，江苏沭阳人。淮阴师范学院教授，文学博士，文艺学博士后，中国社科院研究生院兼职教授，《中国文学年鉴》编委，中国《史记》研究会副会长。主要著作有《司马迁学术思想探源》、《桑文化原论》等十馀种，发表论文150馀篇。

目录

◎词

◎附录

◎诗

吴山人文征、沈书记锡东饯之虎丘

题解

作于嘉庆二十四年(1819)的初春时节。当时龚自珍的父亲龚丽正任江苏苏松太兵备道，龚自珍在上海父亲的官署中随侍。这年春天，龚自珍自上海前往北京，参加本年的恩科会试。路过苏州时，作了这首诗。吴文征：字南芗，安徽歙县人，画家，能诗，寄居苏州。沈锡东：曾为龚自珍父亲龚丽正的幕客，故而此处称为“书记”。饯(jiàn)：设酒宴送行。虎丘：在苏州阊门外，是著名风景名胜。

一天幽怨欲谁谙？词客如云气正酣。
我有箫心吹不得，落花风里别江南。

新解

一天幽怨欲谁谙？词客如云气正酣——词人文士云集，豪情万端。我满腔的幽怨，有谁能够理解？谙(ān)：熟悉。

我有箫心吹不得，落花风里别江南——我的情怀无从借助箫声表达，在这落花风吹的季节，我告别江南。箫心：龚自珍笔下经常出现的意象，具体词意每每不同，此诗指幽怨的情感。“落花”与“江南”为古典诗词中经常搭配使用的意象，如唐·杜甫《江南逢李龟年》：“正是江南好风景，落花时节又逢君。”落花风：《定盦集外未刻诗》作“落梅风”。

新评

前三句纯是议论“幽怨”二字，点出全篇的思想感情，末句才是抒情。诗句并不具体渲染江南春色，仅以“落花风”三字，轻轻点出时节、风物，而已经神韵十足。作者的怅惋之情，袅袅不绝。

行路易

题解

作于嘉庆二十四年(1819)，时在北京。作者本年前来北京，平生第一次参加会试，却不幸落第，又见识到都城许多黑暗现象，心中烦闷愤慨。古乐府本有《行路难》

旧题，常用以写世路艰难之意，作者这里偏将题目改为“行路易”，是愤激的反语，写的依旧是对自己遭遇的不平和对社会丑恶的批判。

东山猛虎不吃人，西山猛虎吃人。
南山猛虎吃人，北山猛虎不食人。
漫漫趋避何所已？
玉帝不遣牖下死，一双瞳神射秋水。
袖中芳草岂不香？手中玉麈岂不长？
中妇岂不姝？座客岂不都？
江大水深多江鱼，江边何哓呶？
人不足，盱有馀，夏父以来目矍矍。
我欲食江鱼，江水涩咙喉，鱼骨亦不可以餐。
冤屈复冤屈，果然龙蛇蟠我喉舌间，使我说天九难，说地九难！
踉跄入中门，中门一步一荆棘。大药不疗膏肓顽，鼻涕一尺何其孱！
臣请逝矣逝勿还。
嘈嘈舟师，三五詈汝：
汝以白昼放歌为可惜，而乃脂汝辖；
汝以黄金散尽为复来，而乃鞭其脢。
红玫瑰，青镜台，美人别汝光徘徊。
腷腷膊膊，鸡鸣狗鸣；淅淅索索，风声雨声；浩浩荡荡，仙都玉京。
蟠桃之花万丈明，淮南之犬彳亍行。臣岂不如武皇阶下东方生？
乱曰：
三寸舌，一枝笔；万言书，万人敌，九天九渊少颜色。
朝衣东市甘如饴，玉体需为美人惜。

新解

东山猛虎不吃人，西山猛虎吃人。南山猛虎吃人，北山猛虎不食人。漫漫趋避何所已——南北东西，世间多食人猛虎。要逃避到什么时候？“东山”四句：句式本于唐代杜甫《杜鹃》：“西川有杜鹃，东川无杜鹃。涪万无杜鹃，云安有杜鹃。”《杜臆》说这几句是：“所谓就所历而纪所闻，‘有’‘无’二字勿泥。”对龚自珍这几句诗的理解同样不应泥于“不吃人”“吃人”，而应看到诗人是故意以这样的特殊句式，来比喻整个社会环境的处处险恶。何所已：什么时候才能停止。

玉帝不遣牖下死，一双瞳神射秋水——我具有敏锐的见识，但上天不赋予我在朝廷中发挥才能的命运。“玉帝”二句：用的是倒装句式。“一双”句，语本唐代李贺《唐儿诗》：“骨重神寒天庙器，一双瞳人剪秋水。”形容人的目光清澈锐利，如同剪取一泓明净的秋水。但“玉帝”句系反用李贺诗意，意谓作者虽然才华出众，但却得不到主政者的赏识。玉帝：上帝。牖下死：指死后被祭奠于宗庙的窗下，是士大夫才能有的待遇，此处指入仕。牖(yǒu)：窗户。《诗经·召南·采蘋》：“于以奠之，宗室牖下。”

袖中芳草岂不香？手中玉麈岂不长？中妇岂不姝？座客岂不都——我品德高尚，风姿出众，妻子美丽，宾客优雅。这里连用四个反问句式，形容自己在各个方面的非凡不群。“袖中”句，上古以来有以香草为佩饰的传统，后常用怀中香草来形容人的品德高尚。玉麈：玉柄麈尾。魏晋时士人清谈，多手持麈尾。南朝宋刘义庆《世说新语·容止》：“王夷甫(衍)容貌整丽，妙于谈玄，恒捉玉柄麈尾，与手都无分别。”后来麈尾一典多用来形容人的潇洒风度。中妇：本指二儿媳，此处指妻子。汉乐府中常大妇、中妇、小妇并称，如《相逢行》：“大妇织罗绮，中妇织流黄。小妇无所为，挟瑟上高堂。”姝：美丽。都(dū)：外貌美好。

江大水深多江鱼，江边何哓呶——江面阔大，江水深广，其中江鱼很多。江边为什么有人嘈杂吵闹？哓呶(xiāonáo)：嘈杂吵闹。

人不足，盱有馀，夏父以来目瞿瞿——夏父吃不饱，盱却有的剩，夏父瞪着眼喊：“拿来！”这里用的是春秋时夏父和盱争食的典故。《左传·昭公三十一年》：邾娄国君名颜，被周天子杀死，立了颜的弟弟叔术为国君。颜的夫人原来有儿子叫夏父，后来颜的夫人又改嫁叔术，生了儿子叫盱，叔术对待夏父和盱有差别，吃饭的时候，“有珍怪之食，盱必先取足焉。夏父曰：‘以来！人不足，而盱有馀！’”以来：拿来。人：夏父自称。瞿瞿：瞪视的样子。这几句和上几句，是以江鱼来比喻社会上的官职，人们为了争夺利益，即使是兄弟之间也毫不客气。

我欲食江鱼，江水涩咙喉，鱼骨亦不可以餐——我也想吃江鱼，无奈江水苦涩，难以下咽，鱼骨也不可以吃。食江鱼：获得功名利禄。唐代方干《滁上怀周贺》：“侯门昔弹铗，曾共食江鱼。”战国时冯谖客孟尝君，初不得礼遇，于是弹铗而歌：“长铗归来兮，食无鱼。”这里用的就是这个典故。诗中借欲食江鱼而不得，来比喻自己也想在社会上做点事业，但因会试落第而失败。

冤屈复冤屈，果然龙蛇蟠我喉舌间，使我说天九难，说地九难——我无比冤屈，喉舌间仿佛有龙蛇盘踞，使我不能开口，谈论天地之道。

踉跄入中门，中门一步一荆棘。大药不疗膏肓顽，鼻涕一尺何其孱！臣请逝矣逝勿还——我踉踉跄跄回到家中，庭院里也生满荆棘，让我寸步难行。清王朝已经病入膏肓，拖着鼻涕，孱弱无比，即使是灵丹妙药也难以治愈，我还是走吧，再也不回来了。大药：道家语，指仙丹。唐代白居易《浩歌行》：“既无长绳系白日，又无大药驻朱颜。"膏肓(huāng):用"病入膏肓"典。《左传·成公十年》:"疾不可为也,在肓之上,膏之下,攻指不可,达之不及,药不至焉,不可为也。"指病已危重到无法救治的地步。鼻涕一尺:形容狼狈不堪的样子。南北朝·王褒《僮约》:"(僮仆便了)两手自缚泪下落,鼻涕长一尺。"臣:龚自珍自称。逝:此处指离开名利之场,重过隐逸生涯。孙钦善《龚自珍诗词选》认为"大药"后二句是龚自珍自称,意为作者的怪僻形象不为时人理解,亦可备一说。

嘈嘈舟师,三五詈汝——船夫嚷嚷着,三五成群来责骂我。舟师:船夫。詈(lì):责骂。这里是效仿屈原《离骚》中"女媭之婵媛兮,申申其詈予"和《楚辞·渔父》中渔父批评屈原的笔法。

汝以白昼放歌为可惜,而乃脂汝辖;汝以黄金散尽为复来,而乃鞭其脢。红玫瑰,青镜台,美人别汝光徘徊——你觉得杜甫那样"白日放歌须纵酒"太可惜,于是忙着润滑车轴,奔走四方以求名利。你以为自己会像李白那样"千金散尽还复来",于是快马加鞭。结果美人也离开了你,只给你留下分别的礼物。白昼放歌:唐代杜甫《闻官军收河南河北》:"白日放歌须纵酒,青春作伴好还乡。"脂:名词用作动词,以油脂润滑。辖:车轮轴上穿着的小铁棍,固定车轮用。用油脂来润滑车辖,指做好远行的准备。"黄金"句:唐代李白《将进酒》:"天生我才必有用,千金散尽还复来。"脢(méi):背脊肉,这里指马背。鞭其脢:鞭打马背以驱马。红玫瑰:红色的玫瑰玉石。青镜台:装饰着青色铜镜的镜台。光徘徊:指美人临别,神采动人。这几句化用东汉张衡《四愁诗》"美人赠我金错刀,何以报之英琼瑶"的诗意。

腷腷膊膊,鸡鸣狗鸣;淅淅索索,风声雨声;浩浩荡荡,仙都玉京——鸡鸣狗吠一片,我随着风雨之声,来到了天上的仙城。腷(bì)腷膊膊:象声词,鸡鸣叫时拍翅的声音。古乐府《两头纤纤》:"腷腷膊膊鸡初鸣,磊磊落落向曙星。"仙都玉京:道家语,本指神仙住的仙城。这里指国都北京。

蟠桃之花万丈明,淮南之犬彳亍行。臣岂不如武皇阶下东方生——仙城里有万丈高的蟠桃仙树,桃花光彩夺目。跟着淮南王升天的狗在仙城里走走停停。我难道比不上汉武帝朝中的东方朔?"蟠桃"句:传说天上有仙桃,名为蟠桃。《汉武故事》:西王母下降于汉武帝的宫廷中,拿出蟠桃来和武帝同吃,说这蟠桃三千年才结一次果。又说武帝的臣子东方朔,曾到天上偷过蟠桃。"淮南"句:和上文的"鸡鸣狗鸣"一样,用淮南王鸡犬升天的典故:汉淮南王刘安,武帝时谋反被诛。刘安生前好道,故而民间传言,刘安服了仙药,白日升天,剩下的药放在院子里,家里的鸡犬吃了之后,也都跟着升天。于是人们有时会在天上云中听到鸡犬之声。彳亍(chìchù):慢步走的样子。武皇:汉武帝。东方生:东方朔,字曼倩,汉武帝时人。以诙谐滑稽著称,被武帝视为弄臣,故而留下很多传说。东方朔有雄才大略,对朝政提出许多见解和建议,《汉书·东方朔传》:"朔虽诙笑,然时观察颜色,直言切谏,上常用之。自公卿在位，朔皆敖弄，无所为屈。”汉武帝的姑姑馆陶公主和董偃私通，汉武帝要在宫中宴请董偃，于是东方朔“陛戟殿下，辟戟而前”，称董偃有可斩罪三，不得入宫，最终武帝采用了东方朔的谏议。东方朔有高才而又性格不羁，不为公卿所屈，龚自珍常以其自比，《定盦年谱外纪》：“少时读《东方朔传》，恍惚若有遇，自谓曼倩后身。”《己亥杂诗》其二百六十二：“臣朔家原有细君。”

乱曰：三寸舌，一枝笔；万言书，万人敌，九天九渊少颜色——结语：我凭着三寸之舌，一枝健笔，写下的万言长文，足以抗敌万人，此文一出，天地都为之变色。乱：乐曲的尾声称为“乱”，赋的结尾常缀以“乱曰”，总结全文。这里借用了这种文体格式。三寸舌：辩者的利舌。《史记・留侯世家》：“今以三寸舌为帝者师。”万人敌：可敌万人。《史记・项羽本纪》载，项梁要教项羽学剑，但项羽认为：“剑，一人敌，不足学，学万人敌。于是项梁乃教籍兵法。”九天九渊：传言天有九层，深渊也有九重。这里指整个世界。

朝衣东市甘如饴，玉体需为美人惜——我为了坚持自己的理想，即使像晁错那样被朝衣斩于东市也心甘，在此之前，需要为了自己的理想，好好爱护自己。“朝衣”句：用《汉书・晁错传》的典故：汉景帝时，晁错上书，指出各地藩国权势过重，威胁中央集权，朝廷应该变法，削弱诸侯王的权力。景帝虽然采用其策，但是当吴楚等国起兵叛乱时，迫于压力，将晁错朝衣斩于长安东市。甘如饴：指心甘情愿地做某事。东汉王充《论衡・本性》：“甘如饴蜜。”美人：此处指自己的理想。

新评

这首诗是龚自珍长诗的代表作之一，诗人借鉴古乐府和《楚辞》的艺术手法，通篇使用象征、比喻等多种修辞手段，展开丰富的想象。在诗中描绘出一个无比黑暗，令人战栗的世界。在这样的世界里，世人纷纷争权夺利，诗人空有优秀的才华，积极进取的报国之心，却举步维艰，不能一展宏图。面对世人的不解和责难，诗人感到孤独者的痛苦，但诗末“卒章而显其志”，诗人表示，将以自己的笔墨为战斗武器，抨击时政，宣传变革，即使为之付出生命，也在所不惜，即屈原“虽九死其犹未悔”（《离骚》）之意。全诗想象奇特，风格瑰丽，语言尚古好奇，句式错落而长短不一，充分展现了龚自珍诗歌“任才使气”的特色。

梦得“东海潮来月怒明”之句，醒，足成一诗

题解

本诗作于嘉庆二十四年（1819），题旨含蓄隐晦，似是借补足梦中断句，来纪念一段和一位满清贵族女子的恋爱故事。

昙誓天人度有情，上元旌节过双成。
西池酒罢龙娇语，东海潮来月怒明。
梵史竣编增楮寿，花神宣敕赦词精。
不知半夜归环佩，问是空峒第几声？

新解

昙誓天人度有情，上元旌节过双成——昙誓天里居住的仙人如此多情，上元夫人的仪仗经过，仪仗队伍里有董双成。“昙誓”句：指他爱恋的女子身份高贵。昙誓：道家所称的上天三十三天中的第二十四天。这里指“天人”所居的地方。天人：神仙。双成：董双成。本为道教传说中西王母的侍女。这里借喻诗人所爱恋的那位贵族女子的侍婢。唐·白居易《长恨歌》：“转教小玉报双成。”

西池酒罢龙娇语，东海潮来月怒明——瑶池酒宴方罢，龙女娇声细语。东海潮生，月色大放光明。“西池”句：写自己所爱恋的女子参加宫中后妃的酒宴。龙指龙女，古代小说中常有龙女形象出现，如唐·李朝威《柳毅传》，唐·柳宗元《谪龙说》等。这里是以此象征所爱恋对象的贵族身份。西池：瑶池，西王母所居。“东海”句：指自己将借着会试的机会大展才华。龚自珍是杭州人，杭州地近东海，故言。又龚自珍刚于去年中浙江省第四名举人，本年是第一次参加会试，故而踌躇满志。

梵史竣编增楮寿，花神宣敕赦词精——编写佛学著作毕，因为这样的纸墨功业，增加寿命。花神宣读赦文，宽恕词精。梵(fàn)史：佛学著作。楮(chǔ)：树名。叶似桑，皮可以造纸。后成为纸张的代称。“花神”句：指得到对方的书信，宽恕自己对其相思之情。花神：司花之神。明·汤显祖《牡丹亭》中最著名的《惊梦》一折，即有花神上场，串联男女主角相恋。这里似用此典。宣敕(chì)：发布诏书。词精：精于文词之人。这里是龚自珍自称。

不知半夜归环佩，问是空峒第几声——她半夜归去，环佩叮当，仿佛天上的琴声。唐·杜甫《咏怀古迹》：“环佩空归月夜魂。”作者自注：“空峒，天上琴名。”

新评

刘逸生的《龚自珍编年诗注》中，认为本诗是龚自珍纪念自己嘉庆二十三年(1818)中浙江乡试第四名举人的作品，此说未确。龚诗中谈及功名事业之处，都慷慨激昂，未有含蓄晦涩、题旨隐曲如此者。其实龚自珍的《无著词》中，有好几首词借写女仙来隐约寄托自己和一位贵族女子恋爱之事。其中许多用语用典，都与本诗相近，可互相参看。如《忆瑶姬》：“玉京宫殿杳，怅九霄仙佩，不下云軿……双成问讯，青女凭肩。瑶华筵宴罢，长风起，吹堕离，愁到世间。”《梦玉人引》：“报道双成，乍搴了罗帷。陡然闻得，青凤下西池。奏记帘前，佩环听处依稀。”都是用游仙词的手法来暗指自己与这位贵族少女的相恋。后人以讹传讹，遂云龚自珍与著名满族女词人顾太清有恋爱关系。诗人在本年春天做了二十首《丞相胡同春梦诗》绝句，却又尽数烧去，第二年春天作了一首绝句来祭奠这场感情：“春梦撩天笔一枝，梦中伤骨醒难支。今年烧梦先烧笔，检点青天白昼诗。”可见这次恋爱终以悲剧收场。本词语言风格近于唐代李商隐的《无题》诸作，但是于隐曲绵丽之中，依然可见诗人清健的笔力。

杂诗，己卯自春徂夏，在京师作，得十有四首（选五）

题解

嘉庆二十四年己卯（1819）初春，龚自珍来到北京参加本年的恩科会试，四月放榜，龚自珍落第。这十四首绝句，是由春到夏间陆续写成的，主要抒发了诗人这一期间的感慨和心境的变化。这里选了其中的五首。徂（cú）：到。有：同“又”。

其　一

少小无端爱令名，也无学术误苍生。
白云一笑懒如此，忽遇天风吹便行。

新解

少小无端爱令名，也无学术误苍生——我少年的时期，爱好世间的名声，也没有什么好的学问来贻误天下苍生。“少小”句：化用宋·姜夔《除夜自石湖归苕溪》“少小知名翰墨场”诗意。令名：好名声。“也无”句：用《晋书·王衍传》中山涛对王衍的评价：“何物老妪，生宁馨儿，然误天下苍生者，未必非此人也。”这里说“误苍生”，是故意谦虚的反语，意指自己没有什么学术来挽救天下苍生。

白云一笑懒如此，忽遇天风吹便行——笑我像白云一般，如此慵懒，忽然遇到天风，便随风而行。“白云”句：化用宋·王安石《招杨德逢》诗意：“云尚无心能出岫，不应君更懒于云。”

新评

这首绝句作为《杂诗》系列之首，有开宗明义的作用。诗人谦虚地说自己并无实际学问，这次来北京应试，完全是一种随缘，仿佛天上的白云一般，偶然遇风而行。诗人选择白云这个意象来比喻自己，是有深意的：白云向来是和隐者联系在一起的。南朝时，著名隐士陶弘景在句曲山隐居，齐高帝萧道成有诏问他“山中何所有？”

陶弘景以诗作答说："山中何所有？岭上多白云。只可自怡悦，不堪持赠君。"白云洁白无瑕而又自由不羁，是隐者品格的最佳象征。诗人以白云自比，说的虽然是入仕之事，诗句间却透着潇洒的风神。

其　二

文格渐卑庸福近，不知庸福究何如？
常州庄四能怜我，劝我狂删乙丙书。

新解

文格渐卑庸福近，不知庸福究何如——文章品格日渐卑下，相应的便会有庸俗的福禄，不知道这种庸福到底怎么样？

常州庄四能怜我，劝我狂删乙丙书——常州的庄四兄爱惜我，劝我从自己的文集中删掉《乙丙之际著议》。作者自注："庄君卿珊语也。"常州庄四：庄授甲（1774—1828），字卿珊，江苏武进（清时属常州府）人。今文学家庄存与之孙。继承家学，著有《周官礼郑氏注笺》十卷等。庄授甲排行第四，故此处用唐人例，以直接称对方的排行来表示尊敬亲密。乙丙书：龚自珍在乙亥丙子（1815—1816）两年间，写了一组政论文章，统称为《乙丙之际著议》，议论尖锐，是一组具有强烈战斗性的文章。

新评

起句便议论奇警，发人所未敢发，未能发。文章品格卑下，本非佳事，诗人却尖锐地指出，这样的卑俗之文可以为作者带来"庸福"！社会的不公和畸形，由此可见。后两句写好心的朋友怜惜自己，劝自己删掉一些文字，那么这些文字的不合于时，并非能带来"庸福"的卑下之文，由此可知。诗中语虽平淡，而其中的感情却极愤激。

其　六

昨日相逢刘礼部，高言大句快无加。
从君烧尽虫鱼学，甘作东京卖饼家。

新解

昨日相逢刘礼部，高言大句快无加——昨天遇到礼部主事刘逢禄，一起高谈阔论，畅快无比。刘礼部：指刘逢禄，字申受，号思误居士，江苏武进人。时官礼部主事。精于《公羊春秋》，是清代今文学派的干将。著有《公羊何氏释例》、《公羊何氏解诂笺》、《春秋左传考证》、《刘礼部集》等。高言大句：见解高超的议论，唐代韩愈、孟郊《城南联句》:“大句斡玄造,高言轧霄峥。”快无加:无比痛快。

从君烧尽虫鱼学,甘作东京卖饼家——与您畅谈后,我要彻底抛弃以前的琐碎考据之学,转而跟您学习《公羊》学,即使被鄙视为东京卖饼家也甘心。作者自注:“就刘申受问公羊家言。”虫鱼学:指繁琐的考证之学。因为常为对六经中鸟兽虫鱼草木等做具体细碎的考证而得名。唐·韩愈《读皇甫湜公安园池诗书其后》:“《尔雅》注虫鱼,定非磊落人。”《尔雅》中有《释虫》、《释鱼》等篇。此处有贬义。东京卖饼家:指公羊学。《三国志·魏书·裴秀传》裴松之注:“严幹折节学问,特善《春秋公羊》。司隶钟繇,不好《公羊》而好《左氏》,谓《左氏》为大官厨,而《公羊》为卖饼家。”

新评

自清代初年开始,以顾炎武为代表的一批遗民知识分子,鉴于明代士人空谈心性,学风浮疏,导致明朝亡国的痛史,从而改变学风,讲究实学。清代文网缜密,知识分子往往因为片言只语,而惨遭杀身焚家之祸,所以不涉及社会现实政治的考据之学,在清代中叶流行一时,考据之学往往不去探求六经中的微言大义,而只是分析字句,考证名物典故,故而龚自珍讥嘲为“虫鱼学”。对经学的研究,分古文经学和今文经学两派,古文经学重视考据,一直以来是主流。今文经学则在东汉末年就已经衰落,直到晚清才又重兴。当时今文经学主要根据汉代今文经学的一部仅存著作——何休的《公羊解诂》。《公羊春秋》不同于传统的《左氏春秋》,其中含有许多“张三世”、“通三统”、“受命改制”等内容,今文经学主张“经世致用”,实际是借对古代经典的诠释,提出对现实政治要改革变法的主张。龚自珍的外祖父段玉裁,是考据之学的代表人物,龚自珍少年从外祖问学,于文字考据之学已经很有根柢,但认识刘逢禄之后,认识到考据之学并不能改变清王朝正在走向衰落的命运,转而学习《公羊春秋》之学,借此提出对当前政治的改革变法主张。

其　十

荷叶粘天玉蝀桥,万重金碧影如潮。
功成倘赐移家住,何必湖山理故箫?

新解

荷叶粘天玉蝀桥,万重金碧影如潮——在玉蝀桥上远眺,荷叶密密地延到天边,一重重的宫殿楼阁,金壁辉煌,倒映于太液池中。荷叶粘天:满池荷叶直铺至天际。宋·秦观《满庭芳》名句:“山抹微云,天粘衰草。”又宋·杨万里《晓出净慈寺送林子方》:“接天莲叶无穷碧。”玉蝀(dōng)桥:北京北海南面的桥,在团城西面,是御苑往来的大道。立在玉蝀桥上,可见到北海内的宫殿建筑等。

功成倘赐移家住，何必湖山理故箫——倘若我将来立下功业，得到玉蝀桥边的御赐府邸，何必回到家乡的湖山之间，重新过隐居的生活？作者自注："玉蝀桥马上戏占。""功成"句：玉蝀桥边是内城所在，清代时不许一般官员百姓居住，但统治者为了昭示恩典，对于功赏特隆的一些大臣，会赐给内城的房屋，以示特别的恩宠。湖山：指故乡杭州。理故箫：指重过入仕前的隐居生涯。

新评

第一二句写眼前景。"荷叶"句，借用前人二成句，而能做到非常自然贴切。"万重"句，于秀丽中寓壮阔。三四句写心中事。虽写的是热切的功名心，却因为真诚，并不让读者觉得庸俗。诗人此时尚年轻，所受挫折未深，对于传统士大夫式的建功立业，还是怀有渴望的。

其十二

楼阁参差未上灯，菰芦深处有人行。
凭君且莫登高望，忽忽中原暮霭生。

新解

楼阁参差未上灯，菰芦深处有人行——错落的楼阁中，还没有点起灯火。有人在芦苇丛中行走。菰（gū）：多年生草本植物，生在浅水里，嫩茎称"茭白"，可做蔬菜。果实称"菰米"、"雕胡米"，可煮食。菰芦中人，有隐居的奇才异士之意。唐·许嵩《建康实录》："殷礼与张温使蜀，诸葛亮见而叹曰：'江东菰芦中生此奇才。'"

凭君且莫登高望，忽忽中原暮霭生——请您不要登高望远，因为只能见到中原大地上暮色迅速降临。作者自注："题陶然亭壁。"

新评

陶然亭在北京宣武区南，其间河溪纵横，有江南之风。康熙年间，工部郎中江藻在此建亭，取唐·白居易《与梦得沽酒闲饮，且约后期》中"更待菊黄家酝熟，与君一醉一陶然"之意，名为陶然亭。在龚自珍生活的年代，陶然亭是京城士大夫游览的胜地之一。本诗取法唐代李商隐《登乐游原》诗意，全篇借写陶然亭苍苍暮色，来比喻正趋于颓败的国家局势，表达诗人的忧世伤生之情。眼前的暮霭沉沉，正象征着清王朝无可挽回，必然走向衰落的命运。全诗不涉议论，而感慨良深。

驿鼓三首(选二)

题解

作于嘉庆二十五年(1820)。刘逸生《龚自珍编年诗注》认为本诗是本年春天,龚自珍在上海小住时,忆妻而作。此说未确,本诗题为《驿鼓》,诗中又有“长途借此销英气”之句,应是作于离家在外的远程旅途之中。龚自珍于本年初春前往北京,参加本年的会试,故而这组诗应当作于前往北京的会试途中。诗人收到妻子在上海家中寄来的书信,信中大约有担心龚自珍在旅途中流连青楼的意思,因此诗人以诗代书,安慰妻子,消解其担忧,并嘱咐她在上海家中侍奉婆母,教育孩子。这里所选的是第一首和第二首。

其一

河灯驿鼓满天霜,小梦温黁乱客肠。
夜久罗帱梅弄影,春寒银铫药生香。
慈闱病减书频寄,稚子功闲日渐长。
欲取离愁暂抛却,奈君针线在衣裳。

新解

河灯驿鼓满天霜,小梦温黁乱客肠——在驿站中听着更鼓,窗外河岸灯火点点,晴朗的夜空即将降霜。身为旅客的我从温馨的短梦中醒来,心思淆乱。温黁(nún):温暖芳香。

夜久罗帱梅弄影,春寒银铫药生香——我梦见家中的妻子,她长夜无眠,靠着罗帐,梅花伴随着她的身影。春夜寒生,煮药的银铫吐着药香。帱(chóu):帐子。银铫(diào):这里指银制的煎药小锅。

慈闱病减书频寄,稚子功闲日渐长——你要频频给我寄信,告诉我母亲大人的病情是否有所好转。白天渐渐长了,孩子的功课要抓紧,不要让他抛闲时光。慈闱:母亲。稚子:指龚自珍的长子龚橙,生于嘉庆二十二年(1817),本年四岁。日渐长:冬至过后,至夏至为止,白天的时间逐渐变长。故而闺中女红,学子功课,都要相应地逐日增加。

欲取离愁暂抛却,奈君针线在衣裳——我想暂时抛弃这离别的愁绪,无奈身上所穿的衣裳,一针一线都是你亲手所缝。“奈君”句:化用宋·姜夔《踏莎行》词意:“别后书辞,别时针线,离魂暗逐郎行远。”

新评

古代男性文人，在书写男女之间的情感往事时，往往备有两副笔墨。那些为家庭之外的青楼女子，歌女舞姬，或是家庭中身份较为低微的姬妾所写的诗词，往往写的风流婉转，缠绵悱恻，煞是多情。而那些为家中操持家务的妻子所写的诗文，则为传统的礼法所拘，纵然深情，也更多以一种朴质的家常风味来表现。龚自珍这组寄给妻子的诗却写得一往情深，绵丽之中，又寓有无限的感慨。首联以客中夜景写起，温馨的返乡之梦，搅乱客肠，则醒来之后，更觉旅途的寂寞无味。颔联想象家中妻子的情景：此时此夜，远方家中的妻子在做什么？杜甫《月夜》诗写怀念远方的妻子，有句云："香雾云鬟湿，清辉玉臂寒。"清人浦起龙赞曰："心已驰神到彼，诗从对面飞来。"龚自珍这一联笔法正与之相同，而且比起杜诗仅写妻子容貌，龚诗此联叙事性更强，更多一重家人之间朝暮相处的亲切感。况且"梅弄影"象征妻子品格之高洁，容貌之清丽，"药生香"则与下一联母亲之病呼应。可见妻子深夜无眠，除了思念丈夫，还有为婆母尽心熬药，恪守孝道的一层原因。第三联嘱咐妻子操持好家中事务，母亲病恙，稚子问学，全赖妻子一个人支持。全是叮咛，全是丈夫对持家主妇的口吻。妻贤如此，自然无可暂忘。故而末联写离愁不尽，而又故意从反面着笔，写欲抛离愁，低头却见衣上针线，密密情意，尽在其中。离愁既无可抛却，剩下的只有无奈的客中情怀。

其　二

钗满高楼灯满城，风花未免态纵横。
长途借此销英气，侧调安能犯正声？
绿鬓人嗤愁太早，黄金客怒散无名。
吾生万事劳心意，嫁得狂奴孽已成。

新解

钗满高楼灯满城，风花未免态纵横——满城灯火，酒楼上尽多歌妓。她们调笑谑浪，无所不至。风花：这里指风尘女子。

长途借此销英气，侧调安能犯正声——我不过是在漫长的旅途中借此消磨豪气，这些俗调哪里能够取代正统雅乐的地位？销英气：消磨英雄气概。宋·姜夔《翠楼吟》："仗酒祓清愁，花销英气。""侧调"句：这里是借比喻来安慰妻子，说一时的纵情不会影响自己对她的情感。

绿鬓人嗤愁太早，黄金客怒散无名——别人嗤笑我，年纪还轻，却满腹愁绪。我恣意地挥霍金钱，但是这并没有给我带来声名。绿鬓：年少。

吾生万事劳心意，嫁得狂奴孽已成——我这一辈子万事都要你费心操持，嫁给我这样狂傲的人，已经注定了你今生受苦。狂奴：龚自珍自称。

新评

首句从眼前繁华的城市夜景写起：满城灯火，酒楼处处，歌妓们谑浪笑傲，无所不至。在这样一个纵情声色的世界中，诗人虽然沉溺其中，却保持一份痛苦的清醒：这种声色沉溺，源于不得已的“销英气”，是不得志的才人在崎岖之世采取的一种无可奈何的自我麻醉！最末二句感慨自己身世多艰，嫁给这样的自己，妻子是不幸的。这两句句式类似于唐·元稹《遣悲怀》的名句：“谢公最小偏怜女，自嫁黔娄百事乖。”但是龚自珍把妻子与自己的婚姻称为对方之“孽”，这就于宗教性的认同命运中，更多一层沉痛了。

过扬州

题解

嘉庆二十五年庚辰（1820）初春，龚自珍再次北上，前往北京参加本年的会试，路过扬州时写下了这首诗。

春灯如雪浸兰舟，不载江南半点愁。
谁信寻春此狂客，一茶一偈过扬州。

新解

春灯如雪浸兰舟，不载江南半点愁——春天的夜晚，雪亮的灯光，照满船舱。这船儿不载一丝来自江南的愁绪。这两句是化用宋·郑文宝《柳枝词》“亭亭画舸系春潭，只待行人酒半酣。不管烟波与风雨，载将离恨过江南”的诗意。

谁信寻春此狂客，一茶一偈过扬州——谁能相信我这个喜爱寻春的狂放之士，如今只饮一杯茶，吟一首绝句，如此心境寂寥地过了扬州。寻春：这里指访艳。一偈（jì）：梵语偈陀的简称。即佛经中的唱颂词，通常四句为一偈。这里指这首四句的绝句。

新评

扬州自古是繁华地，清代时由于盐商集中于此，更是成为东南最繁华的商业城市之一。而诗人此番路过扬州，心情却十分寂寞。这种寂寞的心情，在诗中是用十分含蓄的手法表现出来的，“春灯”句，意谓诗人并未入城寻欢，而是独自在舟中面对孤灯。“不载”句，实为反语，是说自己离开江南，心中满怀愁绪，本为抽象的“愁”，被诗人实体化了。“谁信”句，意指自己素有狂放不羁、寻欢作乐之名，故而这一次的扬州之旅，与自己往昔的行为大异。“一茶”句，于禅意的潇洒之中，又不免透出几分寂寥。

观 心

题解

本诗作于嘉庆二十五年(1820)。龚自珍少能文学，但屡屡以文字得罪于世人，因而于本年准备戒诗，这首诗写于戒诗前，反映了诗人此时内心复杂激烈的心理活动。观心：本佛教语。意指通过坐禅入定，对心的内省功夫，来求得内心的空灵寂静，进而求得对宇宙人生的悟解，获得智慧。

结习真难尽，观心屏见闻。烧香僧出定，哗梦鬼论文。
幽绪不可食，新诗如乱云。鲁阳戈纵挽，万虑亦纷纷。

新解

结习真难尽，观心屏见闻——结习真是难以除尽啊，我观照自己的内心，去除耳目见闻，来保持心境的纯净。结习：本佛教语，指人活在世间生出的种种欲望所带来的烦恼。《维摩诘所说经》："天女即以天花散诸菩萨、大弟子上，花至诸菩萨，即皆堕落。至大弟子，便著不堕。天女曰：'结习未尽，花著身耳。结习尽者，花不著也。'"这里指写作富有战斗性的诗文这种习惯行为。屏：去除。

烧香僧出定，哗梦鬼论文——我像僧人那样，焚起香来练习入定，刚出定却又梦见鬼魂哗然纷扰，要和我谈论文字。出定：佛家语。佛教徒修行时，静坐息心，把注意力集中于一点，达到安静明净的心理状态，是为"入定"，结束这种状态回到平时的状态即为"出定"。

幽绪不可食，新诗如乱云——我郁结的心思不能消逝，写下的新诗中，情感也纷乱如云。食：蚀，消失。"新诗"句：指诗中情感的纷乱不能梳理。宋·欧阳修《春日西湖寄谢法曹歌》："参军春思乱如云。"

鲁阳戈纵挽，万虑亦纷纷——纵使能像鲁阳公一样挥戈挽回时光，万千的杂虑却难以消灭。鲁阳戈：指挽回时光。《淮南子·览冥训》："鲁阳公与韩构难，战酣日暮，援戈而撝之，日为之返三舍。"

新评

诗人借佛家入定观心之说，写出自己对内心思绪的审思。诗人的内心世界，百感交集，各种思绪纷乱交杂在一起。诗人虽然早已认识到，写作那些富有战斗性、惹恼了一批权势者的诗文，是给自己招灾惹祸的根源，但对于这样的"结习"，诗人到底也不忍彻底割弃。诗人想凭借佛家的观心之法来摒去杂念，获得心灵的平和，但心中"幽绪"始终不能借宗教修行得到化解，反而反映于诗人的"新诗"之中。全诗交织着诗人矛盾的心绪，可以读出诗人挣扎在入世和出世间的深深烦恼。

又忏心一首

题解

本诗作于前《观心》之后，诗人认识到自己因为对如此的黑暗社会，不能做到无动于衷，从而多闻多恼，造成心中无穷的烦闷，因此，诗人决定忏悔改过，而且连反映自己心声的诗文，也要烧掉。这其实是诗人愤激的反语。

佛言劫火遇皆销，何物千年怒若潮。
经济文章磨白昼，幽光狂慧复中宵。
来何汹涌须挥剑，去尚缠绵可付箫。
心药心灵总心病，寓言决欲就灯烧。

新解

佛言劫火遇皆销，何物千年怒若潮——佛家称劫火能销毁世间的一切，然而我胸中的思绪却仿佛未能被上次的劫火销毁，已流播千年，怒奔澎湃，如同海潮。劫火：佛教称世界每经若干万年便彻底毁灭一次，然后重生。每次毁灭时有大火销毁世间万物，此即劫火。

经济文章磨白昼，幽光狂慧复中宵——白日里写作用以谋生的文章，时间因此而消耗。中夜时分，又思绪万端，玄思妙想，灵思滚滚。狂慧：本佛教用语。《观音经玄义》："若慧而无定者，此慧名'狂慧'。"龚自珍屡屡以"狂"自命，这里是借指自己放荡不羁的思绪。

来何汹涌须挥剑，去尚缠绵可付箫——我的思绪来时汹涌，需要挥起慧剑来斩断。去的时候又缠绵悱恻，可谱入箫声。剑：这里指佛家语"慧剑"。指能够断除烦恼的智慧。《维摩经·菩萨行品》："闻佛无量德志而不倦，以智慧剑，破烦恼贼。"

心药心灵总心病，寓言决欲就灯烧——我心思灵动，但心药也不能治愈我心中的苦闷。我决心将自己写下的那些文字付与灯火烧掉。心药：本佛教用语，指能破除心中迷惘之物。《秘藏宝钥》："九种心药，拂外尘而遮迷。"寓言：有所寄托的寓意文字。《庄子·寓言》："寓言十九。"这里指作者那些针砭时事的诗文。

新评

开首自反面落笔,"何物"云云,故意设问。言万物遇劫火皆销,但却有物似已流播千年,可见即使是能毁灭万物的劫火,也毁不掉诗人胸中的思绪丘壑。第二联写白昼与夜间心境的反差,即一个不得不委蛇世间的自我和一个真实自我的截然不同表现。第三联写诗人既欲超脱世间,又不能不有所依恋的矛盾。末联虽似下定决心,"决欲就灯烧",但诗人果然能够舍弃自我么?诗人一生,曾数次戒诗,而又终于数次开戒。在痛苦矛盾中徘徊,咀嚼自我,正是龚自珍的心灵世界。

因忆两首

题解

作于嘉庆二十五年(1820)在北京时。这两首诗回忆少年时代的生活,第一首回忆自己十三岁时跟随家庭教师宋璠学习的场景,第二首回忆童年时家庭的教育。

其 一

因忆横街宅,槐花五丈青。
文章酸辣早,知觉鬼神灵。
大挠支干始,中年记忆荧。
东墙凉月下,何客又横经?

新解

因忆横街宅,槐花五丈青——回忆起少年时期住过的横街的旧宅,宅中有高大的青翠槐树。横街:在北京外城、中城、西城之间的一条南北街道。龚自珍在十三岁到十七岁时,跟随家人住在这里。"槐花"句:北京旧时街道人家树木,多槐树。如南北长街、南北池子、景山前街等处,都以槐木行道树著名。

文章酸辣早,知觉鬼神灵——我很早就开始写作尖锐辛辣的文字,曾写过《知觉辩》一文,可以通灵于鬼神。作者自注:"年十三,住横街宅,严江宋先生评其文曰:行间酸辣。作《知觉辩》一首,是文集之托始。"严江宋先生:宋璠(1778—1810),字鲁珍,浙江建德人。嘉庆九年举人,曾任龚自珍的家庭教师。嘉庆十五年病逝,年三十三。龚自珍对宋璠十分尊敬,后来作了《水调歌头·去日一以驶》、《水调歌头·风雨飒然至》等词作和《宋先生述》,来怀念这位师长。

大挠支干始,中年记忆荧——那一年是甲子年,如今中年的我回忆起来,往事依稀。作者自注:"是为甲子岁。"大挠:黄帝的臣子,传说他发明了以天干地支相配的方法来记录年月。支干始:干支的开始。十天干与十二地支相配,用来记载年的共有六十个干支。甲子是六十干支的第一个。龚自珍的《辩知觉》一文写于十三岁时，是年为嘉庆九年(1804)甲子，故云。记忆荧：荧本意指幽微的灯火，这里指记忆的模糊。

东墙凉月下，何客又横经——明月又照着东墙了，谁又在捧着书本求教于师长呢？横经：摊开书本跟随师长学习。清·唐晏《两汉三国学案》："董春字纪阳，少好学……后还为师，立精舍，远方门徒、学者常数百人。每升讲堂，鸣鼓三通，横经捧手，请问者百馀人。"

新评

这首对少年的回忆诗，先从故宅的高大树木写起。青青的大槐树，是诗人童年朝夕相处的伙伴，淡淡一笔写来，极有情致，又可见京朝风物。接下来回忆童时所作的文章，称"酸辣"，称"鬼神灵"，都是成年后回首的评价。古人对待青少年时期的作品，多持"悔其少作"的态度，晚年自定文集，大量删除少作的不在少数。龚自珍对自己青少年时期所写作的文字却一再肯定，除了本诗外，还有"少作精严故不磨"(《己亥杂诗》其六十五)等。末句想象故宅此夜，凉月又生，东墙凉月依旧，而人事都非，表现了对往事的迢迢追忆。

其　二

因忆斜街宅，情苗茁一丝。
银釭吟小别，书本画相思。
亦具看花眼，难忘授选时。
泥牛入沧海，执笔向空追。

新解

因忆斜街宅，情苗茁一丝——回忆起童年时期住过的斜街的旧宅，那时心中的情感已经开始萌芽。斜街：在北京宣武门南。有上斜街、下斜街。龚自珍八岁时，跟随父母住在下斜街长椿寺南。情苗：指心中的情感如同心田中萌发的幼苗。茁(zhuó)：植物才生长出来的样子。

银釭吟小别，书本画相思——灯下试着写作别离的词句，从书中读到相思爱恋的文字。银釭(gāng)：对灯的美称。

亦具看花眼，难忘授选时——那时候已经有看花的审美领悟，难忘父亲教授我学习《文选》时的情景。作者自注："年八岁，是为嘉庆己未，住斜街宅，宅有山桃花。家大人于其放学后，抄《文选》授之。"看花眼：指欣赏花的美感。唐·白居易《送常秀才下第东归》："寒食看花眼，春风落日心。"选：指《昭明文选》。梁昭明太子萧统主编的一部诗文选集，是我国现存最早的古代诗文总集，保存了从先秦至秦、汉、魏、晋、宋、齐诸代的优秀文学作品，在后世影响很大。家大人：对自己父亲的称谓。

泥牛入沧海，执笔向空追——往事一去不返，如同泥牛入海，杳无消息，我只能执笔向空追忆。“泥牛”句：用禅宗典故，意谓一去不返，再无消息。宋·释道元《景德传灯录》卷八《龙山和尚》：“洞山又问和尚：‘见个什么道理，便住此山？’师云：‘我见两个泥牛斗入海，直至如今无消息。’”

新评

这一首回忆更早些的童年生活。二诗内容近似，故而诗人创作时笔墨各有侧重，以免重复。“情苗茁一丝”，化抽象的情感为实体的比喻。“银钉”、“书本”二句，具体分写“情苗”的内涵，可见诗人的早慧。“看花”、“授选”二句，是实写其事，一句写儿童的嬉戏，领悟自然之美；一句写家庭的文化教育，领悟文字之美。用这两件典型事例概括尽诗人的童年生活，与前文心中“情苗”的培育相应。末句回到眼前，化实为虚，用禅宗语作结，显得空灵而依依不尽。

春晚送客

题解

写于嘉庆二十五年(1820)的春天，诗人当时在北京。

潞水滔滔南向流，家书重叠附征邮。
行人临发长亭晚，更折梨花照暮愁。

新解

潞水滔滔南向流，家书重叠附征邮——滔滔的潞河水向南流去，重重叠好写给家里的书信，托前往南方的朋友带上。潞水：今白河，由河北通州流入天津。在清代是南北旅途必经的要道。征邮：这里指带信的朋友，即题中所送的“客”。

行人临发长亭晚，更折梨花照暮愁——远行的人在傍晚时分自长亭出发，我折下一枝梨花送给他，这梨花带着我思乡的愁绪。长亭：古时在城外路旁每隔十里设立的亭子，供行人休息。故而饯别亲友也常在此。“更折”句：暗用古人折花赠别远行人之俗。

新评

前三句都是起势铺垫：首句借眼前景起兴，潞水南流，诗人却不得南归。家书重叠，则郑重可知。长亭是送别之地，傍晚是生愁之时，作为客居异地者而送客，情怀最为伤感。末句是全诗最用力处,“照”字又是最见用力的字眼:洁白的梨花于暮色中给人以明亮之感,诗人用一“照”字,强调了这种感觉,使用了夸张的修辞手法。愁绪本是抽象的,但诗人这里将愁绪实体化,更能以梨花照亮,使用了通感的修辞手法。本诗用语尖新,故而所写虽不过古典诗歌中常见的思乡伤别之感,却能够别开生面。

呜呜硁硁

题解

作于嘉庆二十五年(1820)。呜呜硁硁,见诗中详注。本诗的主旨,是揭露封建社会里理学家倡导的“臣死忠,子死孝”的传统伦理道德的虚伪,而大力歌颂“朴诚无猜”的真实人性。

黄犊怒求乳,朴诚心无猜。
犊也尔何知,既壮恃其孩。
古之子弄父兵者,喋血市上宁非哀?
亦有小心人,天命终难夺。
授命何其恭,履霜何其洁?
孝子忠臣一传成,千秋君父名先裂。
不然冥冥鸿,无家在中路。恝哉心无瑕,千古孤飞去。
呜呜复呜呜,古人谁智谁当愚?
硁硁复硁硁,智亦未足重,愚亦未可轻。
鄙夫较量愚智间,何如一意求精诚?
仁者不诛愚痴之万死,勇者不贪智慧之一生。
寄言后世艰难子,白日青天奋臂行!

新解

黄犊怒求乳,朴诚心无猜——黄犊求乳不得,便会怒啼。虽看似无礼,却见出心地朴素纯洁,心无猜忌。“黄犊”句:指做儿子的顶撞父母。《后汉书·仇览传》李贤注:“览为县阳遂亭长,好行教化人。羊元凶恶不孝,其母诣览言元。览呼元,诮责元以子道,与一卷《孝经》,使诵读之。元深改悔,到母床下谢罪曰:‘元少孤,为母所骄。谚曰:孤犊触乳,骄子骂母。乞今自改。’母子更相向泣,于是元遂修孝道,后成佳士也。”猜:猜忌。

犊也尔何知,既壮恃其孩——黄犊啊你无知无识,长大成年后依然要保持这样无猜忌的童心啊。恃:依赖。孩:童心。唐·杜甫《百忧集行》:"忆年十五心尚孩,健如黄犊走复来。"

古之子弄父兵者,喋血市上宁非哀——古代那些盗用父亲兵权的儿子,落得个鲜血满街市的惨剧,不是很悲哀的事情吗?子弄父兵:这里指太子擅自调动皇帝的军队。据《汉书·车千秋传》载:汉武帝晚年,不喜卫太子。于是江充谗言卫太子用巫术咒诅武帝,卫太子得知后心怀恐惧,乘武帝在甘泉宫避暑时,矫武帝命发兵入丞相府。武帝立即发兵讨伐,激战五日,血满街市,最终卫太子兵败自尽。后来车千秋上书为卫太子鸣冤:"子弄父兵者,罪当笞;天子之子过误杀人,当何罪哉!"喋(dié)血:形容血流遍地,指杀人很多。

亦有小心人,天命终难夺——也有小心谨慎的忠臣孝子,认为君父的权威殆出于天命所授,不可改变。

授命何其恭,履霜何其洁——他们为了君父,可以恭敬的献出自己的生命。平素小心翼翼,防微杜渐。授命:献出生命。《论语·宪问》:"见危授命。"履霜:比喻防微杜渐。《易·坤》:"履霜坚冰至。"深秋脚下踩着霜,便知道结厚冰的严寒季节即将来临。

孝子忠臣一传成,千秋君父名先裂——然而这些孝子忠臣的传记一旦写成流传千古,他们的君父便因此而获得不贤不慈的名声,由此声名败坏。

不然冥冥鸿,无家在中路。恝哉心无瑕,千古孤飞去——那高空中的大雁,无室家之累。无忧无虑,心无瑕疵,只身翱翔于天地之间。冥冥鸿:高空中的大雁。汉·扬雄《法言·问明》:"鸿飞冥冥,弋人何篡焉?"冥冥,辽阔的天空。恝(jiá):淡然不动心的样子。

呜呜复呜呜,古人谁智谁当愚——西汉的杨恽唱着呜呜的秦地歌谣,不知对君王的恭敬之道,从而被害,真是愚蠢极了。古人谁有智慧?谁愚蠢?呜呜:秦地的乐曲声。《史记·李斯传》:"歌呼呜呜快耳者,真秦之声也。"这里用西汉杨恽事。据《汉书·杨恽传》载:西汉景帝时,中郎将杨恽因人诬告而被罢官,故而心怀不平,大起室宅,以财自娱。友人孙会宗写信劝诫杨恽,认为杨恽身为被斥退的大臣,应该韬光养晦,以示对君王的恭敬畏惧。杨恽心高气傲地回信,为自己饮酒作乐的奢华生活辩解,信中说到:"家本秦也,能为秦声。妇赵女也,雅善鼓瑟。奴婢歌者数人,酒后耳热,仰天拊缶而呼乌乌(呜呜)。其诗曰:'田彼南山,芜秽不治,种一顷豆,落而为萁。人生行乐耳,须富贵何时!'"后来有日食发生,有人上书告发杨恽骄奢不悔过,是导致日食的原因。案情审理中,汉宣帝见到这封写给孙会宗的信,恶之。于是廷尉论恽大逆无道,处以腰斩的极刑。

硜硜复硜硜,智亦未足重,愚亦未可轻——硜硜啊硜硜,所谓智者未必值得尊重,而愚者亦未必可以轻视。硜硜(kēng):即硁硁。本意是刚劲的击石声,后来指人的固执。《论语·子路》:“言必信,行必果,硁硁然,小人哉!抑亦可以为次矣。”孔子认为“硁硁然”的“小人”是士的第三个等级,但是就是这样也还远胜过那些“今之从政者”。《汉书·杨恽传》:“左冯翊韩延寿有罪下狱,恽上书讼延寿。郎中丘常谓恽曰:‘闻君侯讼韩冯翊,当得活乎?’恽曰:‘事何容易!胫胫(即硁硁)者未必全也。我不能自保,真人所谓鼠不容穴衔窭数者也。’”

鄙夫较量愚智间,何如一意求精诚——浅陋之徒一味较量聪明愚蠢,何如专心追求精诚之道?

仁者不訹愚痴之万死,勇者不贪智慧之一生——仁义之人不会害怕(为正道)身死而被世人嘲笑愚蠢,勇敢之人不会贪图由投机取巧而得来的生路。訹(xù):恐怖,害怕。智慧:这里是贬义,指投机取巧这样的小聪明。

寄言后世艰难子,白日青天奋臂行——一语劝告后世遭遇艰难世途的人:光明磊落,奋然前行!白日青天:形容坦荡。唐·李白《行路难》:“大道如青天,我独不得出。”

新评

《论语·颜渊》:“齐景公问政于孔子。孔子对曰:‘君君、臣臣、父父、子子。’公曰:‘善哉!信如君不君,臣不臣,父不父,子不子,虽有粟,吾得而食诸?’”儒家强调维护社会群体所必有的结构秩序的重要性,本无异议。但到了后世,“君君、臣臣、父父、子子”多被用来强调传统伦理的合法合理,而且偏于“臣臣”、“子子”,即单方面要求臣下和儿女恪守忠和孝,否则即为传统伦理道德所不容,却无视“君君”与“父父”的方面。其实君王对臣子的仁德,父母对儿女的抚爱,是“臣臣”、“子子”的前提。舍此而只谈忠孝,则违背基本真实的人性,生出种种虚伪狡诈,最终甚至酿成“子弄父兵”、“喋血市上”的悲剧。龚自珍无情地撕去虚伪礼仪道德的画皮,指出那些所谓“忠臣孝子”的被人大力揄扬,流传千古的事迹,其背后掩盖的都是君之不仁,父之不慈的丑恶。而对于求乳之犊的朴质和杨恽那样“硁硁”然的率直不矫情伪饰,加以大力赞扬。本诗以《呜呜硁硁》为题,系用汉代杨恽事,杨恽偏激而率直,被贬官后不肯故意装出可怜之态以取媚君王,最终遇害。龚自珍以古喻今,大有深意。

昨夜(二首)

题解

作于嘉庆二十五年(1820)四月会试落榜后。龚自珍怀着希望和热情前来北京参加本年三月的会试,却不幸而落榜。诗人在这两首绝句中,用含蓄象征的手法表现了此刻心情的无聊和失望。题目取首句首二字，是学习唐代李商隐《无题》风格的写法，可证这两首绝句实为寄托之作。

其　一

昨夜江潮平未平？篷窗有客感三生。
药炉卧听混如沸，不似东墙钗钏声。

其　二

种花都是种愁根，没个花枝又断魂。
新学甚深微妙法，看花看影不留痕。

新解

昨夜江潮平未平？篷窗有客感三生——昨夜的江潮潮水是否涨平？小船中的篷窗之下有人感慨自己的命运。“江潮”句：这里指的是会试放榜后引起的士人中的一番扰乱（如中举者拜房师，拜同年，举办各种宴会等）是否已经平息。龚自珍屡次以江潮、海潮来比喻科举考试，如去年初的《梦得“东海潮来月怒明”之句，醒，足成一诗》以“东海潮来月怒明”象征自己将在会试中大展才华。篷窗：船篷上所开的窗。

药炉卧听混如沸，不似东墙钗钏声——睡在那里，听着药炉煎药的水沸声，这声音不似东邻女子的钗镯叮当。“不似”句：指别的士人中举后的种种得意夸耀。东墙：暗用东家之子窥宋玉的典故。宋玉《登徒子好色赋》：“天下之佳人……莫若臣东家之子。然此女登墙窥臣三年，至今未许也。”钗钏声：禅典。宋·释道元《五灯会元》卷十《永明道潜禅师》：“异日，因四众士女入院，（法）眼问师（道潜）曰：‘律中道，隔壁闻钗钏声，即名破戒。见睹金银合杂，朱紫骈阗，是破戒不是破戒？’师曰：‘好个入路。’”钏（chuàn）：手镯。

种花都是种愁根，没个花枝又断魂——种植花草欣赏，却变成种下闲愁。可是如果没有花枝相伴，生活又黯然失色。这两句以养植花枝相伴，比喻借与风尘女子相伴来消除寂寞，结果却生出感情来，引出种种愁闷，而如果没有她们的相伴，生活又寂寞无聊。

新学甚深微妙法，看花看影不留痕——我新近学会微妙精深的佛法，学会只欣赏花枝的身影，而不留下痕迹。甚深微妙法：微妙精深的佛法。《妙法莲花经·方便品》：“甚深微妙法，难见难可了。”这两句是说自己学会以女色娱己，而不粘连牵惹出情感上的波澜。

新评

第一首全用比兴寄托手法，用他人的热闹得意，衬出与此隔绝的自己的寂寞无聊心情。第二首全首比喻，又羼入直接议论。龚自珍诗于清代诗坛可谓异军，盖其既非宗唐又非宗宋，而是以宋诗的议论陈述为骨，裹以浓郁的唐诗意象，自成一家。文辞丰腴而瑰伟，意旨深远而沉刻。

紫云回三叠并序（选一）

题解

作于嘉庆二十五年（1820）龚自珍在北京应会试时。

宋于庭妹之夫曰缪中翰，分校礼部试。于庭以回避不预试。余按乐府有《紫云回》之曲，其词不传，戏补之，送于庭出都。

神仙眷属几生修？小妹承恩阿姊愁。
宫扇已遮帘已下，痴心还伫殿东头。

新解

小序交待了创作此诗的背景。宋于庭：即宋翔凤（1776—1860），字于庭，江苏长洲（今苏州吴县）人，今文经学家庄存与的外甥。嘉庆二十四年（1819），龚自珍在京师和宋翔凤相识，成为好友。缪中翰：缪薇初，当时任内阁中书。中翰，明、清时内阁中书的别称。清代科举考试，有回避制度，凡是乡试会试的主考官房官以及一切参与考试管理的官员，他们的子孙和宗族人员都不能参加本次考试。由于会试考官名单在正式考试前三日才公开宣布，因此往往造成应试者长途跋涉，前来北京，却因为回避制度而在开考前失去本次考试资格的情况。《紫云回》：唐代乐曲名，传说是仙人传给玄宗的，今已不传。本诗以《紫云回》命名，盖取其神仙家语以寄意。

神仙眷属几生修？小妹承恩阿姊愁——要几辈子才能修得做神仙眷属的福气？小妹妹得到皇帝的宠信，姐姐却因不得宠而愁闷。本处小妹指缪薇初，阿姊指宋翔凤。几生修：几辈子的修行才能换来。宋·谢枋得《武夷山中》："几生修得到梅花。"

宫扇已遮帘已下，痴心还伫殿东头——皇帝仪仗里的宫扇已经遮住皇帝的身影，帘子也已经放下，不得宠幸的妃子还痴痴地立在殿东面凝望。

新评

本诗以宫怨题材比拟士人应皇家科举的失意，较唐人朱庆馀名作《上张水部》以闺情拟科举更加贴切。“神仙”句，意谓如此科举，能否成功全凭士人的运气，要靠前生修来。“小妹”句写缪薇初和宋翔凤命运的迥异，同为士人，且为亲眷，但命运一喜一悲，令人叹息。“宫扇”二句，写本次会试已经开始，宋翔凤已经失去参加本次会试的资格，但他还期冀能有万一之变，迟迟舍不得离开北京。诗歌语意虽看似调谑，但实际包含着对科举制度的体制下，不能自主命运的宋翔凤这样的士人的同情。

咏史二首（选一）

题解

作于嘉庆二十五年。这里选的是第一首。嘉庆二十四年（1819）八月，河南兰阳等地黄河决口，嘉庆帝令吴璥会同琦善堵筑。嘉庆二十五年（1820）五月，龚自珍下第南归，经运河路过江苏北部云梯关，见到康熙年间治水名臣靳辅修筑的长堤，因而感慨今日治水官僚的无能和腐败。本诗是托咏史来咏实事。

宣室当年起故侯，衔兼中外辖黄流。
金銮午夜闻乾惕，银汉千寻泻豫州。
猿鹤惊心悲皓月，鱼龙得意舞高秋。
云梯关外茫茫路，一夜吟魂万里愁。

新解

宣室当年起故侯，衔兼中外辖黄流——当年皇帝起用了故侯，让他兼中外的官衔，治理黄河。宣室：本汉代长安未央宫中的室名，后指帝王。故侯：曾经封侯的人。这里指吴璥。吴璥（1747—1822），字式如，号菘圃，浙江钱塘（今杭州）人。吏部侍郎吴嗣爵之子。乾隆戊戌进士。历官河南开归陈许道，署河南巡抚，刑、兵、吏部尚书，协办大学士。从嘉庆初年始，他长期参与治河事务，曾四任河东河道总督，两任江南河道总督。先后督理南河邵家坝、王营减坝、河南睢州河工，兰阳、仪封河工，武陟马营坝、沁河决口等工程。具有丰富的治水经验。衔兼中外：清代自乾隆四十八年起，负有治理黄河一任的河道总督之职，兼兵部侍郎、左都御史衔。总督是外官，兵部侍郎和左都御史是中央官员，称为内官，故而河道总督一职是衔兼中外。黄流：这里指黄河的洪水。宋·苏轼《次韵张昌言喜雨》：“千里黄流失故居，年来赤地到青徐。”

金銮午夜闻乾惕，银汉千寻泻豫州——因为水灾，皇帝到了午夜还在为此紧张,河南大地上,河水汤汤千里。金銮:本唐代宫殿名,这里指皇帝。乾惕(tì):警惕。《易·乾》:"君子终日乾乾,夕惕若厉。"银汉:银河,这里指黄河。龚自珍时,河南一带的黄河河身已经高出地平面数丈,成为"悬河",故而以天上的银河称之。寻:古代的一种长度单位,八尺为寻。豫州:古九州之一。《尔雅·释地》:"河南为豫州。"

猿鹤惊心悲皓月,鱼龙得意舞高秋——百姓如猿鹤一般为洪水所惊恐,而在这高爽的秋季,也有宵小之徒因为这场洪水而得意不已。猿鹤:这里指受水灾的民众。晋·葛洪《抱朴子》:"周穆王南征,三军之众,一朝尽化,君子为猿为鹤,小人为虫为沙。"鱼龙:泛指水族。这里指那些发了水灾财的贪官污吏。

云梯关外茫茫路,一夜吟魂万里愁——云梯关外,路途茫茫,我吟就诗篇,想起万里之外的水灾,不禁满怀愁绪。云梯关:在今江苏滨海县,金元时期,黄河夺淮,云梯关为黄河入海口所在。清康熙时,治河名臣靳辅在此修筑长堤万馀丈,约束河水。吟魂:诗人之魂,此处为龚自珍自称。

新评

首联遥遥起笔,从朝廷对水灾的处理说起:被起用的"故侯"具有丰富的治水经验,治水总管大臣衔兼中外,职位之尊,说明责任之重。次联写君主的深深忧惧,和本次水灾的严重灾势。一句侧面,一句正面,多角度反复描写本次灾情之重。第三联写水灾中的众生相:百姓因为受灾而流离失所,无所归依,悲啼不已,而某些贪污救灾款的人却大发横财,得意洋洋。面对同一场水灾,却有这样截然不同的命运!诗人把这两种人物放在一起,用巨大的反差获得尖锐的艺术效果。对百姓不幸的怜悯,和对贪官污吏丑恶面目的无情鞭笞,情感不言自出。末联归结到诗人本身:经过云梯关外,看到康熙朝治河名臣留下的治河功绩,诗人触景生情,为当朝已无靳辅这样的人才而忧虑不已。"一夜"写忧虑之深之切,"万里"写关注的水灾与诗人相距遥远。龚自珍是有着强烈社会责任感的士人,无奈这个社会却让他空有伤世之心,而无报国之门。

逆旅题壁,次周伯恬原韵

题解

作于嘉庆二十五年(1820)五月。周伯恬,即周仪暐(wěi)(1777—1846),字伯恬,江苏阳湖人氏,嘉庆九年(1804)举人,官至陕西知县。能诗,著有《夫椒山馆诗集》、《夫椒山馆骈文》等。本年,周仪暐和龚自珍都参加了北京的会试,结果双双落第。五月,二人结伴南归,这首诗就作于途中。周氏原诗见于他的《夫椒山馆诗集》,题为《富庄驿壁和龚孝廉自珍韵》。

名场阅历莽无涯，心史纵横自一家。
秋气不惊堂内燕，夕阳还恋路旁鸦。
东邻嫠老难为妾，古木根深不似花。
何日冥鸿踪迹遂，美人经卷葬年华。

新解

名场阅历莽无涯，心史纵横自一家——我在名利场中有了如此一番经历后，对茫茫世间多了一层认识，心中对历史的认识，深刻而丰富，可说是自成一家。名场：争夺名利之场，这里指举办科举考试的京闱。心史：南宋遗民郑思肖，将自己的诗文集命名为《心史》，装入铁函，藏于苏州的一口井中，一直到明末崇祯年间才被发现。由于遗民命运的相似，《心史》成为明清之际极富影响力的一部文集。此处的心史，既可就字面意思理解为心中的史识，也可认为是用典，暗指自己胸中见识不为世人所知，当沉于深井，以待后人。

秋气不惊堂内燕，夕阳还恋路旁鸦——秋气衰飒，却惊不起堂上做巢的燕子，夕阳将坠，路边的乌鸦对此恋恋不舍。二句都别有喻意，指清王朝的朝堂上下已经一片衰微，而王公大臣们却像筑巢梁上的燕子，对现状毫无知觉。守旧之人不顾眼前没落的国家形势，还死死抱住旧的制度不放。一说，“夕阳”句指作者自己和周氏这样失意的忧国之士，对国家走向灭亡的现实伤感留恋不已。堂内燕：比喻尸位素餐的王公大臣，用屈原《涉江》“燕雀乌鹊，巢堂坛兮”的典故。

东邻嫠老难为妾，古木根深不似花——东邻的美丽女郎年华已去，难以嫁人。我和周氏这样曾经的少年才子，已经难以再奋发有为，为国效力。清王朝也如衰老的树木，不会再开出绚丽的花朵。东邻：本来指美丽的少女，这里是作者自比。宋玉《登徒子好色赋》：“天下之佳人……莫若臣东家之子。”嫠(lí)：寡妇。似：嗣，继续。清·顾炎武《又酬顾处士次韵》：“苍龙日暮还行雨，老树春生更作花。”激励自己到了晚年还是要奋发斗争，龚诗这里反用其意。

何日冥鸿踪迹遂，美人经卷葬年华——什么时候能够过上自由的隐逸生活，有美人相伴，研读经卷，就此了却一生呢?冥鸿：高飞的大雁。汉·扬雄《法言·问明》：“鸿飞冥冥，弋人何篡焉？”这里指脱离尘俗的隐逸生活。

新评

这是龚自珍第二次参加会试落榜后所作。周仪暐的原诗为：“何曾神女有生涯，渐觉年来事事赊。梦雨一山成覆鹿，颓云三角未盘鸦。春心易属将离草，归计宜栽巨胜花。扇底本无尘可障，一鞭清露别东华。”和龚自珍的和诗对照，可见周诗虽佳，却不脱感慨个人身世不遇的文人旧格。而龚诗却跳出对个人际遇“小我”的悲叹，对国家民族面临的危机表现了深切的关注。嘉庆二十五年时，一般人对社会的认识尚未从“乾嘉盛世”的迷梦中惊醒，而龚自珍却敏感地预先觉察到了已经降临的“秋气”和“夕阳”。诗中将对个人的不遇之悲和整个国家面临的没落之悲交织在一起，故而苍凉益盛，感慨益深。

读公孙弘传

题解

作于嘉庆二十五年(1820)。公孙弘传：此处当指《汉书·公孙弘传》，公孙弘于《史记》、《汉书》皆有传，但《史记》中的公孙弘传未及公孙弘的三策。公孙弘：(前200—前121)，字季，一字次卿，汉武帝时的大臣。出身寒微，家贫，为人牧猪为生。武帝刚即位，招贤良文学士，六十岁的公孙弘以贤良征为博士。后武帝诏诸儒对策，公孙弘对策第一，以后渐得武帝的亲信，官至丞相。

三策天人礼数殊，公孙相业果何如？
可怜秋雨文园客，身是赀郎有谏书。

新解

三策天人礼数殊，公孙相业果何如——三篇天人策便高居丞相之位，朝廷对公孙弘的礼遇不可谓不特殊。只是公孙弘身为丞相，究竟做出了哪些事业呢？“三策”句：《汉书·公孙弘传》载：汉武帝元光五年，下诏征求贤良文学，公孙弘被推荐到朝廷应征。“上策诏诸儒……敢问子大夫：天人之道，何所本始？……时对者百馀人，太常奏弘第居下。策奏，天子擢弘对为第一。召见，容貌甚丽，拜为博士，待诏金马门。”公孙弘又上疏武帝，劝武帝对人民行教化之道。武帝用册书回答后，公孙弘又上一策，指出人民容易被教化，教化之道宜速行。得到武帝的赞肯。公孙弘从此得到武帝的信任重用，于元朔年间(前128—前123)成为丞相。天人：即天人之道，顺应自然规律来治理国家的办法。

可怜秋雨文园客，身是赀郎有谏书——可怜那位孝文园令司马相如，仕途多艰，不过是个小小的赀郎，却还有讽谏君王的上书。秋雨文园客：指与公孙弘同时的司马相如。唐·李商隐《寄令狐学士》：“休问梁园旧宾客，茂陵秋雨病相如。”司马相如(前179—前117)：字长卿，蜀郡成都人。著名文学家。汉景帝时为武骑常侍，后往梁孝王门下数载。武帝即位后，读到司马相如的《子虚赋》，大为赞赏。召见后拜为郎，后又拜为中郎将，出使西南。不久免官，岁馀，复召为郎，迁孝文园令。《史记》和《汉书》均有传。赀(zī)郎：用钱财买来的郎之职位。赀，钱财。《汉书·司马相如传》：

"(司马相如)以訾为郎,事孝景帝。"訾即赀。谏书:指司马相如的《谏猎书》、《哀秦二世赋》等规劝讽谏汉武帝的文章。

新评

龚自珍对汉朝的历史和典章制度非常熟悉,常常借汉喻今。本诗也是借古讽今之作。据《汉书·公孙弘传》载:公孙弘以三策得到汉武帝的信任,官至丞相,礼遇前所未有。但是他对待朝政,常执行"每朝会议,开陈其端,使人主自择,不肯面折庭争"的柔懦之道。但这种庸碌的政治路线,却大得武帝欢心,"弘奏事,有所不可,不肯庭辩。……尝于公卿约议,至上前,皆背其约以顺上旨……上益厚遇之。"本诗首句说公孙弘仅靠三策便得居于丞相之位,违反常理。"礼数殊"三字于平静语气中大见辛辣意味,言外之意是公孙弘另有取媚君王的升官之道,而不是靠他的天人三策。第二句承接上句,冷冷发问:这位得到特殊礼数的公孙丞相,他的"相业"究竟如何?诗人问而不答,因为答案早已明载于史册中。三四句以司马相如官微职小,犹有谏言,来反面衬托公孙弘的尸位素餐。以同一时代的两位著名人物对比,既与历史贴切吻合,又能形成巨大反差,获得讽刺尖锐的艺术效果。本诗中龚自珍借公孙弘来讽刺清朝那些身居高位但唯唯诺诺,只知逢迎君王,对政事一无建树的大臣。借司马相如来比喻身居下僚但从未忘国,写出一系列改革社会文章的自己。绝句形式短小,用来咏史讽今时,难以展开全面铺叙,必须选取典型艺术形象和典型细节。本诗可谓其中的优秀作品。

马

题解

作于嘉庆二十五年(1820)。是一首咏物寓意的讽刺诗。

八极曾陪穆满游,白云往事使人愁。
最怜汗血名成后,老踞残刍立仗头。

新解

八极曾陪穆满游,白云往事使人愁——这骏马曾经伴随周穆王遨游天下,当年与西王母相见相别的往事,想起来令人伤感。八极:八方边远之境。穆满:周穆王,名满。这两句用《穆天子传》故事,传说周穆王曾经驾车周游天下,拉车的八匹骏马都能够日行千里。《穆天子传》卷三记载,周穆王到了西方的西王母之邦,见到西王母,"觞西王母于瑶池之上。西王母为天子谣,曰:'白云在天,丘陵自出。道里悠远,山川间之，将子无死，尚能复来。'天子答之曰：'予归东土，和治诸夏。万民平均，吾顾见汝。比及三年，将复而野。'"

最怜汗血名成后，老踞残刍立仗头——令人怜惜的是，这匹汗血宝马在成名之后，衰老的它只能成为仗马，吃点草料度过晚年。汗血：原指宝马。《史记·大宛列传》："（大宛）多善马，马汗血，其先天马子也。"这里有血汗功劳的意思。刍（chú）：喂牲畜的草料。立仗头：指仗马。立在宫殿中仪仗队伍中的马。

新评

宋代的李纲有一首题为《病牛》的绝句："耕犁千亩实千箱，力尽筋疲谁复伤。但得众生皆得饱，不辞羸病卧残阳。"乍一看，这两首绝句从主题到写作方式都非常相像，似乎都是对所咏对象的同情。但细细一读就可以发现，龚诗之意，貌似怜悯，实为讽刺。解读本诗的诗眼在于最后一句的"仗头"一典。该典出于《新唐书·李林甫传》："林甫居相位凡十九年，固宠市权，蔽欺天子耳目，谏官皆持禄养资，无敢正言者。补阙杜琎再上书言政事，斥为下邽令。因以语劝其馀曰：'明主在上，群臣将顺不暇，亦何所论？君等独不见立仗马乎？终日无声，而饫三品刍豆；一鸣，则黜之矣。后虽欲不鸣，得乎？'由是谏争路绝。"仗马本是仅作为朝廷礼仪的装饰而存在的无用之物，何况又是恋残刍的衰老之马？诗中所咏之马，是那些在朝廷中尸位素餐的大臣们的象征。他们已经衰老无能，却恋着可观的俸禄，不肯辞去职位，丑态百出。理解了这一含义，回头再看开首两句所用的穆王八俊的典故，便可以发现也是深有讽意的。盖所咏之马年轻时曾立下的所谓"汗血"功劳，只是陪着君主去见西王母之类的人物，惹出一段风流韵事而已。

能令公少年行并序

题解

嘉庆二十五年（1820），龚自珍宣布戒诗。次年（道光元年，1821）夏，龚自珍考军机章京，未能被录取，于是破戒作诗。这一首拟乐府诗就是破戒以后的作品。

序曰：龚子自祷祈之所言也。虽弗能遂，酒酣歌之，可以怡魂而泽颜焉。

蹉跎乎公！公今言愁愁无终。
公毋哀吟娅姹声沉空，酌我五石云母钟，
我能令公颜丹鬓绿而与年少争光风，

听我歌此胜丝桐。
貂毫署年年甫中，著书先成不朽功。
名惊四海如云龙，攫拏不定光影同。
征文考献陈礼容，饮酒结客横才锋。
逃禅一意皈宗风，惜哉幽情丽想销难空。
拂衣行矣如奔虹，太湖西去青青峰。
一楼初上一阁逢，玉箫金琯东山东。
美人十五如花秾，湖波如镜能照容，
山痕宛宛能助长眉丰。
一索钿盒知心同，再索班管知才工。
珠明玉暖春朦胧，吴歈楚词兼国风。
深吟浅吟态不同，千篇背尽灯玲珑。
有时言寻缥缈之孤踪，春山不妒春裙红。
笛声叫起春波龙，湖波湖雨来空濛。
桃花乱打兰舟篷，烟新月旧长相从。
十年不见王与公，亦不见九州名流一刺通。
其南邻北舍谁与相过从？痀瘘丈人石户农。
嵚崎楚客，窈窕吴侬。
敲门借书者钓翁，探碑学拓者溪僮。
卖剑买琴，斗瓦输铜。
银针玉薤芝泥封，秦疏汉密齐梁工。
佉经梵刻著录重，千番百轴光熊熊，
奇许相借错许攻。
应客有玄鹤，惊人无白骢。
相思相访溪凹与谷中，采茶采药三三两两逢。
高谈俊辩皆沉雄，公等休矣吾方慵。
天凉忽报芦花浓，七十二峰峰峰生丹枫。
紫蟹熟矣胡麻𩞄，门前钓榜催词筩。
余方左抽豪，右按谱，高吟角与宫，三声两声棹唱终。
吹入浩浩芦花风，仰视一白云卷空。
归来料理书灯红，茶烟欲散颓鬟浓。

秋肌出钏凉珑松，梦不堕少年烦恼丛。
东僧西僧一杵钟，披衣起展华严筒。
噫嚱！少年万恨填心胸，消灾解难畴之功？
吉祥解脱文殊童，著我五十三参中。
莲邦纵使缘未通，他生且生兜率宫。

新解

诗前小序交待了创作背景。祷蕲（qí）：祈祷，求祝福。蕲，同“祈”。遂：遂心。怡魂而泽颜：使精神愉悦，面色光润，即题中“能令公少年”意。

蹉跎乎公！公今言愁愁无终——浪费时光而无所成就的你啊！你如今说起愁绪，愁绪无边无尽。蹉跎（cuōtuó）：时间白白地过去，虚度光阴。公：虚拟的谈话对象，即龚自珍自己。

公毋哀吟娅姹声沉空，酌我五石云母钟，我能令公颜丹鬓绿而与年少争光风，听我歌此胜丝桐——你不要唉声叹气，且举起云母石的大酒杯来饮酒吧。我能让你面色红润，头发乌黑，和少年人一争高下。来听我的歌，我的歌胜过丝桐之乐。娅姹（yǎchà）：同“哑咤”。嘈杂之声。这里用来形容哀吟之声。酌（zhuó）：斟酒。五石（dàn）：这里指夸张的酒器容积。《庄子·逍遥游》：“魏王贻我大瓠之种，我树之，成，而实五石，以盛水浆，其坚不能自举也。”石，古代计量单位。十斗为一石。云母钟：夸言酒器的华美。云母，一种矿物。薄片可制器物。颜丹：红润的面色。《诗经·秦风·终南》：“颜如渥丹。”鬓绿：即绿鬓，形容发色乌黑有光泽。鬓（bìn）：同“鬓”。丝桐：琴，因为琴弦为丝制，琴身为桐木制。这里指音乐。

貂毫署年年甫中，著书先成不朽功。名惊四海如云龙，攫拏不定光影同——手执貂毛笔在自己的著作上写下年月，此时我年纪不过中年，已著书立说，成就不朽的功业。名声惊动海内，如同云海中的神龙，腾跃不定，光影翩翻，无法缚住。貂毫：用紫貂之毛制成的笔。这里是对毛笔的美称。年甫中：刚刚中年。按，龚自珍本年三十岁。不朽功：古人以立德、立功、立言为三不朽。《左传·襄公二十四年》：“大上有立德，其次有立功，其次有立言，虽久不废，此之谓不朽。”著书立言是三不朽的最低档次，所以说先成。攫（jué）：拿。拏（ná）：执取。

征文考献陈礼容，饮酒结客横才锋。逃禅一意皈宗风，惜哉幽情丽想销难空——我考证文献，陈说礼仪。和宾客畅饮美酒，在谈论中展现自己锋利的才气。一心皈依佛教，借禅学来忘记世务，但是可惜心中的艳情之念难以去除。征文考献：即征考文献。《论语·八佾》：“文献不足故也。足，则吾能征之矣。”陈礼容：陈列礼仪。《史记·孔子世家》：“孔子为儿嬉戏，常陈俎豆，设礼容。”横才锋：词锋纵横。逃禅：

逃避俗世生活，遁入禅学之中。皈(guī)：皈依。指信仰佛教。宗风：佛教中某一宗派特有的风范。幽情丽想：艳情之思。即下文所描述的和美人同隐的生活。

拂衣行矣如奔虹，太湖西去青青峰。一楼初上一阁逢，玉箫金琯东山东——我还是拂衣而去吧，我势如奔虹，奔向太湖西面青翠的洞庭山，洞庭山中多楼阁，其中住着善于奏乐的美人。拂衣：提衣而起，有归隐之意。《后汉书·杨彪传》："孔融鲁国男子，明日便当拂衣而去，不复朝矣。"唐·李白《侠客行》："事了拂衣去。""太湖"句：指太湖西面的洞庭山。龚自珍曾于嘉庆二十三年(1818)和二十五年(1820)与友人两次游洞庭山，并有买宅山中之念。玉箫金琯：华美的乐器。这里指美丽的歌妓。唐·李白《江上吟》："木兰之枻沙棠舟，玉箫金琯坐两头。"琯(guǎn)：通"管"。古代乐器名。东山东：既指洞庭东山，又用谢安东山隐居之典。《晋书·谢安传》："谢安寓居会稽，栖迟东土。每游赏，必以妓女从其后。虽受朝寄，然东山之志始末不渝，每形于言色。"

美人十五如花秾，湖波如镜能照容，山痕宛宛能助长眉丰——我在东山楼阁中和心爱的美人隐居，美人年方十五，容貌娇艳如花。太湖湖波如镜，照出她美丽的容貌，太湖边青山一抹，她对着山形，画出美丽的长眉。秾(nóng)：艳丽。"山痕"句：古代女子画眉眉样有远山眉之式，故古典诗词中常以青山比喻女子之眉。如宋·欧阳修《诉衷情》："都缘自有离恨，故画作，远山长。"

一索钿盒知心同，再索班管知才工——她向我索要钿盒，我因此知道她和我欲结同心，她又向我索要班竹笔，我因此知道她富有文才。钿盒：镶嵌螺钿花饰的首饰盒。唐·白居易《长恨歌》中写杨妃和玄宗结同心之好，后来杨妃之魂以旧日钿盒金钗寄还玄宗："惟将旧物表深情，钿盒金钗寄将去。钗留一股盒一扇，钗擘黄金盒分钿。"钿盒遂有男女相恋的象征物之意。班管：斑竹做的毛笔。班，通"斑"。

珠明玉暖春朦胧，吴歈楚词兼国风。深吟浅吟态不同，千篇背尽灯玲珑——温暖的春夜，她佩带的饰物闪现温暖的华彩，她为我背诵古代的诗歌，从吴歌背到楚辞，又背到《诗经》中的《国风》，神情各各不同。她一首首地吟诵，直到灯火只剩荧然一点。吴歈(yú)：吴地的民歌。楚词：楚辞。国风：指《诗经》中的十五国风。

有时言寻缥缈之孤踪，春山不妒春裙红。笛声叫起春波龙，湖波湖雨来空濛——有时我们一同乘舟去寻觅幽静的仙境，她穿着红色的裙子，春山也不禁妒忌她的美丽。我在舟中吹笛，笛声唤醒深波下的龙神，湖龙弄波，湖上一片烟雨空濛。"春山"句：反语，实指美人因为美貌而遭到春山之妒。"笛声"句：化用汉·马融《长笛赋》："龙鸣水中不见已，截竹吹之声相似。"

桃花乱打兰舟篷，烟新月旧长相从。十年不见王与公，亦不见九州名流一刺通——桃花纷纷而落，打在船篷上。在如此美景间，和美人长相厮守，度过岁月。漫漫时光中既不和王公之辈相见，又见不到海内名流前来递名片访问。兰舟：船的美称。烟新月旧：互文，意为日月更替。刺：名帖。

其南邻北舍谁与相过从？痀瘘丈人石户农。嵚崎楚客，窈窕吴侬——平日里来往的都是些什么样的邻居呢？有痀瘘丈人和石户之农那样的有道隐士，有楚国屈原那样愤世嫉俗的士人，还有美丽的吴地女郎。过从：往来。痀瘘(gōulòu)丈人：一位有道的隐士。《庄子·达生》："仲尼(孔子)适楚，出于林中，见痀偻者承蜩(蝉)，犹掇之也。"于是孔子向痀偻丈人问道。痀偻丈人被认为是一位有道之士。痀瘘，即痀偻，驼背的样子。石户农：即石户之农。《庄子·让王》：舜把天下让给石户之农，石户之农认为舜的德行还不够，不肯接受天下，而是带着妻子孩子逃到海中去了，终身不返。痀瘘丈人和石户农在这里都指隐逸不入仕的有道之人。嵚(qīn)崎：本来指山势突兀的样子，这里指性格的孤高愤疾。楚客：指屈原。窈窕(yǎotiǎo)：女子文静美好。吴侬：吴语称对方为侬，此指吴地女子，太湖地区古属吴地，故称。

敲门借书者钓翁，探碑学拓者溪僮——敲门来借书的是钓鱼的老翁，寻找古碑来学拓碑之法的是住在溪边的小童。拓：拓印。在刻铸有文字或图像的器物上蒙一层纸，捶打后使凹凸分明，再涂上墨，便可显出文字或图像。

卖剑买琴，斗瓦输铜。银针玉薤芝泥封，秦疏汉密齐梁工——我卖掉宝剑，买入古琴，和收藏金石古玩的友人互相比赛，一较高低。我把玩古代的书法篆刻，篆书笔画如银针，隶书笔画如玉薤，封泥字体亦别有风味。秦代书法疏朗，汉代书法密致，齐梁时书法工整，各各不同。"卖剑"句：化用《史记·循吏传·龚遂传》中龚遂让齐地百姓"卖剑买牛，卖刀买犊"之语。剑在龚自珍笔下多指豪情壮志，琴在古代文化中则有高人隐士的寓意，这里是表示诗人将放弃救国济民之志，过一种无意世事的隐士生活。瓦：这里指瓦当古砖古陶器等古董。铜：这里指青铜器等。瓦和铜合指龚自珍所爱好收藏的各种金石文物。银针玉薤(xiè)：梁·庾肩吾《书品论》，称书有百体，其中有悬针书，倒薤书等名目。银针，指笔画细而直的篆书。玉薤，指笔画扁而有棱的隶书。薤，一种植物，地下有鳞茎可食。其叶扁而有棱。所以隶书的笔画被比喻成薤叶。芝泥封：封泥的美称。古代公文书信写在竹木简牍上，为了运输时保密，卷起后用绳子捆好，绳端用黏土封闭，上加印章，这一块加有印章的黏土即称为封泥。封泥上的印章字体古朴，受到后世篆刻书法爱好者的喜爱。传说舜时有龙自黄河负河图而出，河图两端有黄芝制成的封泥，故而芝泥成为封泥的美称。

佉经梵刻著录重，千番百轴光熊熊，奇许相借错许攻——我研读各种文字的佛经，收藏丰富，佛经中大有奥妙。经书中的奇文可供借鉴，而不同版本中的相异之处可以用来互相辩驳。佉(qū)经：佛经。佉是佉卢文的简称，是古代印度的一种横书左行的文字。梵刻：指另一种古印度文字梵文刻成的佛经。千番百轴：指经书书目之多。番：本指次，这里指书页。佛经刚传入中国时，沿用了印度式装帧法，佛经写在一长幅的纸上，向左右反复折叠成一长方形厚帖，即后世所称的"梵夹装"。千番即折叠了千次的经卷，夸言其数量丰富。轴：古代书籍的卷轴装帧法，书写在长幅纸上，以一根轴为中心卷起，形如今日的画卷。一轴即一卷书。光熊熊：形容佛经内容的光彩照人。“奇许”句：化用晋・陶渊明《移居二首》：“奇文共欣赏，疑义相与析。”攻：批驳，驳难。

应客有玄鹤，惊人无白骢——迎接客人的是我眷养的玄鹤，门前不会有御史的白马前来惊扰。“应客”句：化用宋代著名隐士林逋梅妻鹤子的典故。据宋・沈括《梦溪笔谈》卷十：“林逋隐居杭州孤山，常畜两鹤，纵之则飞入云霄，盘旋久之，復入笼中。逋常泛小艇，游西湖诸寺。有客至逋所居，则一童子出应门，延客坐，为开笼纵鹤。良久，逋必棹小船而归。盖尝以鹤飞为验也。”玄鹤：晋・崔豹《古今注》卷中：“鹤千岁则变苍，又二千岁变黑，所谓玄鹤也。”这里用“玄鹤”来夸言自己的隐居生涯，并和下文的“白骢”字面相对。“惊人”句：化用《后汉书・桓典传》典故。桓典为东汉灵帝时侍御史，“是时，宦官秉权，典执政无所回避，常乘骢马。京师畏惮，为之语曰：‘行行且止，避骢马御史。’”这里白骢代指在朝的官员。骢(cōng)：青白色的马。

相思相访溪凹与谷中，采茶采药三三两两逢。高谈俊辩皆沉雄，公等休矣吾方慵——有时思念朋友，前去相访，他们都住在溪谷之中，或者采茶，或者采药，不时在溪谷中相逢。我和朋友们高谈阔论，他们都词锋雄健，议论痛快。兴味正浓时，我忽然感到疲倦，便对朋友们说：“你们回去吧！我疲倦了！”“公等”句：化用梁・萧统《陶渊明传》：“渊明若先醉，便语客：‘我醉欲眠，卿可去！’”诗人这里是借此表现自己个性的率直，和与山中友人不拘形骸的交往。

天凉忽报芦花浓，七十二峰峰峰生丹枫。紫蟹熟矣胡麻饛，门前钓榜催词筩——忽然被告知已是秋凉天气，芦花繁密，太湖中的七十二峰上枫叶都丹红一片。紫蟹已经蒸熟，胡麻饭盛满碗中，门前来了钓翁的小船，催我诗词文字。七十二峰：太湖周遭和湖中有七十二山之说。紫蟹：蟹的美称。胡麻：芝麻。南朝宋・刘义庆《幽明录》载：刘晨阮肇二人入天台山，遇神女，神女食之以胡麻饭。胡麻饭遂有神仙所食之意。饛(méng)：食物盛满器皿的样子。钓榜(bàng)：钓鱼船。榜：船棹，这里代指船。词筩(tǒng)：盛诗词用的竹筒。宋・王谠《唐语林・文学》：“白居易，长庆二年以中书舍人为杭州刺史。……时吴兴守钱徽、吴郡守李穰，皆文学士，悉生平旧友，日以诗酒寄兴。官妓高玲珑、谢好好，巧于应对，善歌舞，从元稹守会稽，参其酬唱，每以筒竹盛诗来往。”筩，通“筒”。

余方左抽豪，右按谱，高吟角与宫，三声两声棹唱终。吹入浩浩芦花风，仰视一白云卷空——于是我登上钓翁的小船，旁列诗谱，挥毫作诗。我高声吟诵自己的诗作，吟诗声随着渔歌，吹入茫茫芦花间。仰视长空，但见云卷云舒，空际一片。豪：通“毫”。毛笔。

归来料理书灯红，茶烟欲散颓鬓浓。秋肌出钏凉珑松，梦不堕少年烦恼丛——

归来整理书本，灯色温暖，茶烟袅袅。美人低挽着厚厚的发髻，在这秋天的夜晚，她衣单袖短，露出镯子，肌肤清冷。我在梦中未曾堕入种种情欲的丛生烦恼之中。颓鬟(huán)：低垂的发髻。钏(chuàn)：臂镯。珑松：这里指凉爽清冷。烦恼：佛教用语，梵语吉隶舍的音译。指贪欲嗔恚愚痴等诸多扰乱身心的精神状态。

东僧西僧一杵钟，披衣起展华严筒——隔壁僧院的钟声将我惊醒，我披衣起床，展读《华严经》。杵(chǔ)：这里指撞钟的钟椎。华严：即《华严经》。《大方广佛华严经》的简称，为华严宗的主要经典，相传由文殊菩萨和佛弟子阿难编成。筒：经卷。

噫嚱！少年万恨填心胸，消灾解难畴之功——呜呼！胸中无限的少年烦恼，如今被化解，这是谁的功劳？噫嚱(xī)：感叹词。畴：谁。

吉祥解脱文殊童，著我五十三参中——我获得吉祥，从愁苦中解脱，都是文殊菩萨的功劳，读了《华严经》，宛如置身于五十三位善知识之中。文殊童：即文殊菩萨，佛经称他是侍候在释迦牟尼身边的童子，故又称文殊师利童子。五十三参：《华严经·入法界品》称：善财童子学佛法时，从文殊菩萨开始，依照他的指导修行，共先后参拜了五十三位善知识，从菩萨、佛田、比丘、比丘尼直参到最后一位普贤菩萨，始得善果。

莲邦纵使缘未通，他生且生兜率宫——纵使我今生无缘到达西方的莲花世界，也希望我来生能生在兜率仙宫中。莲邦：佛教传说西方极乐世界遍铺莲花，故称莲邦。居住在那里的得道者坐于莲花之上。兜率宫：梵语。兜率天上的仙宫。兜率天为欲界六天中之第四天名，分内外二院，内院为弥勒菩萨的净土，外院为天人享乐的地方。

新评

本诗为龚自珍诗集中的长篇代表作之一。长诗采用奔放恣肆的七言歌行的形式，浓墨重彩地描绘了一个诗人理想中的隐逸世界。在这个世界里，主人公(即龚自珍理想中的自我)正当壮年，著书立业，先成就世俗中不朽之名，而后急流勇退，和他理想中的女性(美人)相伴，翩然归隐于世外桃源中。这个世外桃源中有优美的山水，超凡的邻人。诗人可以完全避开尘世的种种虚文缛节，挣脱名缰利锁，浸淫于金石书画，左图右史之中，过着一种真正自由无束缚的生活。但是，这个集中国历代隐逸文化之大成的理想国度，却只是诗人在文字世界中凭空构建出的一处幻城。诗中所写的，不是对飞扬蓬勃的少年青春的赞歌，而是凭空描绘一种求之不可得的幻影。诗中竭力铺陈渲染，以赋笔多层次多角度地描写“逃世”的种种欢愉，其前提却是无法从此现实世界中逃脱的苍凉。诗人对此种残酷，是有着清醒的认识的。

寥　落

题解

作于道光元年(1821),为述志诗,以首二字为题。

寥落吾徒可奈何?青山青史两蹉跎。
乾隆朝士不相识,无故飞扬入梦多。

新解

寥落吾徒可奈何?青山青史两蹉跎——像我这样的人在世间命运多艰,对此除了无可奈何之外还能怎么样呢?我这一辈子既未能归隐青山,又未能作一番事业来名垂青史,只是白白地蹉跎了岁月。寥落:冷落。吾徒:我这样的人。青山:这里指隐居。青史:史书。上古时期以竹简记史,竹简青色,故名。

乾隆朝士不相识,无故飞扬入梦多——乾隆年间的朝中士人我并不认识他们,为什么他们屡屡进入我的梦境呢?

新评

本年龚自珍三十岁,正对政治充满热情,企图在朝廷中有所作为,从而名传后世。但与他的理想相违背的是,此时的清政府已经是暮气沉沉,腐朽的朝廷制度已经不能再提供给龚自珍一个安邦建业的机会。所以作者空怀有一番报国的热情,却只能在“青山青史两蹉跎”的尴尬生命处境中白白消耗自己的人生。

理想既在现实中不能实现,诗人便向历史中寻求寄托和共鸣。本年龚自珍以内阁中书身份,到内阁行走后,得读历朝朱签及丝纶簿,对“乾隆朝士”的言行风采,如同謦咳亲闻。生于封建社会衰世的龚自珍,是一个有着强烈的“盛世情结”的人。对于清王朝强盛时期的康乾之世,和那个时代的人物,龚自珍往往在他的诗歌中表现出由衷的向往和追慕之情。《论语·述而》:“子曰:‘甚矣吾衰也!久矣吾不复梦见周公。’”龚自珍于此诗中同样以前贤入梦来表达自己对理想人士的追慕。而且诗人用笔巧妙,不说自己对乾隆朝士的如此思慕,以致梦中相见,却从对面落笔,写乾隆朝士无故飞扬入梦。古人频频入梦,则诗人对“今日”之“朝士”的不屑与鄙夷,可想而知。言在此而意在彼,这首短短的七绝,显得意蕴深长。

暮雨谣三叠

题解

本诗写于道光元年(1821)春。从诗意来看,似乎是纪念一段无由获得的男女情感。叠:本意为乐府诗的一段乐章,这里指组诗中的一首。

暮雨怜幽草,曾亲撷翠人。林塘三百步,车去竟无尘。
雨气侵罗袜,泥痕黦画裳。春阴太萧瑟,归费夕炉香。
想见明灯下,帘衣一桁单。相思无十里,同此凤城寒。

新解

暮雨怜幽草,曾亲撷翠人。林塘三百步,车去竟无尘——黄昏时节,细雨霏霏。我爱惜那幽僻之处的芳草,因为它曾经亲近那位来游春的伊人。树林中的水塘边,道路迢迢,她乘车离去,车轮没有碾起尘土。怜幽草:怜惜清幽的芳草。唐·李商隐《晚晴》:"天意怜幽草,人间重晚晴。"撷(xié)翠:采摘草木。古人有于春季上巳日到郊外河滨游春,采摘芳草的习俗。这里泛指春日踏青。唐·杜甫《秋兴八首》:"佳人拾翠春相问。"步:长度单位,一步等于五尺。

雨气侵罗袜,泥痕黦画裳。春阴太萧瑟,归费夕炉香——雨气润湿了她的罗袜,溅起的泥痕染上了她的衣裳。这萧瑟的春阴时节,她归家后烘干衣服,当费去不少熏笼内的熏香。黦(yuè):本意为黄黑色。后用作动词,这里指女子的衣服被泥痕染污。"归费"句:古人以熏炉或熏笼烘烤衣服。诗中女主人公踏春时弄湿衣裳,故而回去后要费香炭熏衣。本句句意与宋·周邦彦《满庭芳·夏日溧水无想山作》"地卑山近,衣润费炉烟"相近。

想见明灯下,帘衣一桁单。相思无十里,同此凤城寒——想象她归家后,坐在明灯下,帘幕儿单单。我对她的相思相隔不远,十里之外,我和她同样领略这京城的夜寒。帘衣:帘幕。唐·陆龟蒙《寄远》:"画扇红弦相掩映,独看斜月下帘衣。"桁(háng):量词。一条。南唐·李煜《浪淘沙》:"一桁珠帘闲不卷。"凤城:京城。

新评

首叠写郊游时遥见伊人,可望而不可近,相思益深,遥慕益苦。"暮雨"二句,系用陶潜《闲情赋》中"愿在发而为泽,刷玄鬓于颓肩;悲佳人之屡沐,从白水而枯煎"诸比喻之意。以诗人对与所恋之人相近诸物的艳羡怜惜,侧面写出诗人对伊人的无限相思。然而空然相见,却不得相亲。"林塘"二句,写伊人已然远去,诗人只有对着她离去后的空空道路怅然。车去无痕，固然是实写，又隐然蕴含伊人高洁无匹之意。次叠中诗人的想象随着伊人远去的车痕而去，写伊人还家后更换下春游泥污的衣裳，然后焚香熏衣。闺阁情境，宛然如画。末叠继续对伊人家居生活的想象，灯前独坐，帘幕单薄，暗示伊人所居的寂寞。“相思”二句，写人虽各居城中，相隔十里，但能同领略今夜之寒。则二人相去虽远，二心却彼此相印，可证彼此倾慕之深。根据苏雪林《清末两大词人》一文中的考证，龚自珍在北京时曾与一满族贵族女子相恋。本诗所写的这段苦苦恋慕却无从相聚的感情，可能就为这段恋爱所作。

夜读番禺集，书其尾

题解

作于道光元年（1821）。《番禺集》即清初著名文人屈大均的文集。屈大均（1630—1696），字翁山，又字介子，广东番禺人。明末清初著名的遗民，明亡后投南明永历帝，参加武装抗清斗争，失败后出家为僧，终生不仕清。其诗气势磅礴，被称为“岭南三大家”之一。著有《翁山诗略》、《翁山诗外》、《翁山文外》等。屈大均的文集在清代是禁书，故而龚自珍这里以《番禺集》曲笔代之。

其 一

灵均出高阳，万古两苗裔。郁郁文词宗，芳馨闻上帝。

其 二

奇士不可杀，杀之成天神。奇文不可读，读之伤天民。

新解

灵均出高阳，万古两苗裔——屈姓起源于上古的高阳氏，千古而下，屈姓后裔中出现两个杰出人物：屈原和屈大均。“灵均”句：指楚国大诗人屈原，字灵均，他在《离骚》开首交代身世，第一句为“帝高阳之苗裔兮”。高阳：古代帝王颛顼（zhuānxù）的别号。苗裔（yì）：后代。

郁郁文词宗，芳馨闻上帝——屈大均是文章大家，文辞美盛。文章的芳香之气，达于上帝之前。郁郁：文章美盛的样子。《论语·八佾》：“周监于二代，郁郁乎文哉！”文词：文章。宗：宗师，宗将。芳馨（xīn）：本指香气，这里指文章之美。闻上帝：闻于上帝。指文章之美，上达天听。

奇士不可杀，杀之成天神——奇才之士不可杀，杀了他他会成为天神。

奇文不可读，读之伤天民——奇士之文不可读，读了之后会让统治者震惊。天民:这里指天子。《孟子·尽心上》:“有天民者,达可行于天下,而后行之者。”《庄子·庚桑楚》:“有恒者,人舍之,天助之。人之所舍,谓之天民。天之所助,谓之天子。”孟子所说的“天民”,与“事君人者”、“安社稷臣者”、“大人者”并列,指的是在天下推行道的人。庄子所说的“天民”,与“天子”互文。所以联系本诗诗意,这里的“天民”实为“天子”的隐称,指的是清朝统治者。

新评

屈大均的诗文具有强烈的反清思想,对于清王朝统治者来说,可谓是“乱臣贼子”。他的诗文慷慨任气,上祖屈原离骚,有别字名“骚馀”。屈大均的著作,在雍正、乾隆两朝曾数次遭禁。故而本诗题中特意标明“夜读”,又以《番禺集》代称屈氏文集。可见清代文化高压政策对士人心灵的震慑束缚。但强权政治的种种残酷手段,是消磨不尽屈大均文章中“郁郁文词”的奇异光彩的。对“奇士”的杀戮,反而使得他们在后世士人心目中获得崇高的地位。屈大均诗文中的豪气悲情,如闪电般激动着二百年后龚自珍跃动郁勃的心灵。诡谲闪烁的诗意中,跃动的是封建社会中一个叛逆者对另一个叛逆者的致敬。

小游仙词十五首(选五)

题解

作于道光元年(1821)的夏天。龚自珍当时任国史馆校对一职。由于嘉庆二十四至二十五年(1819—1820)两次参加会试不第,龚自珍本年转而报考军机章京,但依然未被录取。龚自珍非常失望,于是写下《小游仙词》十五首,自此开戒作诗。游仙词:《游仙诗》起源于晋代郭璞的《游仙诗七首》,诗中所写都是道家传说中的神仙生活。到了唐代的曹唐,作有《小游仙诗九十八首》,是以绝句体作游仙诗的开端。龚自珍这组《小游仙词》不同于前人,是借仙家故事,来比喻他投报军机处不成的这番经历。

其　一

历劫丹砂道未成,天风鸾鹤怨三生。
是谁指与游仙路?抄过蓬莱隔岸行。

新解

历劫丹砂道未成,天风鸾鹤怨三生——我烧炼丹砂已经很久,却始终未能得道成仙,不能骑鸾鹤乘风遨游,我因此而哀怨不已。历劫:经过长久的时间。劫,佛教用语。佛教传说世界经历若干万年便毁灭一次，然后重新再开始新的世界，这样一个世界毁灭重生的周期被称为一"劫"。丹砂：即朱砂，道家炼丹药的主要原料。天风鸾鹤：乘鸾鹤，驾天风，指得道成仙。三生：佛家语，认为人有过去、未来、当今三生。这两句是说自己屡试不第，没有晋身之阶。

是谁指与游仙路？抄过蓬莱隔岸行——是谁指点我游仙境的捷径？可以绕过蓬莱仙岛，抄小路到达彼岸。抄过：绕过。蓬莱：道教传说中的海上仙岛。这两句是说有人指点自己，不用继续应会试考取进士，而是改走考军机章京这条捷径。清雍正年间，西北用兵，为方便军备，保守军事秘密，特设立军机处。后来军机处取代内阁的地位，成为皇帝亲信的办理军政要务的重要机构。军机大臣都由皇帝信任的亲信大臣担任，升迁也很快。作为军机处办事人员的军机章京，职位虽然不高，但因为经常接近皇帝，也容易得到特别的宠信，能短时期内升迁要职。清代，一般汉族士人如要入仕，都要参加一级级的科举考试，最后经过会试考中进士后，方可以在朝廷或地方担任官职，这是比较传统的晋身之阶。但如中举后不考进士，考取军机章京，可以更便捷地走上仕途。所以龚自珍这里以抄近路来比喻。

新评

本诗是组诗的第一首，诗意为交代这组诗的写作缘由：作者数次应科举，而未中进士，于是有人指点他考军机章京的捷径。"天风鸾鹤怨三生"，一个"怨"字是这十五首游仙词的主要基调。龚自珍对军机处的情感是十分复杂的，既有自幼便有的艳羡与向往，又有考试失败后的失望不满和讽刺，不可一概视为讽喻之作。

其　二

九关虎豹不讥诃，香案偏头院落多。
赖是小时清梦到，红墙西去即银河。

新解

九关虎豹不讥诃，香案偏头院落多——天门九重，守门的虎豹并未呵责我，香案的一端，院落重重。"九关虎豹"句：比喻守卫皇宫的侍卫，对军机处的人很客气。《楚辞·招魂》："魂兮归来，君无上天些；虎豹九关，啄害下人些。"九关：天上的九重天门。诃（hē）：怒斥。香案：烧香的几案。《唐书·百官志》："起居舍人，分侍左右，秉笔随宰相入殿；若仗在紫宸内阁，则夹香案分立殿下。"军机章京的职责略同于唐代的起居舍人，这里以之作比。

赖是小时清梦到，红墙西去即银河——红色宫墙的西面，有银河一脉，这里正是我儿时梦到的地方。"赖是"句：龚自珍的祖父龚禔身，曾任军机行走一职。龚自珍的父亲龚丽正则当过军机章京。所以龚自珍小时候从祖父和父亲那里听过许多关于军机处的事情,并怀有向往之意。红墙:宫墙。军机处的地理位置,在保和殿和乾清门之间往西的院落中,背靠红色宫墙。银河:这里指隔绝尘世和仙境的地方,即军机处。

新评

这一首写军机处的地理位置。第一句从宫廷侍卫的态度写出军机处人的尊崇身份,第二句写军机处的办公地点临近帝王上朝处,暗示军机处的重要地位。三四句借儿时梦境写出自己自幼就怀有的对军机处的向往,言外隐隐透出诗人未能考取军机章京的遗憾失望的心情。

其　五

寒暄上界本来希,不怨仙官识面迟。
侥幸梁清一私语,回头还恐岁星疑。

新解

寒暄上界本来希,不怨仙官识面迟——仙界本来就很少寒暄之事,不怨恨仙官们迟迟认不得我。寒暄:问寒问暖。泛指宾主见面时谈天气冷暖之类的应酬话。这里指一般的人际交往。上界:天界。这里指军机处。仙官:有爵位的神仙。这里指军机处属官。

侥幸梁清一私语,回头还恐岁星疑——侥幸与梁玉清私语几句,还要慌忙回头,害怕岁星起疑。梁清:即梁玉清。道教传说中的女仙。《东方朔内传》云,秦并六国时,太白星窃织女侍儿梁玉清、卫承庄,逃入卫城少仙洞,四十六日不出。天帝怒,命五岳搜捕。太白归位,梁玉清谪于北斗下。岁星:即木星。古人认为木星十二年绕天一周,每年行经一个特定的星空区域,故据以纪年。古代传说东方朔为岁星化身,唐·李亢《独异志》卷上:“汉东方朔,岁星精也,自入仕汉武帝,天上岁星不见。至其死后,星乃出。”这里以对“梁清一私语”起疑心的东方朔来喻指军机处大臣。

新评

这一首写军机处内部冷漠的工作氛围。根据清·赵翼《军机处述》的记载,军机处由于是特殊的机密机构,因此军机大臣一般不与地方官员和京城部院官员人际往来。徐珂《清稗类钞》中也说,嘉庆时,“王、贝勒、子、公,文、武满汉大臣,俱不得至军机处与军机大臣有所谈论”。作者当时只是个小小的国史馆校对,军机处中人当然对他“识面迟”。诗人虽然在诗中说“不怨仙官”,其实心境还是很失落的。

其 十

仙家鸡犬近来肥，不向淮王旧宅飞。
却踞金床作人语，背人高坐著天衣。

新解

仙家鸡犬近来肥，不向淮王旧宅飞——跟着淮南王升天的鸡犬近来在仙境里养的肥硕了，它们再也不眷恋地上淮南王的旧府邸。仙家鸡犬：用汉淮南王鸡犬升天典，见前《行路易》诗注。这里指那些从六部部曹考入军机处的人，他们一旦成为军机章京，就转脸不认人，不愿理睬旧日同僚了。淮王：汉淮南王刘安。

却踞金床作人语，背人高坐著天衣——这些鸡犬背着人高高地蹲据在金床之上，穿着天衣，还说起人的语言来，神气活现。作人语：《太平御览》卷九一八引《幽明录》："晋兖州刺史沛国宋处宗，尝买得一长鸣鸡，爱养甚至，恒笼着窗间。鸡遂作人语，与宗谈论，极有言致，终日不辍，处宗因此言巧大进。"天衣：仙衣。这里指军机章京不同于一般官员的服饰。清代军机章京，因为备受重视，可以带朝珠，戴全红帽罩，穿貂褂，而这原本依例是三品四品以上官员才能用的服饰。

新评

这是组诗中讽刺最为辛辣的一首诗，诗人入木三分地刻画出那些原本为六部部曹和内阁中书的人的丑态：他们一旦考取军机章京，立即神气活现，装模作样，在军机处耀武扬威。并对昔日同僚摆出一副高高在上的嘴脸。但诗人尖锐地揭露出：他们的真实身份，不过是跟着达官青云直上的鸡犬之辈而已！

其十五

众女蛾眉自尹邢，风鬟露鬓觉伶俜。
扪心半夜清无寐，愧负银河织女星。

新解

众女蛾眉自尹邢，风鬟露鬓觉伶俜——众女仙一个个争奇斗艳，都有汉武帝的尹夫人和邢夫人那样的美貌，而我风鬟露鬓，憔悴而孤独。众女蛾眉：众多美貌女子。屈原《离骚》："众女嫉余之蛾眉兮，谣诼谓余以善淫。"尹邢：汉武帝的两位妃子。《史记·外戚世家》："武帝时，尹夫人与邢夫人同时并幸，有诏不得相见。尹夫人请愿望见邢夫人，帝许之，而令他夫人饰为邢夫人来前。尹见之曰：'此非邢夫人也，视其身貌形状，不足以当人主。'"这里指那些同去考军机章京而被录取的同伴。风鬟露鬓：鬓发蓬乱，形容女子憔悴的样子。唐·李朝威《柳毅传》："（龙女）牧羊于野，风鬟雨鬓。”伶俜(língpīng):孤单,孤独。

扪心半夜清无寐,愧负银河织女星——清夜无眠,我扪心自问,很惭愧辜负了织女星的一片好意。扪(mén)心:抚摸胸口。无寐(mèi):无眠。织女星:这里指劝龚自珍考军机章京的人。

新评

屈原的《离骚》,开创了中国文学以男女之情比喻君臣之义的传统。本篇的用意,一本《离骚》。诗人才高而不得进用,徒然遭到同辈的嫉妒。首句写众女争艳,次句写自己的憔悴,两句形成鲜明的冷热对比,愈发显出他人的得意和自己的失意。

赋得香

题解

作于道光元年(1821)。赋得:本为科举考试中试帖诗的体裁,根据固定的题目和韵脚写诗,一般为五言八韵或六韵。这里只是仿效试帖诗,以“香”为题咏物,故而并未严格遵守试帖诗的格式。

我有香一段,煎熬刳斫成。德坚能不死,心苦惜无名。
大玉烦同荐,群灵感至诚。偶留闺阁爱,结习愧平生。

新解

我有香一段,煎熬刳斫成——我有一段香料,经过砍挖煎熬等加工工序才制成。煎熬刳(kū)斫(zhuó):指加工木质香料的各种工序。刳,剖、挖。斫,用刀、斧等砍劈。沉香、檀香等木质香料,自原材料到被加工成可以用来焚烧的成品,需要经过许多道工序。明末清初的冒襄在《影梅庵忆语》中提到的一段文字可作“煎熬刳斫成”的参考:“近南粤东莞茶园村土人种黄熟,如江市之艺茶,树矮枝繁,其香在根。自吴门解人剔根切白,而香之松朽尽削,油尖铁面尽出……一种生黄香,亦从枯肿朽痈中取其脂凝脉结、嫩而未成者。余尝过三吴白下,遍收筐箱中盖面大块,与粤客自携者,甚有大根株尘封如土,皆留意觅得,携归,与姬为晨夕清课,督婢子手自剥落,或斤许仅得数钱,盈掌者仅削一片,嵌空镂剔,纤悉不遗,无论焚蒸,即嗅之,味如芳兰,盛之小盘,层撞中色殊香别,可弄可餐。”

德坚能不死,心苦惜无名——香气坚贞不灭,我为这珍贵之香却默默无名而感到难过。

大玉烦同荐,群灵感至诚——这珍贵的香将同大玉一起献给神灵们,诸神都为如此深厚的诚意感动。大玉:贵重的大型宝玉,作为国家社稷的象征,常用于大型祭祀,以沟通人神。《尚书·顾命》:"大玉、夷玉、天球、河图,在东序。"荐:献给。群灵:指用名香和大玉来祭祀的诸神。

偶留闺阁爱,结习愧平生——这名香也偶然会流入闺阁中,生出一段情爱,我为此生未能消除情欲结习而感到惭愧。闺阁爱:这里以名香流入闺阁中喻指男女情爱。结习:佛教用语。指凡人的欲望等烦恼。

新评

这是一首托物寓意的诗。自屈原《离骚》以来,文学作品中就有以名贵的香料来象征君子品德的传统。本诗所咏的名香,显然是龚自珍自我精神世界的比喻。首联写制香不易,工序繁多,则香的名贵珍重可知。次联写此香不得世人欣赏,德坚却无名于世。第三联以大玉同荐来衬托此香的至洁至贵,以诸多神灵都为此香感动,反衬此香在人世间的无名之不公。末联笔势一转,语义双关,既指名香不为世所赏,只能流入闺阁中,也指自己未能抛弃男女欢爱这样的"结习"。龚自珍一直为清统治者视为异己,这使得他在二十多年的官场生涯中,一直是个失败者。正如诗中的名香,得不到世人的承认。深沉的忧患感伴随着龚自珍的一生,在那个时代,他只能向男女情欲和宗教中去逃避,寻找安抚心灵的方式。诗人在诗中说"结习愧平生",其实结习固然难以除尽,诗人本也无意消除。与其说是惭愧,不如说是对自己只能选择这样道路的愤懑。

奴史问答

题解

作于道光元年(1821)。诗人借用汉赋中主客问答体的手法,假托"奴星"和"写书小史"的问答,刻画出一位行为怪异,不合时宜的主人形象。这位主人,就是龚自珍的自绘像。

朝莼一卮,五百学士偷文词。暮酒一杓,四七辨士记厓略。
长眉写书小史云:主人者谁?入亦无姝,出亦无车。
一史致词:出无车,迷不知东街与西街,怀中堕出西海图。
入无姝,但见瑶琴愔愔,红烛华都。
主人中夜起,弹琴对烛神踟蹰。
邻宅大夫,私问奴星:主人者谁?朝讼圣贤文,夕讼圣贤文?

奴言从主人一纪有馀，主人朝瘽夕腴，夕腴朝又瘽。
尚不见主人之眉发美与丑，
惟闻喃喃呢呢朝诵贝叶文，夕诵贝叶文。
比来长安，出亦无车，入亦无姝。
日籍酒三五六斤，苦荈亦三斤。
长安无客不踏主人门，
客称主人一喙，不知主人谁喜谁所嗔。
岁星在前奴在后，又闻昨夜宅神巷鬼言：
包山老龙馋不得归，谈破长安万张口。
万张口奴皆闻之。奴能算天九，算地九。
能使梭化龙而雷飞，石赴波而海走，
又能使大荒之山麒麟之角移赠狗。
奴不信主人行藏似谁某。

新解

朝荈一卮，五百学士偷文词。暮酒一杓，四七辨士记厓略——主人早晨起来饮茶一杯，白日里写下奇幻的文词，为诸多学士所模拟仿效。傍晚饮酒一樽，议论滔滔，诸多善辩的人士都只能记下主人言论的大略。荈(chuǎn)：茶。唐·陆羽《茶经》："其名一曰茶……五曰荈。"五百学士：泛言文士之多。四七辨士：泛言善辩人士之多。天空有二十八星宿，古代往往有将著名文士视为天上星宿下凡的传说，所以这里用四七概举辩士之数。厓略：梗概，大略。

长眉写书小史云：主人者谁？入亦无姝，出亦无车——眉毛秀丽的抄书书记问：主人是什么人呢？入门没有侍妾侍候，出门没有车马供行。写书小史：本处指抄书的书记之类。姝(shū)：美女。出亦无车：这里是用《战国策·齐策》中冯谖客孟尝君，不得礼遇，倚柱弹剑而歌"长铗归来乎！出无车"的典故。

一史致词：出无车，迷不知东街与西街，怀中堕出西海图——另外一个书记回答：主人出门没有车马，在街道上迷路不知东西，怀中掉出西北地图。西海图：西海原指青海省的青海湖，西汉时，汉朝于彼处置西海郡。这里泛指西北地区。龚自珍为清代西北地理专家之一，对西北边境军事形势十分关注，著有《西域置行省议》等文。

入无姝，但见瑶琴愔愔，红烛华都——主人回家后，亦没有侍妾侍候，空见瑶琴闲置，红烛华美。愔愔(yīn)：静寂和悦貌。晋·嵇康《琴赋》："愔愔琴德，不可测兮。"华都(dū)：华美。都，美好。

主人中夜起，弹琴对烛神踟蹰——主人夜中起床，独自在烛光下弹琴，神色不宁。这两句是用晋·阮籍《咏怀》诗意："夜中不能寐，起坐弹鸣琴。薄帷鉴明月，清风吹我襟。孤鸿号外野，翔鸟鸣北林。徘徊将何见，忧思独伤心。"以中夜独自弹琴来表达自己的"忧思独伤心"。踟蹰(chíchú)：心中犹豫不决的样子。

邻宅大夫，私问奴星：主人者谁？朝讼圣贤文，夕讼圣贤文——邻家的官儿私下里向奴仆阿星打听：你家主人是什么人？朝朝暮暮，对圣贤文口中攻击个不停？大夫：这里作为官员的通称。奴星：名字叫星的奴仆。唐·韩愈《送穷文》："主人使奴星结柳作车，缚草为船……三揖穷鬼而告之曰……"这里有暗示自己也如韩愈一般需"送穷"之意。讼：攻击争论。圣贤文：指儒家的四书五经等。

奴言从主人一纪有馀，主人朝癯夕腴，夕腴朝又癯——奴仆阿星回答说：我跟随主人已经快十二年，主人早上清瘦，晚上丰悦，晚上丰悦，早上又清瘦。纪：十二年为一纪。朝癯夕腴：用《淮南子·精神训》典："子夏见曾子，一臞一肥。曾子问其故。曰：'出见富贵之乐而欲之，入见先王之道又说(悦)之，两者心战，故臞。先王之道胜，故肥。'"龚自珍这里用这个典故来夸张地表示自己心中理想和现实不断碰撞发生矛盾，因而使得自己内心痛苦，容貌也为之改变不定。癯：瘦。腴：肥胖。

尚不见主人之眉发美与丑，惟闻喃喃呢呢朝诵贝叶文，夕诵贝叶文——见不到主人眉发美丑与否，只听到主人呢呢喃喃，日夜诵读佛经。贝叶文：佛经的代称。古代印度无纸，以贝多罗树的树叶来抄写佛经。

比来长安，出亦无车，入亦无姝——等到主人来了京城，出行也没有车马，家中也没有姬妾。

日籍酒三五六斤，苦荈亦三斤——每天赖着大量饮酒喝茶度日。籍：通"借"。

长安无客不踏主人门，客称主人一喙，不知主人谁喜谁所嗔——京城人士没有不来访问主人的，客人们一人一张嘴，不知道主人被谁所喜爱，又不知道被谁所厌恶。喙(huì)：嘴。

岁星在前奴在后，又闻昨夜宅神巷鬼言——主人在前，奴仆阿星在后，昨夜听到宅神和里巷之鬼说话。岁星：即木星。这里用唐·李冗《独异志》中"汉东方朔，岁星精也。自入仕汉武帝，天上岁星不见。至其死后，星乃出"典故。龚自珍在其诗文中屡屡以东方朔自比，故这里的岁星，系指"主人"而言。

包山老龙馋不得归，谈破长安万张口——洞庭山的老龙虽馋而不得归去，化身为人住在长安，谈天说地，无所不及。包山老龙：指龚自珍自己。包山，太湖中的洞庭西山的别称。汉代有仙人鲍靓隐居此山，遂称鲍山，讹为包山。龚自珍自嘉庆二十三年(1818)游洞庭山后，遂生隐居洞庭之念。故而此处以不得归去的包山老龙比喻在京师不得隐居湖山的自己。"谈破"句：形容言辞便捷。宋·苏轼《赠李兕彦威秀才》："如今唯有谈天口，云梦胸中吞八九。"

万张口奴皆闻之。奴能算天九，算地九——主人的谈论奴仆阿星我都知道，奴仆我也能精算天文地理。天九、地九：泛指天文地理。

能使梭化龙而雷飞，石赴波而海走——我能使织布的木梭化成龙，乘着雷声飞去，也能使石头向着大海奔向波涛而走。“梭化龙”句：用《晋书·陶侃传》典：“侃少时渔于雷泽，网得一织梭，以挂于壁。有顷雷雨，自化为龙而去。又梦生八翼，飞而上天。”“石赴波”句：用《三齐略记》典：“（秦）始皇作石桥，欲渡海看日出处。时有神人，能驱石下海，石去不速，神辄鞭之，石皆流血。今石桥犹赤色。”

又能使大荒之山麒麟之角移赠狗——我还能把大荒山中神兽麒麟的角转赠给狗。大荒之山：《山海经·大荒西经》：“大荒之中，有山名大荒之山，日月所入。”麒麟之角：麒麟是神话传说中的神兽，首有一角。《诗经·周南·麟之趾》：“麟之角，振振公族。”麒麟是儒家文化中君子仁政的象征。这里诗人写奴星能把神兽麒麟的角换给卑贱的狗，可谓语极讽刺。

奴不信主人行藏似谁某——奴星我不相信，主人的出与处能像别人一样。行藏：入世和出世。《论语·述而》：“用之则行，舍之则藏。”谁某：谁。宋·苏轼《石鼓》：“岂有名字记谁某。”

新评

今存的龚自珍诗集中，五七言律诗只占四分之一左右。相对于格律严谨的律诗，龚自珍更喜欢用句式长短不一，气脉流转多变的杂体诗来承载他驰骋腾挪的诗情。龚自珍的杂体诗，往往力求在诗歌形态上冲破传统束缚，创造出新的弹性而有活力的诗歌语言，本诗就是这一类诗的代表作。诗中借奴星和长眉小史之口描绘的“主人”，可谓奇奇怪怪，畸行异言。不过剥开故作怪异的夸张和有意错落颠倒，力求生涩的语言，荒诞诡谲的色彩，我们看到的是类似于《感士不遇赋》式的传统主题。

辛巳除夕，与彭同年蕴章同宿道观中，彭出平生诗，读之竟夜，遂书其卷尾

题解

作于道光元年（1821）的除夕。彭蕴章（1792—1862）：字综达，江苏长洲（今苏州）人。以举人官内阁中书，充军机章京，道光十五年（1835）进士，累官至武英殿大学士，著有《松风阁诗钞》等。道观：这里指北京城南的圆通观。竟夜：整夜。

亦是三生影，同听一杵钟。挑灯人海外，拔剑梦魂中。
雪色憺恩怨，诗声破苦空。明朝客盈座，谁信去年踪。

新解

亦是三生影，同听一杵钟——除夕之夜如此相聚，同听撞钟之声，也是三生中的幻影。三生：佛家所说的三世转生，即前生、今生和来生。影：指三生都如水泡幻影，《金刚经》："一切有为法，如梦幻泡影，如露亦如电，应作如是观。"杵（chǔ）：本意指棒槌，这里指击钟的钟杵。本联化用唐·李商隐《题僧壁》"若信贝多真实语，三生同听一楼钟"诗意。

挑灯人海外，拔剑梦魂中——在茫茫人海外的道观中挑灯夜读你的诗卷，你的诗充满豪情，让我在梦中拔剑而起。

雪色憺恩怨，诗声破苦空——窗外雪色溶溶，一年间积下的恩怨随之而化去，我吟诗的声音划破佛门的空寂。憺（dàn）：同"淡"，化解。苦空：佛教语。谓人世间一切皆苦，凡事俱空。后亦用作佛门的代称。

明朝客盈座，谁信去年踪——明日是新年，宾客满座，谁相信我们去年此夜竟如此度过？

新评

龚自珍本年投考军机章京不成，独居京师，常怀念家人，心情相当寂寥无依。岁末本是阖家欢聚，一门笑语的日子，而诗人却在道观中，和同样有家不能回的友人相伴，读诗守岁。本诗起句即感慨浮生如梦，次句写和友人能同听此钟，一起度过这样的除夕，亦有浮生因缘聚会不定，人世无常的禅意。"挑灯"一联，于寥落中复显壮志。末联想象明日宾客满堂的热闹，从反面衬托出眼前今夕的凄冷。诗中所写听钟、挑灯、雪色化怨、诗声破空，无一是除夕应有之事，应有之景，而诗人如此写入除夕诗中，只觉出诗人心境的苦闷。

汉朝儒生行

题解

本诗作于道光二年（1822），是一首借汉朝史事，讽喻当时朝政的力作。诗中的汉朝儒生，是龚自珍的自谓。"汉朝将军"的所指有数说：一说是龚自珍的好友杨芳，曾任古北口提督。龚自珍有《寄古北口提督杨将军（芳）》诗云："升平闲将略，明哲保孤身。莫以同朝忌，惭非贵戚伦。"杨芳因为非满清亲贵而受到排挤的情况与本诗中"将军"的境遇类似；一说为当时另一著名汉族将领杨遇春；一说为雍正乾隆时的名将岳钟琪。但都没有确凿的证据。

汉朝儒生不青紫，二十高名动都市。

《易》通田何《书》欧阳，三十方补掌故史。
门寒地远性傥荡，出门无阶媚天子。
会当大河决酸枣，愿入薪楗三万矢。
路逢绛灌拜马首，拜则槃辟人不喜。
归来仰屋百喟生，著书时时说神鬼。
生不逢高皇骂儒冠，亦不遇灞陵轻少年。
爱读《武皇传》，不遇武皇祠神仙。
神仙解词赋，《大人》一奏凌云天。
枕中黄金岂无药，更生误读淮王篇。
自言汉家故事网罗尽，胸中语秘世莫传。
略传将军之客数言耳，不惜籍我歌当筵。
一歌使公惧，再歌使公悟，我歌无罪公无怒。
汉朝西海如郡县，蒲萄天马年年见。
匈奴左臂乌孙王，七译来同藁街宴。
武昭以还国威壮，狗监鹰媒尽边将。
出门攘臂攫牛羊，三载践更翻沮丧。
三十六城一城反，都护上言请勤远。
期门或怒或阴喜，喜者何心怒则愤。
关西籍甚良家子，卅年久绾军符矣。
不结椎埋儿，不长呜珂里。
声名自震大荒西，饮马昆仑荡海水。
不共郅支生，愿逐楼兰死。
上书初到公卿惊，共言将军宜典兵。
麟生凤降岂有种，况乃一家中国犹弟兄。
旌旗五道从天落，小印如斗大如斛。
尽隶将军一臂呼，万人侧目千人诺。
山西少年感生泣，羽林群儿各努力。
共知汉主拔孤根，坐见孤根壮刘室。
不知何姓小侯瞋，不知何客惎将军。
将军内顾忽疑惧，功成定被他人分。
不如自亲求自附，飞书请隶嫖姚部。

上言乞禁兵，下言避贤路。
笑比高皇十八侯，自居虫达曾无羞。
此身愿爵关内老，黄金百斤聊可保。
呜呼！汉家旧事无人知，南军北军颇有私。
北军似姑南似嫂，嫂疏姑戚群憧窥。
可怜旧事无人信，门户千秋几时定。
门户原非主上心，訞荡吾知汉皇圣。
是时书到甘泉夜，答诏徘徊未轻下。
密问三公是与非，沮者不坚语中罢。
廋词本冀公卿谅，末议微闻道涂骂。
拙哉某将军，非火胡自焚。
非蚕胡自缚，非虿胡自螫。
有舌胡自挢，有臂胡自掣。
军至矣，刺史迎，肥牛之腱万镬烹。
军过矣，掠童女，马踏燕支贱如土。
嬴家长城如一环，汉家长城衣带间。
嬴家正为汉家用，坐见入关仍出关。
入关马行疾，出关马无力。
丞华厩里芝草稀，水衡金贱苦乏绝。
卜式羊蹄尚无用，相如黄金定何益。
珠崖可弃例弃之，夜过茂陵闻太息。
汉家庙食果何人，未必卫霍无侪伦。
酎金失侯亦有命，人生那用多苦辛。
噫嚱！人生那用长苦辛。
勿向人间老，老阅风霜亦枯槁。
千尺寒潭白日沈，将军之心如此深。
后世读书者，毋向兰台寻。
兰台能书汉朝事，不能尽书汉朝千百心，儒林丈人识此吟。

新解

汉朝儒生不青紫，二十高名动都市——汉朝有位儒生，身无高官显爵，但是二十岁便名声大著，惊动都市。青紫：古代官印系带的颜色。汉代相国等官员用金印紫绶，御史大夫等官员用银印青绶。后比喻高官显爵。诗中的这位汉朝儒生，是龚自珍自己的化身。龚自珍二十岁左右在北京居住时，已经头角崭崭，与前辈名士王昙等结交，大受前辈们的称赞。

《易》通田何《书》欧阳，三十方补掌故史——他学问赅博，精通田何派的《易经》学说和欧阳生的《尚书》之学。然而他年至三十岁方才补上掌故这样的小官。"易通"句：田何，西汉人，精通《周易》，汉惠帝曾亲往其家学习《易经》。汉代治《易》者皆出于田何门下。欧阳，即欧阳生，西汉人，从伏生受《尚书》，代代相传，汉代时《尚书》有欧阳氏学。《汉书·儒林传》有传。田何《易经》和欧阳氏《尚书》，都属于今文经学。掌故史：即掌故。汉代官职名，主掌前朝的遗闻掌故，是职位低下没有实权的低级文官。龚自珍二十九岁时任内阁中书，三十岁时充国史馆校对，所以这里以"掌故"代指自己的官职。

门寒地远性傥荡，出门无阶媚天子——他门族寒微，故乡遥远，性格倜傥不羁，跨入仕途后找不到门路去取悦天子。傥荡（tǎngdàng）：疏放无拘检的样子。《后汉书·史丹传》："貌若傥荡不备，然心甚谨密。"出门：本处指入仕。媚天子：取悦于天子。《诗经·大雅·假乐》："百辟卿士，媚于天子。"龚自珍出生于南方杭州，所以说"地远"，但龚氏已数代官宦，称不上是"门寒"，这里是夸张。

会当大河决酸枣，愿入薪楗三万矢——正遇上黄河在酸枣决口，他愿意投效朝廷，背负薪柴竹桩去填决口。大河：黄河。决酸枣：酸枣，地名，今河南省延津。汉文帝十二年（前168），黄河在酸枣决口。薪：柴草。楗：桩柱。矢：根，量词。《汉书·沟洫志》：汉武帝元光时，黄河支流瓠子河决口，造成二十多年的洪灾。后来汉武帝发动数万兵卒筑河，并亲自驾临，"令群臣从官自将军以下皆负薪填决河。是时，东郡烧草，以故薪柴少，而下淇园之竹以为楗。"嘉庆二十四年（1819）八月，河南兰阳等地黄河缺口。龚自珍关心国家的水利建设，对这次的水灾表示忧惧。详见前《咏史》"宣室当年起故侯"注。

路逢绛灌拜马首，拜则槃辟人不喜——在路上遇见高官，向马前行礼，但是他行礼的姿势为人所不喜。绛灌：绛侯周勃和颍阴侯灌婴。都是汉代的开国功臣。这里代指朝廷中的权贵。槃（pán）辟：盘旋，形容行礼下拜的样子。

归来仰屋百喟生，著书时时说神鬼——归来后仰首对着屋顶长叹不已，著书只说神鬼之事。喟（kuì）：感叹。说神鬼：这里用贾谊事。《史记·屈原贾生列传》载：贾谊在朝中得不到汉文帝的信任，外放为长沙王太傅。"后岁馀，贾生征见，孝文帝方受釐，坐宣室。上因感鬼神事，而问鬼神之本。贾生因具道所以然之状，至夜半，文帝前席。"唐·李商隐《贾生》诗就此感慨文帝不能使人才物尽其用："宣室求贤访逐臣，贾生才调更无伦。可怜夜半虚前席，不问苍生问鬼神。"

生不逢高皇骂儒冠，亦不遇灞陵轻少年——他未曾生在汉高祖辱骂儒生的时代，也未曾生在汉文帝轻视少年贾谊的时代。高皇：汉高祖刘邦。骂儒冠：辱骂儒生。《史记・郦生陆贾列传》："沛公（刘邦）不好儒，诸客冠儒冠来者，沛公辄解其冠，溲溺其中。与人言，常大骂：'未可以儒生说也！'"灞陵：汉文帝刘恒的陵墓。此处代指刘恒。轻少年：用贾谊事。汉文帝时，贾谊官至大中大夫，为朝廷改制礼乐，年方二十多岁。后来遭到绛侯周勃和颍阴侯灌婴等旧臣的诋毁，称他是"洛阳之人，年少初学，专欲擅权，纷乱诸事"。后来汉文帝果然疏远贾谊。诗中从"路逢"开始的六句，都是用贾谊自比。

爱读《武皇传》，不遇武皇祠神仙——这位汉朝儒生喜好阅读汉武帝的传记，却没有逢上汉武帝祀奉神仙的时代。武皇：汉武帝。祠神仙：祭祀神仙。汉武帝好神仙之道，留下许多传说。《汉书・武帝纪》的赞便说武帝："建封禅，礼百神。"

神仙解词赋，《大人》一奏凌云天——武帝祀奉的神仙爱好词赋，一篇《大人赋》，上达帝王之前。司马相如作《大人赋》，献给汉武帝。《史记・司马相如传》："相如见上好仙道……乃遂就《大人赋》……天子大说（悦），飘飘有凌云之气，似游天地之间意。"

枕中黄金岂无药，更生误读淮王篇——淮南王刘安的枕中，岂无点金秘笈和长生药方？刘向只是读其书却未得其真谛罢了。更生：刘向，本名更生，汉宣帝时的著名儒生。淮王：淮南王刘安，好神仙方术，汉武帝时因谋反被诛。《汉书・刘向传》："上复兴神仙方术之事，而淮南（淮南王刘安）有《枕中鸿宝苑秘书》，书言神仙使鬼物为金之术，及邹衍重道延命方，世人莫见。而更生父德，武帝时治淮南狱得其书，更生幼而读诵，以为奇，献之，言黄金可成。上令典尚方铸作事，费甚多，方不验。上乃下更生吏，吏劾更生铸伪黄金，系当死。更生兄阳城侯安民上书，入国户半，赎更生罪。上亦奇其才，得逾冬减死论。"

自言汉家故事网罗尽，胸中语秘世莫传——这位汉朝儒生自称汉代的典章制度都已尽悉，胸中的奇秘之事不传于世。故事：历史掌故。

略传将军之客数言耳，不惜箝我歌当筵——在此略说某位将军家的门客传出的只言片语，即使是钳住我的喉咙，我也要在筵席上当场歌唱出实情。箝（qián）：同"钳"。用铁圈束颈之刑。

一歌使公惧，再歌使公悟，我歌无罪公无怒——我的歌唱能使您惧怕，再听下去便能让您醒悟。我的歌唱没有罪过，请您不要发怒。

汉朝西海如郡县，蒲萄天马年年见——汉朝国势强盛，四周邻国臣服，遥远的西域如同内地的郡县一般，服从中央朝廷管辖，年年进贡方物不断。西海：今青海。西汉末，汉朝设立西海郡。蒲萄：即葡萄。原为西域作物，后传入中原。天马：汉朝时西域出产的优质骏马。汉朝加强和西域诸国的联系后，西域特产葡萄、苜蓿和天马等都传入中原。如唐·王维《送刘司直赴安西》诗即云:“苜蓿随天马,葡萄逐汉臣。”

匈奴左臂乌孙王,七译来同藁街宴——匈奴的臂膀乌孙国王,通过辗转翻译前来汉朝的国都长安朝会。乌孙:汉代西域国名,在今新疆伊犁河流域。《汉书·西域传》:“乌孙国……去长安八千九百里。……故服匈奴,后盛大,取羁属,不肯往朝会。……哀帝元寿三年,大昆弥伊轶靡与单于并入朝,汉以为荣。”大昆弥,乌孙国王号。七译:指乌孙语需多次辗转翻译才能被汉人通晓。藁(gǎo)街:汉代长安街道名,是四夷馆邸所在。

武昭以还国威壮,狗监鹰媒尽边将——汉武帝(前140—前87)汉昭帝(前86—前74)以来,国势强盛,宫中的狗监和养鹰人之类,都派到边塞上去做大将。狗监:汉朝内官名,掌管猎犬。武帝时,狗监杨得意曾向武帝举荐司马相如。鹰媒:掌管猎鹰的内官。

出门攘臂攫牛羊,三载践更翻沮丧——这些人离开国都后只知道揎拳攘袖,抢夺百姓的牛羊财物。三年边境服徭役,都出钱雇佣他人替代,部队斗志全无。攘(rǎng)臂:卷起衣袖露出手臂。攫(jué):这里指抢夺。践更:汉代边境守兵,定时轮换。轮到服徭役的人,可出钱雇佣贫困者代替被征者为卒,称为践更。翻:同“反”。

三十六城一城反,都护上言请勤远——西域三十六国中,有一国反叛了汉朝。西域都护上书朝廷,请派兵平定远方的叛乱。三十六城:指西域诸国。《汉书·西域传》:“西域以孝武时始通,本三十六国,其后稍分至五十馀。”都护:官职名。汉宣帝时,设立西域都护,为驻扎西域的最高长官。勤远:发兵救护远方。

期门或怒或阴喜,喜者何心怒则愤——期门诸人听到发兵消息,有的发怒,有的心下窃喜。发怒的人心中愤恨,心下窃喜的人不知是何居心。期门:官名。汉武帝建元三年(前138)设立,掌管兵器和皇帝的出入护卫。这里指清代掌管近卫军的八旗近戚。

关西籍甚良家子,卅年久绾军符矣——有一位将领,他籍贯关西,家世清白。担任将帅已有三十多年,名声远扬。关西:函谷关和潼关以西地区。《后汉书·虞诩传》中引当时民谚:“关西出将,关东出相。”籍甚:声名大震。良家子:指这位将军家世清白。《史记·李将军列传》:“孝文帝十四年,匈奴大入萧关,而广以良家子从军击胡。”司马贞《史记索隐》注:“如淳云‘非医、巫、商贾、百工也’。”绾(wǎn):系结。军符:兵符,调动军队用的符信。

不结椎埋儿,不长鸣珂里——他不结交街市流氓,也不与权贵往来。椎埋儿:杀人盗墓的城市流氓。《史记·酷吏列传》:“王温舒者,阳陵人也,少时椎埋为奸。”长(zhǎng):统领。鸣珂里:权贵集中居住的地方。《旧唐书·张嘉贞传》:“嘉贞为相,弟嘉佑为金吾将军,每朝,轩盖驺从盈间,所居之坊号曰鸣珂里。”珂,马头上的饰玉。

声名自震大荒西，饮马昆仑荡海水——他的威名震动遥远的西域边陲，他饮马昆仑山下，青海湖水为之激荡。大荒西：本指极其边远之地。《山海经·大荒西经》："大荒之中，有山名大荒之山，日月所入。"这里指西域边陲。饮(yìn)马：让马饮水。昆仑：昆仑山。中国西部山系的主干，西起帕米尔高原，经新疆西藏之间，通过青海西南到四川西北部。这里也是泛指西域地区。海水：青海湖水。

不共郅支生，愿逐楼兰死——他誓不与异族叛乱者同生存，愿为了征伐西陲献出自己的生命。郅(zhì)支：汉元帝时匈奴首领，本为呼韩邪单于之兄，后自立为郅支骨都侯单于。呼韩邪归顺汉朝后，郅支迁往西域。后来被汉朝军队所灭。楼兰：汉代西域国名。故址在新疆鄯善县东南戈壁中。汉武帝时，楼兰常攻击汉朝派往西域的使者，汉昭帝时，遣傅介子斩其王。古典诗歌中常以楼兰指代中央朝廷对之用兵的西域属国。如唐·王昌龄《从军行》："黄沙百战穿金甲，不破楼兰终不还。"

上书初到公卿惊，共言将军宜典兵——西域都护的奏文一到朝廷，便引起大臣们的震惊，都说将军某适宜统兵出征。典兵：主掌军队，本处指率兵出征。

麟生凤降岂有种，况乃一家中国犹弟兄——任人需唯贤，麒麟凤凰的后代又岂都是贵种？况且四海一家，不分民族，都是平等的弟兄。岂有种：《史记·陈涉世家》："王侯将相，宁有种乎？"按：清代满族统治者对汉族臣僚始终缺乏信任，不仅要职多派满员担任，同一品级，满员权势也高过汉员。龚自珍在这里对这种民族歧视政策提出劝告，认为朝廷应该任人唯贤，不该有家世、民族的歧视。

旌旗五道从天落，小印如斗大如斛——君王赐给这位将军五道旌旗，和重要的统军帅印。旌旗五道：指军中旗帜。《晋书·舆服制》："天子亲戎，五旗舒旆。"这里是形容天子对这位将军的重视。印如斗：《晋书·周顗传》："今年杀诸贼奴，取金印如斗大，系肘后。"斛(hú)：古代容量单位，十斗为一斛。这里说帅印大如斛，是夸张的修辞手法。

尽隶将军一臂呼，万人侧目千人诺——将军振臂一呼，军中千万将士都敬畏响诺。侧目：形容敬畏的样子。隶：从属。诺：答应声。

山西少年感生泣，羽林群儿各努力——将军部下的将士，对将军无不感动拥戴到落泪。羽林：汉代的禁卫军。本处指将军麾下的兵士。

共知汉主拔孤根，坐见孤根壮刘室——将士们都明白君主提拔这位没有任何权力背景的将军，是将要依靠将军来复兴皇室。孤根：没有权贵支撑，孤立无依的人。刘室：汉朝的刘姓皇室。这里指代清爱新觉罗氏王朝。

不知何姓小侯瞋，不知何客惎将军——不知什么样的小侯之流嫉妒将军的功劳，又不知是什么样的门客忌恨将军。小侯：远支旁宗的亲贵。《后汉书》载：东汉明帝永平九年，为四姓小侯开立学校。颜师古注云："四姓谓外戚樊氏、郭氏、阴氏、马氏诸子弟，以非列侯，故称小侯。"这里指满清权贵子弟中有兵权的某些人。

瞋(chēn):发怒。惎(jì):憎恨。

将军内顾忽疑惧,功成定被他人分——将军反省自身,忽然生出疑惑,惧怕功成之后,将为他人所分。内顾:内察,内心反省。

不如自亲求自附,飞书请隶嫖姚部——将军认为目下形势如此,不如自动去亲近权势者,请求依附。于是急忙上书君王,请求隶属于皇室亲贵中得力的将领。嫖(piāo)姚部:这里指军队将领中的皇亲国戚。汉武帝时,武帝宠信卫子夫,立其为皇后,卫氏一门亲贵。卫子夫姐姐的儿子霍去病受诏为嫖姚校尉,领军抗击匈奴,宠信无比。嫖姚,勇猛轻疾的样子。

上言乞禁兵,下言避贤路——将军在上书中请求调回京师担任禁军职务,并辞去重要职位,以避开贤者晋升之路。禁兵:禁军。为皇帝守卫京师的卫兵。禁军比起外军来军权更直接掌控在皇帝手中,所以诗中的将军请求调职以避嫌。避贤:在仕途上退让,以让贤者升迁。唐·李适之《罢相》:"避贤初罢相,乐圣且衔杯。"

笑比高皇十八侯,自居虫达曾无羞——将军含笑认可高祖皇帝排定的十八侯位次,自比名列末尾的虫达,并不感到羞耻。高皇:汉高祖刘邦。十八侯:汉高祖时封的十八位侯。《汉书·高惠高后文功臣表》:"(汉高祖十二年)又作十八侯之位次。"颜师古注:"谓萧何、曹参、张敖、周勃、樊哙、郦商、奚涓、夏侯婴、灌婴、傅宽、靳歙、王陵、陈武、王吸、薛欧、周昌、丁复、虫达,从第一至十八也。"这里是说将军不准备争功。

此身愿爵关内老,黄金百斤聊可保——这一生自愿被封关内侯而终老,只领取百斤黄金的俸禄,大概可以保全自身。关内:关内侯。秦汉官爵共二十级,关内侯是倒数第二级的微末爵位,仅有虚名封号而已。龚自珍在《答人问关内侯》一文中指出:"关内侯者,汉之虚爵也。……汉待功臣尽如此,无韩、彭矣;待宗室尽如此,无吴、楚七国矣。后世待将帅如此,无唐之方镇矣;待宗室如此,无明燕王及宸濠矣。"又指出本朝功臣"如皆获虚爵,如汉关内侯,则皆受恩,皆受制"。本处诗中写将军主动提出愿得到关内侯这样的虚爵,是向君王表明绝无反叛之意。

呜呼!汉家旧事无人知,南军北军颇有私——呜呼,汉朝的旧事已经无人知晓。如今南军北军,各怀私意。南军北军:西汉时,守卫长安的军队有南北之分。南军由卫尉率领,守卫在长安城南的未央宫和长乐、建章、甘泉等宫殿。北军由中尉率领,担任京师的一般守卫。这里指清朝军队中的不同势力。

北军似姑南似嫂,嫂疏姑戚群僮窥——两军不相亲善,一如家庭中姑嫂之间的不和睦。君主对待两军亲疏有别,导致小人得以窥伺门路。嫂疏姑戚:家长对媳妇疏远,而对女儿亲近。这里比喻清政府对军中不同势力态度有别。《孟子·梁惠王下》:"国君进贤也,如不得已,将使卑逾尊,疏逾戚,可不慎与?"戚,亲近。

可怜旧事无人信,门户千秋几时定——可怜汉家旧事已经无人愿意相信,门户之别形成已久,何时才能清除?

门户原非主上心,詄荡吾知汉皇圣——臣子们各立门户,原非君王的本心。我知道君王胸怀坦荡,十分圣明。詄(dié)荡:这里指胸怀坦荡。

是时书到甘泉夜,答诏徘徊未轻下——收到军中争斗的奏折后,君王在离宫中作诏书裁决,徘徊至夜,不能轻易下笔。甘泉:甘泉宫。在陕西淳化县甘泉山。汉代皇帝避暑的离宫。这里指清代皇帝避暑的承德避暑山庄。

密问三公是与非,沮者不坚语中罢——君王秘密地向三公询问军中争斗的真正是非,但三公因为畏惧惹祸,不肯吐露实情。三公:本指太师、太傅、太保。这里泛指朝中的高级官员。沮(jǔ):畏惧,恐惧。

廋词本冀公卿谅,末议微闻道涂骂——将军的奏折本来多用隐语,是为了期望得到朝中重臣们的谅解。谁知反而成为下策,已经听到些道路流言中对将军的辱骂。廋(sōu)词:隐语。冀:希望。道涂:犹“道路”。

拙哉某将军,非火胡自焚。非蚕胡自缚,非虿胡自螫。有舌胡自挢,有臂胡自掣——太傻了,这位将军:不是火,为何自焚其身;不是蚕,为何作茧自缚;不是毒虫,为何伤害自己;明明有舌头可以为自己辩解,为何硬是说不出口;明明有膀臂之士辅佐,为何反而自己牵制自己的势力。胡:为何。虿(chài):蛇蝎类毒虫的总称。螫(shì):毒虫或毒蛇咬刺。有舌胡自挢:这里指难以为自己辩解。《史记·扁鹊仓公列传》:“舌挢然而不下。”挢(jiǎo),举,翘。掣(chè):牵制。

军至矣,刺史迎,肥牛之腱万镬烹——军队来到边境地区,当地的长官前来迎接,支起大锅,烹煮肥牛来犒军。刺史:汉代官名,本为监察郡县的官员,宋元以后沿用为一州长官的别称。肥牛之腱(jiàn):《楚辞·招魂》:“肥牛之腱,臑若芳些。”腱,牛马的蹄筋。镬(huò):大的铁锅。

军过矣,掠童女,马踏燕支贱如土——军队所过之处,掠夺少数民族的少女,大肆摧残人命,毫不顾惜。燕支:即胭脂,同“焉支”。焉支山在甘肃省永昌县,山上生长焉支草,可供妇女化妆用。汉武帝时,发兵攻打匈奴,夺得焉支祁连二山地区,于是匈奴作歌:“失我焉支山,令我妇女无颜色。失我祁连山,使我六畜不蕃息。”这里指西域少数民族妇女。

嬴家长城如一环,汉家长城衣带间——秦代的长城如环,汉代的长城曲折如衣带。嬴家:指秦朝。秦代君主姓嬴。

嬴家正为汉家用,坐见入关仍出关——秦代建造的长城,入汉后为汉朝所用,历史变幻间,军队纷纷入关又出关。“坐见”句:长城在明代重新修整,以抵抗北方游牧民族,但明末时东北的满族挥兵南下,经山海关占领中原。本处即暗指这段清代开国的历史。

入关马行疾,出关马无力——当初入关占领中原时,朝廷的军队马行迅速,日后出关讨伐叛乱时，军队已疲软无力。按：清兵南下攻陷明朝时，主要依靠八旗军队，部队战斗力极强。然而经过二百多年，到了龚自珍的时代，满清八旗兵已经腐化堕落，几乎失去战斗能力了。

丞华厩里芝草稀，水衡金贱苦乏绝——朝廷的粮草供应渐渐不足，军费开支也渐渐枯竭。丞华厩：汉代时朝廷养马的机构。芝草：指精美的马饲料。水衡：官名。汉武帝时设立，掌管赋税，并铸钱。

卜式羊蹄尚无用，相如黄金定何益——像卜式那样尽献家财讨伐异族叛乱也没有用处，像司马相如那样用黄金安抚异族，使他们内附中原，又有何益处？“卜式”句：据《汉书·卜式传》载，卜式是河南人，经营畜牧业，养羊致富。汉武帝征讨匈奴时，卜式上书，愿意捐出一半家产，称：“天子诛匈奴，愚以为贤者宜死节，有财者宜输之，如此而匈奴可灭也。”“相如”句：据《史记·司马相如列传》载，汉武帝时，由司马相如担任使者，安抚蜀地的邛、筰等西夷小国，带财物赏赐给西夷国君。邛、筰因而内附汉朝。

珠厓可弃例弃之，夜过茂陵闻太息——像珠厓那样的边境国土，轻易地便被抛弃了，夜间路过汉武帝的茂陵，似乎可听到故君的叹息声。珠厓：汉代郡名。今海南省。汉武帝元封元年（前 110），平定南越王相吕嘉的叛乱后，设立南方九郡，珠厓是其中之一，由中央朝廷派出官员直接管理当地。到了汉元帝初元三年（前 46），珠厓反叛，元帝与群臣谋议，待诏贾捐之提出罢珠厓郡，被元帝采纳，于是珠厓从中国统一版图中消失。茂陵：汉武帝的陵墓。太息：同“叹息”。龚自珍时，有人主张撤销新疆西部郡县行政建制，诗人这里是借古讽今。

汉家庙食果何人，未必卫霍无侪伦——在汉朝的太庙中有资格配享的都是些什么人？卫青霍去病之辈未必是仅有的名将。庙食：指有功绩的大臣去世后，其神主有资格配享太庙。或者准许民间立庙祭祀。卫霍：卫青与霍去病。汉武帝时名将。卫青为武帝皇后卫子夫的弟弟，霍去病为卫子夫外甥。二人因为外戚身份而得重用，多次成功抗击匈奴，保卫边疆。这里代指满族贵戚中有军功者。侪（chái）伦：同类之辈。

酹金失侯亦有命，人生那用多苦辛。噫嚱！人生那用长苦辛——爵位的得失，都是命中注定，人生在世，何必如此辛苦追寻富贵利禄？唉，人生在世，何必如此辛苦？酹（lèi）金失侯：汉代制度，每年正月元旦日朝廷酿酒，八月酒成，称为酹酒，用来祭祀祖庙。诸侯需要贡献金钱作为辅助费用，称为酹金。酹金成色不足，斤两缺乏的，要受到处罚。汉武帝时，由于对匈奴大规模用兵，军费缺乏，因此昭示天下，希望列侯们能够主动奉献财产，但得不到列侯的响应。武帝愤怒，借酹金制度狠狠处罚这些列侯，据《史记·平准书》载：“列侯坐酹金失侯者百馀人。”噫嚱（yīxī）：语气词，表示感叹。

勿向人间老，老阅风霜亦枯槁——不要在人世中变老啊，人世中的种种风霜，会让人形容枯槁。枯槁(kūgǎo)：憔悴的样子。

千尺寒潭白日沈，将军之心如此深——将军的心思，犹如千尺寒潭的水底深映的日光，谁能真正明白？

后世读书者，毋向兰台寻——后代读书的人，不要向正史的记载中去寻觅历史真相。兰台：即兰台令史，汉代官名，职责为典校图籍，整理文书。汉明帝时，班昭为兰台令史，受诏编史。后以兰台代称国史馆。这里指正史。

兰台能书汉朝事，不能尽书汉朝千百心，儒林丈人识此吟——兰台令史撰写的官方史书，虽能记载汉朝的客观史实，但是不能记载汉朝政治斗争中参与者的钩心斗角。儒林中博学的前辈啊，请记住我的这篇歌行。儒林丈人：对博学儒士的尊称。《三国志·魏书·高贵乡公髦纪》"于是复命讲《礼记》"句，裴松之注引晋·傅畅《晋诸公赞》："帝常与中护军司马望、侍中王沉、散骑常侍裴秀、黄门侍郎钟会等讲宴于东堂，并属文论。名秀为儒林丈人，沉为文籍先生。"

新评

本诗从一位富有才学，但因不肯趋炎附势，故而饱受冷落的汉代儒生（即龚自珍自己）写起，通过儒生之口，述说一位有军事才能的将军遭遇的不公：将军深得部下爱戴，为朝廷平定西域动乱，立下汗马功劳，却因为出身和朝中贵戚的诬陷而遭到排挤打击，以至于不得不退守辞功，只求能够自保。以遭遇不公者，说另一遭遇不公者之事。说明当时无论是地位卑微的文人，还是建功立业的武将，都遭到那个官僚制度的排挤打击。这种对人才的扼杀，已是一种普遍现象。在这样的社会制度中，所有的杰出人才都难逃厄运。

本诗以汉喻清，揭示讽刺满清统治者对汉族臣子的不信任，立论高超。所用汉代典故处处妥帖，展现出诗人高超的史学修养。以七言歌行体巨篇而能毫无板滞，气势贯通，一气呵成，叙述处圆转贯连，转折处摇曳生姿，换韵处跌宕自然。这无疑得益于龚自珍幼年时即喜爱的清初大诗人吴伟业"梅村体"的影响，虽然比起梅村体来，本诗更多横生议论，而略少丽泽渲染。

投包慎伯世臣

题解

本诗作于道光二年(1822)夏、秋间。包世臣(1775—1855)，字慎伯，晚号倦翁、小倦游阁外史，人称安吴先生。清代学者、文学家、书法家、书学理论家。安徽泾县人。工词章，有经济大略，喜谈兵。嘉庆十三年(1808)举人，屡考进士不中，以大挑官江西新馀知县，不久遭劾去官。他毕生留心于经世之学，并勤于实际考察，对于漕运、水利、盐务、农业、民俗、刑法、军事等，都能提出有价值的见解。东南大吏每遇兵、荒、河、漕、盐诸巨政，经常向他咨询，以此名满江淮。著有《安吴四种》、《艺舟双楫》等。本年龚自珍在北京结识包世臣后，二人与魏源、张琦等友人时相过从。

郑人能见邓析子，黄祖能知祢正平。
乾隆狂客发此议，君复掉罄今公卿。

新解

郑人能见邓析子，黄祖能知祢正平——郑国的驷歂成就了邓析子的名声，黄祖成就了祢正平的名声。这两句用了使动用法的句式，意为“郑人能使邓析子见（于天下），黄祖能使祢正平知（于天下）。”“郑人”句：邓析是春秋末年郑国的思想家和革新家，在子产执政时任郑国大夫，他反对旧的礼制，在当时的郑国掀起革新浪潮，至于“郑国大乱，民口欢哗”。后来被郑国贵族驷歂杀害。“黄祖”句：祢正平即祢衡，字正平，东汉末年人，是著名的文人。《后汉书·祢衡传》载：祢衡“少有才辩，而尚气刚傲，好矫时慢物”。后来在江夏太守黄祖处，因为对黄祖言语不逊，被黄祖杀害。

乾隆狂客发此议，君复掉罄今公卿——有位乾隆朝的狂傲之士发过这样的议论，今日您又以言语得罪这些达官贵人。掉罄：同“掉磬”。因言语而与人生隙。《礼记·内则》“毋感敌耦于冢妇”句注：“虽有勤劳，不敢掉磬。”释文：“北海人谓相激事为掉磬也。”本处指包世臣对“今公卿”言语不逊。

新评

包世臣和龚自珍都讲求经世致用的实学，二人不畏权贵的刚硬性格也相似。在仕途中，又都饱受来自敌对者的打击磨折。据光绪《续纂江宁府志》载，包世臣遭弹劾去官的原因，是得罪了江西的某位高官，结果以公文字句瑕疵为借口被罢官。但包世臣反而因此名声更盛。

本诗前二句议论精警：奸邪之士对正直者的迫害，虽然能摧毁他们的肉体，却不仅摧毁不了他们的精神，反而使得正直者的名声广播于世，在某种意义上，是他们“成就”了正直者！龚自珍说这是某位“乾隆狂客”的观点，但恐怕所谓“乾隆狂客”就是龚自珍自己。这首赠给同调者的诗，在勉励欣赏中，洋溢着乐观精神和大无畏的战斗勇气。

桐君仙人招隐歌并序

题解

作于道光二年(1822)春在北京时。桐君仙人:传说中浙江桐庐山的仙人。招隐:召唤对方到山中隐居。

吴舍人(嵩梁),尝与妇蒋及两姬人约,偕隐桐江之九里梅花村。不能果也,颜京邸所居曰“九里梅花村舍”,以自慰藉。尝以春日,軿车枉存道观。因献此诗,盖代山灵招此三人也。

春人昼梦梅花眠,醒闻杂佩声璆然。
初疑三神山,影落窗户何娟娟。
又疑三明星,灼灼飞下太乙船。
三人皆隶桐君仙,山灵一谪今千年。
胡不相逢桐江之滨理钓舷?又胡不采药桐山颠?
乃买黄尘万丈之一廛,殳书大署庭之櫋。
梅花九里移幽燕,毋乃望梅止渴梅所怜。
过从谁欤客盈千,一客对之中悁悁。
亦有幻境胸缠绵,心灵构造难具宣。
乃载具区之西、莫厘之北,大小龙渚相毗连。
自名春人坞,楼台窈窕春无边。
俯临太湖春水阔,仰见缥缈晴空悬。
中间红梅七八九,轮囷古铁花如钱。
两家息壤殊不远,江东浙东一棹堪洄沿。
相嘲相慰亦有年,今朝笔底东风颠。
请为莫厘龙女破颜曲,换我桐君仙人招隐篇。
相祈相祷春阳天。
开帘送客一惝恍,帘外三日生春烟。

新解

小序交待了创作此诗的背景。吴舍人嵩梁:龚自珍在北京结识的朋友吴嵩梁

(1766—1834),字子山,号兰雪,江西东乡人。嘉庆五年(1800)中举,屡应进士试不第,入仕为内阁中书,浮沉内阁与国子监二十多年,后出任贵州黔西知州。以善诗闻名,当时与黄仲则并称。著有《香苏山馆文集》、《香苏山馆诗集》、《石溪舫诗话》等。舍人:对官宦子弟的通称。妇蒋:吴嵩梁的妻子蒋徽,字琴香,一字锦秋,号石溪渔妇,江西东乡人。能诗,著有《琴香阁诗笺》。两姬人:指吴嵩梁的两个妾范闲闲和王素素,都能诗。不能果也:没能完成心愿。颜:原指额头。这里指为建筑题额。軿(píng)车:有帷幕的车子,为妇女所乘坐。这里指吴嵩梁带着妻妾。枉存:即枉顾。屈尊看望。称对方来访自己的敬辞。道观:这里指龚自珍当时寄居的城南圆通观。山灵:山中神灵。即桐君仙人。

春人昼梦梅花眠,醒闻杂佩声璆然——我在这个春昼睡去,梦中见到梅花,醒来听见清脆的佩饰声。杂佩:衣上的玉佩等饰物。《诗·秦风·终南》:"佩玉将将。"璆(qiú)然:佩玉相击声。

初疑三神山,影落窗户何娟娟——我起初疑心来到了海中三仙山上,美人身影映在窗户上,何等柔美。三神山:《史记·秦始皇本纪》:"海内有三神山,名曰蓬莱、方丈、瀛洲,仙人居之。"娟娟:柔美的女性姿态。唐·杜甫《寄韩谏议注》:"美人娟娟隔秋水,濯足洞庭望八荒。"

又疑三明星,灼灼飞下太乙船——又疑心是天上三颗明星,光芒闪烁,飞入太一仙舟之中。三明星:这里比喻吴嵩梁的三位妻妾。灼灼:耀眼明亮的样子。太乙船:即太一船。《太平御览》卷三十八引《辛氏三秦记》:"太一在骊山西,去长安二百里,山之秀者也。山一名地肺,可避洪水。俗云上有神人乘船行,追之不可及。"这里用这个道家典故比喻自己在圆通观的住所。

三人皆隶桐君仙,山灵一谪今千年——三位都本是桐君仙人属下的山中仙子,被罚入凡尘已有千年。隶:统属于。谪(zhé):罚。

胡不相逢桐江之滨理钓舷?又胡不采药桐山颠——为什么不在桐江江边垂钓?又为什么不在桐山山顶采药?

乃买黄尘万丈之一廛,殳书大署庭之櫋——却到北京这黄土满天的地方买小小一间屋子,门楣上署上大字匾额。一廛(chán):一间民居。《周礼·廛人》郑玄注:"廛,民居区域之称。"殳(shū)书:秦书八体之一,因多刻于兵器上而得名。殳,一种古代兵器。櫋(mián):屋檐板。

梅花九里移幽燕,毋乃望梅止渴梅所怜——将九里梅花村移来幽燕之地,是不是望梅止渴的行为?当得到梅花的同情。幽燕:今河北省北部及辽宁省部分地区。这里指北京。望梅止渴:比喻空怀冀望而不能实得。南朝宋·刘义庆《世说新语·假谲》:"魏武(曹操)行役失汲道,三军皆渴。乃令曰:'前有大梅林,饶子,甘酸可以解渴。'士卒闻之,口皆出水,乘此得及前源。"

过从谁欤客盈千，一客对之中悁悁——往来于您九里梅花村舍的都有谁呢？朋友成千，其中有个人心中忧愁无比。一客：龚自珍自称。中悁悁（yuān）：心中忧愁的样子。《诗·陈风·泽陂》："寤寐无为，中心悁悁。"

亦有幻境胸缠绵，心灵构造难具宣——我胸中缠绕难去的也有一个幻想之境，是我心中灵气所化，难以详细地用言语表达出来。

乃载具区之西、莫厘之北，大小龙渚相毗连——这个幻境在太湖之西，莫厘峰之北，那里大龙渚与小龙渚相连。具区：太湖的别称。莫厘：莫厘峰。在太湖东洞庭山。大小龙渚（zhǔ）：太湖西洞庭山西南角上的两个小洲。毗（pí）连：相连接。

自名春人坞，楼台窈窕春无边——我自己给那里命名为春人坞，那里有美丽的楼台，和无边的春色。坞：四面高而中间低的处所。

俯临太湖春水阔，仰见缥缈晴空悬——俯视正对着太湖一望无际的春水，仰首正见万里晴空直垂，白云缥缈。

中间红梅七八九，轮囷古铁花如钱——在坞中种有七八九株红梅，枝干盘曲如古铁，花大如钱。轮囷（qūn）：曲折盘屈的样子。

两家息壤殊不远，江东浙东一棹堪洄沿——我们两家的憩息之所真的不远，一个在江东，一个在浙东，乘船便可来往。息壤：本来指上古神话中可自动生长的土壤。大禹的父亲鲧曾从上帝那里将息壤盗出，来堵塞大洪水。这里但取字面意，指归隐之所。殊：很，甚。洄沿：逆流而上为"洄"，顺流而下为"沿"。

相嘲相慰亦有年，今朝笔底东风颠——我们互相嘲讽，互相慰藉已经有数年，今日东风大作，我的诗笔也因此狂放不已。

请为莫厘龙女破颜曲，换我桐君仙人招隐篇——请你写一首曲子，让洞庭龙女开颜一笑，来换取我这篇《桐君仙人招隐歌》。

相祈相祷春阳天——在这阳光明丽的春日，我们一起祈愿，希望归隐的愿望能够实现。

开帘送客一惝恍，帘外三日生春烟——卷起帘子送走客人，我心中茫然若有所失，帘外早已春色如烟。惝恍（chǎnghuǎng）：即"惝怳"。失意的样子。屈原《楚辞·远游》："步徙倚而遥思兮，怊惝怳而永怀。"

新评

"招隐"之体，古已有之。《楚辞》中淮南小山的《招隐士》，写山中的孤独恐怖，以招隐士从山中归来。晋代左思、陆机均有《招隐》诗，则系歌咏山居之乐，表达归隐之志。本诗题目借山灵口吻招吴氏一家归隐，系仿效孔稚珪《北山移文》，不过诗中内容依然是用龚自珍的第一人称。开篇从诗人的春日昼梦写起，梦中的梅花，和下文吴氏九里梅花村舍及"春人坞"的梅花遥相呼应，暗示了身在京城的诗人归隐的愿望。接着写吴氏妻妾的到来让他从梦中惊醒，连用“初疑”、“又疑”两种幻觉描写，赞美吴氏妻妾的美貌和气质，比喻超妙，艳而不亵。由吴氏妻妾的高雅出尘，引出为何吴氏不携家隐居桐江，却滞留京城中的疑问。黄尘万丈的京城，是何等的庸俗而拥挤，与在桐江山水中垂钓采药的隐居生涯相去是多么遥远！诗人接着从对吴氏一家隐居的构想转而写到自己的隐居幻梦。这个幻梦，就是诗人在《能令公少年行》里浓墨重彩构建的那个湖山世界，只是与《能令公少年行》相比，本诗为题所拘，笔墨要简洁得多。但用笔虽简，精神顿现：“俯视”、“仰见”二句，以俯仰之间所见总括全景，天水无际，是一个何等宏阔而豪迈的世界！“轮囷古铁花如钱”，不经意的一句对红梅的点染，凸现出主人傲而不屈的人格精神。诗末由幻想回归现实，幻梦才醒，春色已浓，送客后的惝恍，袅袅着不尽的诗情。

送刘三

题解

作于道光二年(1822)冬在北京时。刘三，即刘钟汶，字方水，行三。作者呼为刘三，是仿效唐人直称朋友排行以表示亲密的做法。张祖廉《定盦年谱外记》：“先生交友严，好直言。刘钟汶者，侠士也。尝远行，公送之诗，其序曰：‘方水从吾游久矣，而气益浮，中益浅，吾虑其出门而悔吝多也。然吾方托以大事，倚仗之如左右手，以其人实质无可疑者，特不学无术耳。爰最以一诗送其行。’”所说的就是这一首诗。

刘三今义士，愧杀读书人。风雪衔杯罢，关山拭剑行。
英年须阅历，侠骨岂沉沦。亦有恩仇托，期君共一身。

新解

刘三今义士，愧杀读书人——刘三是今日真正的义士，那些读书人在刘三面前都应该羞愧而死。

风雪衔杯罢，关山拭剑行——在这风雪时节，我与他饯行，他饮下饯别之酒，拂拭腰中宝剑，毅然起行。衔杯：饮酒。关山：关隘和山川。

英年须阅历，侠骨岂沉沦——你正在奋发有为的壮年，应当多几番世间阅历，你的一身侠骨，岂会长久被世间埋没？

亦有恩仇托，期君共一身——我有报恩复仇的大事要托付给你，因此期待你和我同心同德。共一身：同为一身，没有差别。汉·苏武诗：“况我连枝树，与子同一身。”

新评

首句“义士”二字揭题，又用“愧杀”一句反托。“风雪”、“关山”一联，状义士之态，纯用白描，写侠士神情气质，慨然如画。衔杯方罢，拭剑便行，以流水对写动作，既工整又富有生动之美。第三联上句劝诫，下句勉励。可见对对方的殷勤之感，深厚之谊。五言句短，本诗字重，但诗人用“须”、“岂”这样的虚字斡旋句中，把人情意态表达的更加深婉有致。增加篇章的开阖动宕之感。末联以自己的嘱托寄望收结，可共一身，再次回应首句“义士”之称。龚自珍本人富有纵横任侠之气，亦常和社会底层的豪侠之士交游，在作于嘉庆十八年（1813）的《金缕曲·癸酉出都抒怀有赋》中，就高吟“愿得黄金三百万，交尽美人名士。更结尽，燕邯侠子”，刘钟汶无疑就是龚自珍结交的这样一位“燕邯侠子”。龚自珍所托的“恩仇”大事，究竟是什么，今日已经不可考。全诗朴质沉雄，是龚自珍五律中艺术成就较高的作品。

十月廿夜大风，不寐，起而书怀

题解

作于道光二年（1822）在北京时。作者好议论朝政，针砭时弊，因而得罪了朝中的某位贵官，受到贵官的造谣迫害。吴昌绶《定盦先生年谱》本年条下云：“先生是岁有飞语受谗事，屡见诗词。”即指此事而言。

西山风伯骄不仁，虓如醉虎驰如轮。
排关绝塞忽大至，一夕炭价高千缗。
城南有客夜兀兀，不风尚且凄心神。
家书前夕至，忆我人海之一鳞。
此时慈母拥灯坐，姑倡妇和双劳人。
寒鼓四下梦我至，谓我久不同艰辛。
书中隐约不复道，惚恍悬揣如闻呻。
我方九流百氏谈宴罢，酒醒炯炯神明真。
贵人一夕下飞语，绝似风伯骄无垠。
平生进退两颠簸，诘屈内讼知缘因。
侧身天地本孤绝，矧乃气悍心肝淳。
欹斜谑浪震四座，即此难免群公嗔。

名高谤作勿自例，愿以自讼上慰平生亲。
纵有噫气自填咽，敢学大块舒轮囷。
起书此语灯焰死，狸奴瑟缩偎帱茵。
安得眼前可归竟归矣，风酥雨腻江南春。

新解

西山风伯骄不仁，虓如醉虎驰如轮——西山的风伯，骄傲而不仁慈，他吼声如醉虎，迅疾如快车。西山：北京西郊群山的总称，这里指北京。北京秋冬多西北风，故云。风伯：风神。虓(xiāo)：虎吼声。这里比喻风声之烈。轮：车轮。这里指代车。

排关绝塞忽大至，一夕炭价高千缗——大风自塞外而来，推开城关，呼啸而至，京城的炭价一夜之间暴涨。缗（mín）：本意为串钱的绳子，后代铜钱，一千文为一缗。

城南有客夜兀兀，不风尚且凄心神——南城有位远游客，夜间孤单独坐，没有风时尚且心神凄楚。客：龚自珍自谓。兀兀(wū)：孤独的样子。

家书前夕至，忆我人海之一鳞——前日收到家信，家人思念京师茫茫人海中孤单的我。

此时慈母拥灯坐，姑倡妇和双劳人——这个时候，家中的慈母应该在灯下，和我的妻子姑媳二人一唱一和怀念着我，她们都是辛劳之人。姑：婆婆。妇：儿媳。倡：同唱。劳人：本意指失意的人，《诗经·小雅·巷伯》："骄人好好，劳人草草。"这里用字面意义，指辛劳的人。

寒鼓四下梦我至，谓我久不同艰辛——寒冷的四更天气，她们梦见我来到身边，跟我说我许久不曾同她们分担生计的艰辛。"寒鼓"句：寒鼓犹寒更，旧时守夜人击鼓报更，鼓四下即四更天。

书中隐约不复道，惚恍悬揣如闻呻——书信写的隐隐约约，似乎有什么事情没有告诉我，我揣测文中意思，恍惚之间似乎听见她们的叹息声。惚恍：即恍惚。悬揣：悬想，揣度。呻：痛苦的叹息声。按：本年九月二十八日，龚自珍上海家中藏书楼火灾，所收藏的书籍和金石拓本遭毁严重，母亲段驯也因此受惊致病。家书中虽然没有告诉龚自珍失火之事，但龚自珍已隐约从信中觉出家中有变故，故而知道实情后，立即于本年十一月离京南返探亲。本诗中所写的"隐约不复道"之事，即指上海家中火灾。

我方九流百氏谈宴罢，酒醒炯炯神明真——我刚刚在筵席上和九流百家人士畅谈方罢，酒醉醒来，目光炯炯，神气清朗。九流百氏：即九流百家。春秋战国时期九种主要学术流派，包括儒家、道家、阴阳家、法家、名家、墨家、纵横家、杂家、农家。这里指龚自珍那些学术见解各各不同的友人。炯炯(jiǒng):目光明亮锐利的样子。

贵人一夕下飞语,绝似风伯骄无垠——某位达官忽然制造我的流言,正如今夜的风伯骄横不可一世。飞语:即蜚语,造谣诽谤的话。垠(yín):界限。

平生进退两颠簸,诘屈内讼知缘因——我这一生,出仕隐退都坎坷不顺,我反复内省,终于知道了人生坎坷的原因。进退:指出仕和隐居。诘屈:本意指曲折费解,这里指自己反复思考。内讼:内省,自我反省。

侧身天地本孤绝,矧乃气悍心肝淳——我生在这天地间,兀然独立,傲岸不群,况且我性气急躁,心地过于单纯。侧身:即厕身。置身之意。孤绝:特立独行。矧(shěn):况且。心肝淳:心地单纯。

欹斜谑浪震四座,即此难免群公嗔——我放浪不羁,经常语惊四座,于是难免被那些大人先生们责怪了。欹斜:即敧斜。《荀子·宥生》:孔子在鲁桓公的祭庙里见到敧器,听说它"虚则敧,中则正,满则覆"。拿水来试注,果然如言。这里指自己性格偏激,未能遵循传统儒家的中庸之道。谑浪:本意指戏谑,《诗·邶风·终风》:"谑浪笑傲。"这里指为人放荡不羁,不拘礼俗。嗔(chēn):生气发怒。

名高谤作勿自例,愿以自讼上慰平生亲——虽说世间的惯例是名望高了便会遭到他人的诽谤,但我不以此为自己辩解,我要好好反省自己,来安慰家人的挂念。

纵有噫气自填咽,敢学大块舒轮囷——即使是胸中满是不平之气,填咽塞喉,我又怎么敢效法大地那样任意舒展,引起狂风?这两句化用《庄子·齐物论》:"夫大块噫气,其名为风。"大块:大地。噫气:吐气出声。这里将自己胸中愤愤不平之气和自然界的"噫气"相比,语带双关。轮囷:见前《桐君仙人招隐歌》注。这里指屈曲不平之气。

起书此语灯焰死,狸奴瑟缩偎帱茵——我写下这些诗句,灯火昏昏欲灭,猫儿瑟缩成一团,偎依在帐中褥上。灯焰死:灯火将灭。宋·陆游《三月十七日夜醉中作》:"破驿梦回灯欲死。"狸奴:猫的美称。宋·陆游《赠猫》:"裹盐迎得小狸奴,尽护山房万卷书。"帱(chóu):帐子。茵:衬垫,褥子。

安得眼前可归竟归矣,风酥雨腻江南春——怎么能够眼下获得回乡的机会,径直返乡,我怀念那斜风细雨的江南春天。

赏析

本诗从京城的大风严寒写起,接着写到在这种环境中的自己,心境凄凉。所以接到南方来的家信时,家人在信中脉脉流出的女性特有温情,对独居京师,"凄心神"的龚自珍感触格外深刻。何况当时他所遭遇的,不仅有自然界的大风严寒,还有来自于人世的更加可怕的贵人飞语呢！经过一番自我剖析和反思，诗末写出唯有远方故乡方是呵护心灵之地。那里不仅有江南春色，更有温暖的家庭。龚自珍在当时有“怪魁”之目，他对社会弊端毫无忌惮的抨击嘲骂，自然引来那些被抨击者的打击报复。包括当时喧腾人口，后世复为无聊者津津乐道，几成为疑案的“丁香花公案”，就是他的敌人对他罗织的罪名。诗人在本诗中运用比喻、象征、暗示等多种手法，将严酷的自然环境和凶险的政治处境融而为一。

歌　哭

题解

本诗作于道光二年(1822)。歌哭：用唐·杜牧《题宣州开元寺水阁阁下宛溪夹溪居人》“人歌人哭水声中”句意。

阅历名场万态更，原非感慨为苍生。
西邻吊罢东邻贺，歌哭前贤较有情。

新解

阅历名场万态更，原非感慨为苍生——我在世间的名利场中，看人间百态变幻不定，但没有人为了百姓安居而发感慨。名场：名利场。更：变化。为苍生：为了世间百姓。《晋书·谢安传》中，高崧嘲笑谢安：“安石(谢安)不肯出，将如苍生何！苍生今亦将如卿何！”苍生，百姓。

西邻吊罢东邻贺，歌哭前贤较有情——刚去西邻家的丧事悼唁，又去东邻家的喜事祝贺，他们的情感无论悲喜，都十分虚伪，相比较起来，前贤所写的歌哭还是有真实情感的。

新评

本诗意在讽刺世人酬应的虚伪。名利场中之人，为了争名夺利，呈现出种种情态。或悲或喜，都无非是逢场作戏而已。不仅不干国计民生，且毫无真气。全篇议论，都从虚处落笔，转折苍劲，是龚自珍诗中近于宋诗的作品。

夜　坐

题解

作于道光三年(1823)春，在北京即将参加本年会试时。

其一

春夜伤心坐画屏，不如放眼入青冥。
一山突起丘陵妒，万籁无言帝座灵。
塞上似腾奇女气，江东久殒少微星。
从来不蓄湘累问，唤出姮娥诗与听。

新解

春夜伤心坐画屏，不如放眼入青冥——春天的夜晚，依画屏闲坐，无限伤心，于是走向室外，眺望深远的天空。青冥：天空。

一山突起丘陵妒，万籁无言帝座灵——平原上一座高山巍然屹立，招来众多矮丘的嫉妒。夜空一片寂静，万籁无声，当是帝座星的灵验所至。帝座：星名。古代星象家认为其象征帝王。

塞上似腾奇女气，江东久殒少微星——边塞之地的上空似有奇女子的云气出现，江东地区的少微星早已陨落。奇女气：《汉书·外戚传》："武帝巡狩，过河间，望气者言，此有奇女，天子亟使使召之。"遂得赵倢伃，后生子，立为太子，即汉昭帝。道光二年（1822）十一月，道光帝立佟佳氏为皇后。奇女句或指此事而言，语带讽刺。少微星：星名。《晋书·天文志》："少微四星在太微西，士大夫之位置也，一名处士。"古代星象家认为象征在野的士人。唐·杜甫《严中丞枉驾见过》："寂寞江天云雾里，何人道有少微星？"少微星的陨落，象征着贤良人士的不举于朝。

从来不蓄湘累问，唤出姮娥诗与听——我从不像屈原那样以满腹抑郁来责问上天，只唤出月中嫦娥，来听我的诗句。湘累（léi）问：指屈原的《天问》。湘累，指屈原。《汉书·扬雄传》："钦吊楚之湘累。"姮（héng）娥：即嫦娥。神话人物。后羿之妻，后为月中女神。这里指代月亮。

新评

首句"伤心"，点明这组诗的主旨——对海内人才寥落，言论无声的伤感。独坐画屏伤心，于是将目光投向深远的青冥中，但放眼所见，又当何如？颔联中"一山"句，是木秀于林，风必摧之之意。所伤悼的当不止诗人自己，而是一切同样命运的才人秀士。"万籁"一句，写文化高压政策对士人言论的钳制，后来龚自珍在《己亥杂诗》其二百二十中又将本句诗意进一步扩充诠释："九州生气恃风雷，万马齐喑究可哀。我劝天公重抖擞，不拘一格降人才。""帝座灵"三字，寓贬于褒，讽刺辛辣。诗人已经不再像屈原那样，虽被贬谪，依然对君主忠贞不二。面对这样的世界，诗人不再责问象征着最高政权的上天，而是别觅知音。从这一点来说，龚自珍无愧是封建社会的孤臣孽子。

其　二

沉沉心事北南东，一睨人材海内空。
壮岁始参周史席，髫年惜堕晋贤风。
功高拜将成仙外，才尽回肠荡气中。
万一禅关砉然破，美人如玉剑如虹。

新解

沉沉心事北南东，一睨人材海内空——我心事沉沉，关注着海内四方的国事，但是放眼看去，能够救国的人才却无一人。北南东：即南北东西。

壮岁始参周史席，髫年惜堕晋贤风——我到了三十岁才列位国史官，可惜少时堕入晋人风习之中。壮岁：三十岁。《礼记·曲礼》："三十曰壮。"周史：周代的史官。《史记·老庄申韩列传》："（老子）周守藏室之史也。"守藏室是周朝的史馆。龚自珍于道光元年（1821）三十岁时在内阁担任国史馆校对官一职，故云。髫（tiáo）年：童年。髫，古代儿童前额下垂的头发。晋贤风：指晋代人物如阮籍、嵇康等狂放不为礼法所拘的风气。

功高拜将成仙外，才尽回肠荡气中——我的志向本是建立一番超越汉代韩信、张良的伟业，结果却只能在诗文创作中耗尽自己的才华。拜将：用汉韩信事。《史记·淮阴侯列传》载：秦末动乱时，韩信先跟随项梁举兵，后归项羽，项羽不能用。韩信投奔刘邦，刘邦起先只给予低微的官职，韩信逃走，被萧何追回，于是刘邦采用萧何的建议，登坛拜韩信为大将。韩信后来果然为刘邦政权立下汗马功劳。成仙：用汉张良事。《史记·留侯列传》载：张良辅佐刘邦取得天下，晚年好黄老之学，学习神仙修炼之术。回肠荡气：指音乐诗文等文艺作品的感人。魏·曹丕《大墙上蒿行》："女娥长歌，声协宫商。感心动耳，荡气回肠。"这里指自己的文学创作。龚自珍在给友人吴虹生的信里也说："遇合二字甚难，遇而不合，镜中徒添数茎华发，集中徒添数首惆怅诗，供读者回肠荡气。"

万一禅关砉然破，美人如玉剑如虹——待到我砉然一声打破禅关时，那时候我的理想境界是美人如玉，剑气如虹。禅关：佛教用语。修炼禅定之道必经的关口。砉（huā）然：形容迅速动作的声音。《庄子·养生主》："砉然向然。""美人"句：龚自珍屡屡以美人来象征自己的理想。《诗经·召南·野有死麕》："有女如玉。"玉在这里象征着高洁的道德情操。剑如虹：指宝剑的剑气白而光亮，如同白虹。

新评

首联劈空而来,其境壮阔。“一睨”、“海内”,语极精警。言“壮岁始参”,大有英雄迟暮不得志之慨,言“髫年惜堕”,则纯系反语,实乃以疏狂自任。言“拜将成仙”,用典系分指文武功业,指自己的不凡志向。言“才尽回肠荡气中”,则龚自珍虽以诗人名世,而文章一道实非其自任,只因无处施展政治抱负,才不得已借文章一吐才华。既然此世已无人才,已难立业,诗人的心灵归宿又当何如?于是前六句写志才了,末联又顿下一转:先说要以禅学解除烦恼,然而宗教究非诗人真正向往的境界,其内心所深深期冀的,还是美人剑气两纵横的豪情。

人草稿

题解

作于道光三年(1823)。诗人时任内阁中书。

陶师师娲皇,抟土戏为人。或则头帖帖,或则头頵頵。
丹黄粉墨之,衣裳百千身。因念造物者,岂无属稿辰?
兹大伪未具,娲也知艰辛。磅礴匠心半,斓斑土花春。
剧场不见收,我固怜其真。谥曰人草稿,礼之用上宾。

新解

陶师师娲皇,抟土戏为人——陶匠师法女娲,以土作成人形。陶师:陶匠。娲皇:女娲。上古传说中的原始女神。传说她捏黄土为人,后来因为制作烦劳,于是以大绳甩入泥坑中,溅土为人。抟(tuán):把东西捏聚成团。

或则头帖帖,或则头頵頵——陶匠制作的这些土人,有的头颅安放妥贴,有的头颅硕大。帖帖:安稳貌。頵(jūn)頵:头大的样子。

丹黄粉墨之,衣裳百千身——陶匠给土人涂上各种颜色,穿上各种衣服。

因念造物者,岂无属稿辰——因此想到:造物者造人的时候,难道没有打草稿的时候吗?属(zhǔ)稿:打稿。辰:时。

兹大伪未具,娲也知艰辛——造物者造人打稿之时,人的虚伪妆扮还未完备,女娲知道造人的辛劳,因此采用甩绳溅土的简易办法。大伪:虚伪。《老子》:“大道废,有仁义。智慧出,有大伪。”

磅礴匠心半,斓斑土花春——这些人草稿大气磅礴,少见刻意的雕琢,上面的苔痕斑斓美丽。土花:苔藓地衣等菌类。唐·李贺《金铜仙人辞汉歌》:“三十六宫土花碧。”

剧场不见收，我固怜其真——它们虽然不被傀儡剧场所收用，我却偏偏喜爱它们的天真未凿。

谥曰人草稿，礼之用上宾——给它们取个名字叫人草稿，用上宾之礼来对待它们。

新评

这是一首寓言诗。本年诗人应会试又未中第，再次遭受清王朝不公正的人才选拔制度的打击。因此以陶匠制土偶为比喻，指出当时统治者所选拔的人，都是按照一个模子制出的土偶泥人而已。“或则头帖帖，或则头頳頳”，写这些人入官场后唯知奉命行事，呆若泥塑木偶的丑态。“丹黄粉墨之，衣裳百千身”，意为这些人当官后，个个衣冠焕然，神气十足，但内在都不过是土偶而已。批判至此，下半截转为对理想的歌颂，诗人赞许“大伪未具”的“人草稿”，它们不曾被加以衣裳粉墨，保持了一份自然的纯真。“剧场”二句，写这种赤子之心不容于世，诗人却独独对之赞礼不已。本诗的语言有意古拙化，诗体上也采用比较质朴的五古，也和本诗所咏的“人草稿”的“真”而朴直的审美倾向相应。

暮春以事诣圆明园，趋公即罢，因览西郊形胜，最后过澄怀园，和内直友人《春晚退直》诗六首（选一）

题解

作于道光三年（1823）的晚春。龚自珍去年已被授予内阁中书一职，这一次因公事前往圆明园，事后游览了西郊的风景。在园中值班的友人写了《春晚退直》诗六首，这是龚自珍的和诗，此选其二。诣（yì）：前往。圆明园：在北京西郊。始建于清代乾隆年间，是著名的皇家园林，清代帝王经常长期居于圆明园中。趋公：为公务奔走。形胜：风景。澄怀园：在圆明园附近，本是乾隆朝大学士张廷玉的赐宅，至道光时，部分建筑已经成为军机章京扈从值班的处所。内直：在皇宫内值班。

一翠扑人冷，空濛溯却遥。湖光飞阙外，宫月淡林梢。
春暮烟霞润，天和草木骄。桃花零落处，上苑亦红潮。

新解

一翠扑人冷，空濛溯却遥——入得园来，但见一片清凉的绿色扑面而来。遥遥看去，这绿色又化入远方的空濛中。溯：追寻。

湖光飞阙外，宫月淡林梢——宫殿楼阁外湖光荡漾，天空中淡淡的月儿已经挂在林梢。阙：本指古代宫殿、祠庙或陵墓前的高台，通常左右各一，台上起楼观。这里泛指园中的皇家建筑。

春暮烟霞润，天和草木骄——正值春天的傍晚，晚霞鲜明可爱。天气晴和，草木欣欣向荣。

桃花零落处，上苑亦红潮——上苑里的桃花已经谢了，落花纷纷，宛若红潮。上苑：皇家园林。这里指圆明园。这个比喻是从唐·李贺《将进酒》名句"况是青春日将暮，桃花乱落如红雨"化来的。

新评

在评价一个作家的作品风貌时，后人往往只举其最突出或最有代表性的某一方面的美学特征，而忽视这个作家其他不那么突出的多样风格的存在。其实一个作家在不同时期或不同心境下写下的作品，其间审美趋向的差异往往是巨大的。正如唐代以奇险诗风闻名的韩愈，集中也有非常浅易率直的小诗。以沉郁顿挫著称的杜甫，也有风格轻松流丽的作品。龚自珍的这首五律写得温润秀丽，结构工整，而且在写景中寓有颂圣之意，大类宫廷御用诗人风格。只有首句"扑"这个极富表现力的动词，和末句富有气势的比喻，稍微透露出他好险好怪的本来面目。这样的诗篇因为就思想感情来说不算上乘之作，所以多为今日的龚自珍研究者所忽略。但却能够反映我们熟知的思想者与战斗者龚自珍的另外一面：虽然形象没有那么高大，却非常真实。

三别好诗有序

题解

这组诗作于道光三年（1823）的七月之前，是借回忆儿时母亲所教授的诗文来怀念慈母的诗。别好（hào）：特别的喜好，爱好。

余于近贤文章，有三别好焉，虽明知非文章之极，而自髫年好之，至于冠，益好之。兹得春三十有一，得秋三十有二。自揆造述，绝不出三君，而心未能舍去。以三者皆于慈母帐外灯前诵之。吴诗出口授，故尤缠绵于心，吾方壮而独游，每一吟此，宛然幼小依膝下时。吾知异日空山，有过吾门而闻且高歌，且悲啼，杂然交作，如高宫大角之声者，必是三物也。各系以诗。

其 一

莫从文体问高卑，生就灯前儿女诗。
一种春声忘不得，长安放学夜归时。

其 二

狼籍丹黄窃自哀，高吟肺腑走风雷。
不容明月沉天去，却有江涛动地来。

其 三

忽作泠然水瑟鸣，梅花四壁梦魂清。
杭州几席乡前辈，灵鬼灵山独此声。

新解

小序交待了组诗之创作背景。近贤：本朝的贤人。髫年：童年。冠：古代男子二十岁行冠礼，作为成年的标志。这里泛指成人后。“春三十有一”句：龚自珍生于乾隆五十七年(1792)农历七月，故至本年七月度过了三十一个春季和三十二个秋季。自揆(kuí)：自己大致估量。造述：著作的统称。造指自己的创作，述指转述阐发前人言论。《论语·述而》：“述而不作。”依膝下：这里指幼小时和母亲在一起。《孝经》：“故亲生之膝下。”注：“膝下，谓孩幼之时也。”异日空山：指自己他年去世后埋葬在空山中。吾门：这里指自己的墓门。高宫大角：宫和角是古代五音之二。宫声厚重，角声悠长。这里指自己的魂魄吟诵诗文的声音。

莫从文体问高卑，生就灯前儿女诗——评价文字，且莫以风格而论优劣，吴伟业那些缠绵悱恻的诗天生便适于儿女子灯下诵读。

一种春声忘不得，长安放学夜归时——最难忘的，是当年在京城，春夜放学归来，诵读吴伟业诗的读诗声。作者自注：“右题吴骏公。”吴骏公：明末清初大诗人吴伟业(1609—1672)，字骏公，号梅村，江苏太仓人。明崇祯进士，明亡后被迫入京担任清朝的国子监祭酒，未几辞归。长于诗，与钱谦益、龚鼎孳合称“江东三大家”。于诗各体皆工，七言歌行纪事诸作尤佳，后人称为“梅村体”。著有《梅村集》四十卷。

狼籍丹黄窃自哀，高吟肺腑走风雷——我曾经精心研究写作八股文之道却无所得，不禁感到悲哀。高声吟诵方百川的遗文，感到胸中奔腾着风雷之气。狼籍：一作“狼藉”，这里是指文章的圈点修订痕迹纵横交错的样子。丹黄：朱砂和雌黄。古代读书时用红色朱砂笔点校，如果出错则用黄色雌黄笔涂抹。

不容明月沉天去，却有江涛动地来——方百川逝世，如同明月西沉，但他的文章广为流传，人虽去而名声不灭。他文章的气势，如同江涛滚滚，动地而来。作者自注：“右题方百川遗文。”方百川：方舟（1665—1701），字百川，安徽桐城人。著名桐城派古文家方苞之兄。方舟只是一名县学生，但是他的八股文却名满天下，时人有“本朝第一”之称。年三十七，尽焚所作而卒。后人辑其遗文，流传于世。

忽作泠然水瑟鸣，梅花四壁梦魂清——宋大樽的诗风如同流水淙淙，清凉如瑟。又如四壁梅花，梦魂至此，一洗凡尘。泠（líng）然：清澈清幽的样子。水瑟：指水声如瑟般清脆。

杭州几席乡前辈，灵鬼灵山独此声——杭州文坛有多少前辈，只有空灵的宋大樽诗能够流传后世，与清秀的青山同在。作者自注：“右题宋左彝《学古集》。”宋左彝：宋大樽（1746—1804），字左彝，号茗香，浙江杭州人。乾隆三十九年（1774）举人，工诗善琴，著有《茗香诗论》、《学古集》、《牧牛村社诗钞》等。

新评

这三首绝句在古往今来的论诗绝句中，可谓别开生面。诗人论某家诗，则拟某家诗风，无论是吴诗的缠绵，方文的壮阔，宋诗的清冷，都能做到神似。而且诗人在评价几位前贤的诗歌时，不仅注重其客观艺术成就，更注重自己对这些诗歌的独特的生命体验。诗人如此喜爱吴伟业的诗，不仅因为华艳多情的“梅村体”契合诗人敏感细腻的心灵，更因为作为“儿女诗”的吴诗，出自灯前母亲的口授。对诗人来说，那些诗句里满载的是温柔的母爱和无忧童年的回忆。

午梦初觉，怅然诗成

题解

作于道光三年（1823），作者时在北京。

不似怀人不似禅，梦回清泪一潸然。
瓶花帖妥炉香定，觅我童心廿六年。

新解

不似怀人不似禅，梦回清泪一潸然——这种心情，既不像怀念故人，也不像坐禅。梦醒时分，无端清泪涟涟。潸（shān）然：流泪的样子。

瓶花帖妥炉香定，觅我童心廿六年——瓶花端正，炉烟静袅，于回忆中重觅二十六年前的童心。廿六年：这里指二十六年前嘉庆二年（1797）时，诗人随母亲赴京，侍父家居的往事。

新评

这是一首怀母诗。诗中所写的二十六年前的往事，指诗人六岁时由慈母启蒙教诗的人生经历。诗人借实体的室内环境描写来表现抽象的情感，显得空灵飘忽。

咏 史

题解

收入《破戒草》中道光五年（1825）部分。作者居母丧，由道光三年七月至道光五年十月戒诗不作，故而本诗应作于本年十月之后。题为咏史，实为借古讽今。

金粉东南十五州，万重恩怨属名流。
牢盆狎客操全算，团扇才人踞上游。
避席畏闻文字狱，著书都为稻粱谋。
田横五百人安在，难道归来尽列侯？

新解

金粉东南十五州，万重恩怨属名流——东南之地富足繁华，才人名士辈出，在这样的不公正社会中，他们没有机会发挥自己的才华，因而怨恨重重。金粉：本为女性化妆用品，常以形容繁华绮丽。十五州：泛指江浙等富庶地区。“万重”句：恩怨一词为偏义复指，重点在于“怨”字。

牢盆狎客操全算，团扇才人踞上游——盐务上的那些幕僚操作权柄，只会写风花雪月诗文的所谓“才人”受到追捧。“牢盆”句：牢盆：煮盐的器具。《史记·平准书》：“因官器作煮盐，官与牢盆。”这里指代盐政官吏。狎客：幕僚门客。团扇才人：钱仲联认为指当时的一个文人陈文述。陈文述（1771—1843），原名文杰，字隽甫，号云伯，别号退庵、颐道居士等，浙江钱塘（今杭州）人。清嘉庆五年（1800）举人，官全椒、繁昌、昭明、江都、崇明等知县。著有《碧城仙馆诗钞》八卷、《颐道堂诗选》十四卷、《西泠怀古集》十卷等多种。陈文述沽名钓誉，常游历于方员大吏门下。嘉庆五年（1800），陈文述应杭州乡试，督学阮元以《仿宋画院制团扇》命题，文述诗最佳，人因称其为“陈团扇”。

避席畏闻文字狱，著书都为稻粱谋——因为畏惧听人谈论起文字狱，故而离座躲避。著书立说,都只不过为了谋得一饱生计而已。避席:离座而起。《庄子·寓言》:“舍者避席。”这里是表示畏惧之意。文字狱:封建社会统治者从文人的诗文中摘取字句,罗织罪名而造成的冤狱。清代雍正、乾隆两朝,是历史上文字狱最多的时期。稻粱谋:这里指庸俗的谋生计。唐·杜甫《同诸公登慈恩寺塔》:“君看随阳雁,各有稻粱谋。”

田横五百人安在,难道归来尽列侯——田横的五百壮士都哪里去了?难道他们都被封侯了吗?“田横”句:《史记·田儋列传》载:田横本是战国时齐国的旧贵族。秦末天下纷争时,田横和兄长田荣起兵,占据齐国旧地,自立为齐王,颇能礼贤下士。汉朝建立后,田横率领五百馀人逃入海岛,刘邦为绝后患,派使者去招降,封官许愿:“田横来,大者王,小者乃侯耳。”于是田横带着两个从人前往洛阳,到了洛阳郊外时,后悔自杀。留在海岛上的五百多人听到消息,也全部自杀。列侯:汉代制度,异姓大臣以功封侯,称为列侯。

新评

这首诗是龚自珍的代表作。咏史诗大多针对某件史实发表议论,或借古讽今,但本诗高屋建瓴,不拘泥于具体史实,而是写尽一代知识分子的悲剧命运。东南富丽之地,才人辈出,但他们的命运纠缠于重重恩怨倾轧之中。在那个富贾盐商掌控着社会权势的时候,文人只能流为陈文述那样庸俗的帮闲,或是以柔媚之道苟活于世。第三联向为受人传颂的警句,造成“著书都为稻粱谋”这样万马齐喑的知识界局面的,正是有清一代三百年来执行的残酷文化高压政策。

乙酉腊,见红梅一支,思亲而作。时小客昆山

题解

本诗作于道光五年(1825)的十二月。道光三年(1823)七月,诗人的母亲段驯在上海家中故去,龚自珍即返回上海服丧,服丧期间不再作诗。至本年十月,服丧期满,诗人重新开始有作品问世。当时诗人住在江苏昆山,为了怀念母亲,写了这两首诗。腊:腊月。农历十二月。

其一

一十四年事,胸中盎盎春。南天初返棹,东阁正留宾。
芳意惊心极,愁容入梦频。娇儿才竟尽,不赋早梅新。

一十四年事，胸中盎盎春——回想起这十四年的往事，母亲的慈爱让我胸中充满和煦之感。一十四年：十四年前为嘉庆十七年（1812），这一年龚自珍的父亲龚丽正放徽州知府，龚自珍和全家一起由北京南下。作者又和母亲段驯去苏州的外祖父家，并在段家和妻子段美贞成婚。婚后，和新婚妻子及母亲一起，先往故乡杭州，又去徽州的父亲官署中。当时龚自珍二十一岁，新婚燕尔，慈母在侧，这段生活对他来说是非常难忘的。盎盎春：指母爱的温暖。唐·杜牧《李贺集序》："春之盎盎，不足为其和也。"自唐·孟郊《游子吟》名句"谁言寸草心，报得三春晖"后，春晖成为母爱的象征，龚自珍这里殆用此意。

南天初返棹，东阁正留宾——当年全家刚乘船返回南方，父亲在官署中热情招待宾客。返棹：归舟。"东阁"句：指招揽人才。《汉书·公孙弘传》："开东阁以延贤人。"龚自珍的父亲龚丽正生前礼贤下士，热情地招揽人才，虽耗费大量金钱而不顾。龚自珍的叔父龚守正在《龚氏家乘述闻》中记道："六兄（龚自珍）好饮好客……在徽三年，廉谨自持，而亲族之不相谅者，仍络绎至署不绝。……乃升任上海观察，廉俸甚优，自丙子至乙酉（1825），阅九年之久。于是六兄得大展其孟尝好客之志，一时有'九段十三龚'之目。"

芳意惊心极，愁容入梦频——我见到芬芳的梅花而想起母亲，不由心中痛苦。因为对亡母苦苦思念，所以屡屡在梦中见到母亲愁苦的面容。

娇儿才竟尽，不赋早梅新——母亲的娇儿如今历经沧桑，已经江郎才尽，不再有才力为早开的梅花赋诗了。作者自注："全家南下之岁，迄今十有四年。"娇儿：龚自珍自谓。"不赋早梅"句：南朝梁·何逊以其《早梅》诗闻名于世，成为才子的代称，这里袭用此典。龚自珍在不久之后的《乙酉除夕，梦返故庐，见先母及潘氏姑母》诗中回忆起自己儿时所住的杭州马坡巷旧宅，写到宅中有"窗外双梅树，床头一素琴"。龚自珍儿时从母亲段驯学诗，已见前《三别好诗并序》，亦常母子唱和，段驯于嘉庆六年（1801）作的《中秋夜，德州舟次，季思叔弟珍儿同作》诗中，谓"琢句偏输季子工"。可见本句云赋早开梅花，既是用典，也是对童年往事的实际回忆。

其　二

绛蜡高吟者，年年哭海滨。明年除夕泪，洒作北方春。
天地埋忧毕，舟车祖道频。何如抱冰雪，长作墓庐人？

绛蜡高吟者，年年哭海滨——曾在红烛下高声吟诵诗文的我，从此将年年向着海滨痛哭。海滨:这里指杭州。段驯葬于杭州龚氏祖坟中。杭州地近东海,故云"海滨"。

明年除夕泪，洒作北方春——到明年除夕时，我思亲的泪水将洒入北方的春天。作者自注:"母在人间,百事予不知也。记丙子至戊寅除夕,烧蜡两枝,供红梅牡丹各一枝,读《汉书》竟夜。"新年是春天的开始,这里是说自己将泪流竟夜。

天地埋忧毕，舟车祖道频——刚刚埋葬掉愁苦，又将祭祀路神，舟车劳累地出行。作者自注:"明春复入都也。"埋忧:埋藏忧苦。汉·仲长统《述志》诗:"寄愁天上,埋忧地下。"祖道:出行之前祭祀路神以求道路平安。

何如抱冰雪，长作墓庐人——哪里比得上长和梅花相守，在母亲的墓旁筑室，就此度过一生?作者自注:"杭州墓上植梅五十本。"冰雪:这里指梅花。同时暗喻自己高尚纯洁的道德情怀。墓庐:父母或师长死后,子弟在墓边筑室居住,守护坟墓。《史记·孔子世家》:"(孔子卒后)唯子贡庐于冢上,凡六年,然后去。"

新评

龚自珍从幼年起,就随着母亲段驯学字吟诗,母亲对他来说不仅是给予无微不至照顾的慈母,更是文学上的领路人。母亲的故去,对龚自珍来说,不仅有亲人去世的伤痛,更意味着世间唯一一处温暖呵护之所的终结。

秋心三首

题解

这组诗作于道光六年(1826)的秋季。这年春天,龚自珍同好友魏源一起参加会试,双双落第。好友辈如谢阶树、陈沆相继去世。龚自珍为自己的身世感伤不已,又哀悼旧友的逝去,故而组诗的基调是悲凉的。

其　一

秋心如海复如潮,但有秋魂不可招。
漠漠郁金香在臂,亭亭古玉佩当腰。
气寒西北何人剑,声满东南几处箫。
斗大明星烂无数,长天一月坠林梢。

新解

秋心如海复如潮,但有秋魂不可招——秋日心绪汹涌如海潮,然而何处可招回秋日的心魂?

漠漠郁金香在臂，亭亭古玉佩当腰——臂间佩有郁金香囊，香气淡雅。腰间系着古雅的玉佩，光洁可爱。漠漠：香气清淡弥漫的样子。唐·罗隐《杏花诗》：“暖触衣襟漠漠香。”

气寒西北何人剑，声满东南几处箫——是谁的宝剑剑气冲天，见于西北？是谁的箫声幽怨，闻于东南？“气寒”句：古人认为宝剑能够发出剑气。晋·王嘉《拾遗记》载：干将莫邪宝剑流传到晋代时，有紫气冲斗牛，张华望气，知宝剑在丰城，因而掘得。宋·辛弃疾《水龙吟·过南剑双溪楼》：“举头西北浮云，依天万里需长剑。”

斗大明星烂无数，长天一月坠林梢——天空中无数斗样大的星星灿烂发光，而长空中的一轮明月，却已坠于树梢。《淮南子·说林训》：“百星之明，不如一月之光。”

新评

“春女怨，秋士悲”，万物凋零的秋天，往往激发文士的悲歌慷慨。首联写心潮澎湃，“招魂”一句，既指亡友之魂去而不可招，又指自己昔日的志向如今无可寻觅，语带双关意蕴深远。“漠漠”二句，以佩饰的古雅华美暗喻道德品格的高洁，尤《离骚》“高余冠之岌岌兮，长余佩之陆离”之意。第三联再连用“剑”、“箫”意象，豪情幽绪，两相激荡。末句极写不得志，明星喻科举得中的凡庸之辈，而低坠于林梢的长空之月喻自己和魏源这样的非凡才士。凡庸之徒塞满朝廷，故而自己只能寂寞向隅了。

其　二

忽筮一官来阙下，众中俯仰不材身。
新知触眼春云过，老辈填胸夜雨沦。
天问有灵难置对，阴符无效勿虚陈。
晓来客籍差夸富，无数湘南剑外民。

新解

忽筮一官来阙下，众中俯仰不材身——偶然得到一官，前来朝廷任职。没有才干的我在众人之中随俗应对。筮（shì）：用蓍草来占卜。古人有筮仕的习俗。初次出仕做官，必先占其吉凶。阙下：宫阙之下。指京都。众中俯仰：指姑且随俗浮沉于世。汉·司马迁《报任安书》：“故且从俗浮沉，与时俯仰。”不材：无用。《庄子·山木》：“此木以不材得终其天年。”

新知触眼春云过，老辈填胸夜雨沦——眼中所见到的这些新结识的人，交往不深，感情淡薄，如春云般随风即逝。心中挂念的那些老辈贤人却已经纷纷下世。夜雨：唐·杜甫《秋述》：“常时车马之客，旧，雨来；今，雨不来。”故而旧雨有旧友之意。这里是语带双关。唐·李商隐《风雨》:"新知遭薄俗,旧好隔良缘。"也是用一联的上下两句分说新知交情之薄,和故人的遥不可及。龚自珍在这里学习了这种构思方法。

天问有灵难置对,阴符无效勿虚陈——我有诸多问题欲责问上天,但上天即使有灵,恐怕也难以回答。我胸中的谋略一如《阴符经》,但是根本不会被当政者采用,还是不要白白呈上去的好。阴符:即《阴符经》。兵书,多言计谋策略。这里指自己的治国方案等。

晓来客籍差夸富,无数湘南剑外民——清晨门房的客人登记簿上众多的名字还可以夸耀一下,里面有许多来自湖南四川边远地区的人。客籍:登记宾客的名册。湘南:湘水之南。剑外:剑阁之外。

新评

起笔一个"忽"字,极写诗人对自己仕宦浮沉的漠然不经意,即《杂诗,己卯,自春徂夏,在京师作,得十有四首》(其一)"白云一笑懒如此,忽遇天风吹便行"之意。言语中透出对仕途生涯的深深厌倦。"众中"一句,写自己不甘心于随波逐流的庸俗生活,而用反语道出,正是定庵特色。第二联新旧分写,怀故人,伤新知,两相对比,更加显出诗人的落落寂寞。颈联"有""无"对举,天不可问,策无可陈,字面相反而意思相同,都写此种环境下的无可奈何。末联则一改前语之颓唐,稍稍振作,暗示仁人志士仍在草野,寄托自己的希望。

其　三

我所思兮在何所,胸中灵气欲成云。
槎通碧汉无多路,土蚀寒花又此坟。
某水某山埋姓氏,一钗一佩断知闻。
起看历历楼台外,窈窕秋星或是君。

新解

我所思兮在何所,胸中灵气欲成云——我所思慕的在什么地方呢?胸中的非凡抱负要喷薄而出,化为彩云。"我所"句:借用汉·张衡《四愁诗》:"我所思兮在太山,欲往从之梁父艰"句式,表达对理想的追寻。成云:唐·韩愈《杂说》:"龙嘘气成云。"

槎通碧汉无多路,土蚀寒花又此坟——乘槎通向天河的路途已经消失,坟墓年久,苔藓在土上侵蚀出花纹。"槎通"句:晋·张华《博物志》有《八月槎》故事:"旧说云天河与海通,近世有人居海渚者,年年八月有浮槎去来,不失期。人有奇志,立飞阁于槎上,多赍粮,乘槎而去。十馀日中犹观星月日辰,自后茫茫忽忽亦不觉昼夜。

去十馀日，奄至一处，有城郭状，屋舍甚严。遥望宫中多织妇，见一丈夫牵牛渚次饮之。牵牛人乃惊问曰：'何由至此？'此人具说来意，并问此是何处，答曰：'君还至蜀郡访严君平则知之。'竟不上岸，因还如期。后至蜀，问君平，曰：'某年月日有客星犯牵牛宿。'计年月，正是此人至天河时也。"碧汉：天空。

某水某山埋姓氏，一钗一佩断知闻——生前的声名消失在山水之间，好友的音讯也逐渐不再通闻。一钗一佩：指好友眷属。钗代指女性，佩代指男性。

起看历历楼台外，窈窕秋星或是君——起身看楼台外的天空，那颗明亮的秋夜之星，或许就是你的化身。

新评

定盦自白其艺术宗尚为"庄骚两灵鬼，盘踞肝肠深"（《自春徂秋，偶有所触，拉杂书之，漫不诠次，得十五首》其三），将庄子文的奇特想象，和骚体奇幻飘逸的境界，融入格律谨严的七律中，是定盦律诗的最鲜明特色。这三首律诗，正是这种风格的代表作。

释言四首之一

题解

作于道光六年（1826）。释言：用言语为自己辩解。唐代韩愈被人谗害后，作《释言》文为自己辩解。龚自珍写了许多议论尖锐的政治文章，引起了某位内阁大学士的不满，于是龚自珍用韩愈文章的题目，作诗回答。题称四首，但今集中仅存一首。

东华环顾愧群贤，悔著新书近十年。
木有文章曾是病，虫多言语不能天。
略耽掌故非匡济，敢侈心期在简编？
守默守雌容努力，毋劳上相损宵眠。

新解

东华环顾愧群贤，悔著新书近十年——我在东华门内的内阁，环顾身边这些贤哲，真后悔十年来写的那些议论时政的文章。东华：即东华门。紫禁城的东南门。清代时内阁官署在东华门内，这里指自己工作的内阁。群贤：反语，指内阁众官员。"悔著新书"句：汉代贾谊所著文集名为《新书》，内容大多为对时政的议论和治国方略。这里是用来比拟龚自珍在嘉庆十九年至二十三年（1814—1818）间作的《明良论》、《平均篇》、《乙丙之际箸议》等系列文章，到今年约为十年。

木有文章曾是病，虫多言语不能天——树木有了美丽的纹理，会给树木引来砍伐之祸，因此反而是树木的害处。虫儿鸣叫得太多，会惹得人们捕捉，势必不能保全上天所给的生命。这两句是说自己富有才华，身份低微却又喜爱议论朝政，势必会给自己带来危害。清·赵翼《闻心馀京邸病风却寄》："木有文章原是病，石能言语果为灾"，是龚自珍这两句所本。

略耽掌故非劻济，敢侈心期在简编——我比较喜爱前朝掌故，但这不能匡时济世。哪里敢奢望有著作传世呢？耽：耽玩，沉溺。掌故：前代的制度、文化沿革以及人物事迹等。劻（kuāng）济：即匡济，匡时济世。侈：奢侈，过分。心期：志向。简编：著述。

守默守雌容努力，毋劳上相损宵眠——且容我努力地学习守默守雌之道，免得打扰相国大人的夜间清眠。守默：保持沉默，不擅发议论。守雌：居于柔弱。《老子》："知其雄，守其雌，为天下谿。"上相：这里指相当于宰相职位的内阁大学士。

新评

本诗为抒情写志之作，但处处从反面着笔，欲理解诗意，应从纸背观之。首联说"愧"说"悔"，全是反语，诗人一生以文字为歌为号角，为封建末世送葬，何曾真正"悔"其著作。次联语意本着《庄子·人间世》有用无用之论，指出如此之世，唯有庸俗之辈才能大行其道，如鱼得水，苟活于世，即从反面来再次阐述"文章渐卑庸福近"（《杂诗，己卯，自春徂夏，在京师作，得十有四首》其二）之意。第三联写"劻济"的志向和"耽掌故"的现实之间的矛盾与落差，再写才华不得所用的悲愤。末联则讽刺之语最为尖锐。一说：这位"上相"是当时任体仁阁大学士、军机大臣上行走的蒋攸铦。其实不用具体指实，这种庸庸碌碌，只图安眠为上的"上相"，难道不是当时的朝廷中高级臣子的群像代表吗？

退朝遇雪，车中忽然有怀，吟寄江左

题解

作于道光七年（1827）的早春。龚自珍上朝归来，正逢春雪天气，于是怀念起已经回到上海的妻子何吉云，写下这首诗寄给她。江左：长江中下游南岸地区，即江南。上海属于江左地区。

青琐门边雪，还疑海上看。花花万行树，鹤鹤一闲官。
幽想忽飞去，无由生羽翰。江东谢道韫，忆我早朝寒。

新解

青琐门边雪，还疑海上看——皇城宫门前飞扬的雪花，不知道上海的妻子是否也能看见？青琐门：有青色连环图案的皇宫宫门。《汉书·元后传》："曲阳侯根骄奢僭上，赤墀青琐。"孟康注："以青画户边镂中，天子制也。"海上：上海。

花花万行树，鹤鹤一闲官——路边树木积雪，仿佛开满白花，我这个闲官落了一身白雪，像白鹤的羽衣。鹤鹤：原指羽毛洁白的样子。《孟子·梁惠王上》："白鸟鹤鹤。"这里既指自己落了一身白雪，又暗喻自己这个"闲官"像鹤一般孤傲清闲。

幽想忽飞去，无由生羽翰——我的思绪飞向远方，而我的肉身却不能生出羽翼。羽翰：羽翼。

江东谢道韫，忆我早朝寒——江东的谢道韫啊，现在应在挂念我早朝的寒冷吧。谢道韫：著名才女。东晋时人，谢奕的女儿，谢安的侄女，嫁给王羲之的儿子王凝之。南朝宋·刘义庆《世说新语·言语》："谢太傅寒雪日内集，与儿女讲论文义。俄而雪骤，公欣然曰：'白雪纷纷何所似？'兄子胡儿曰：'撒盐空中差可拟。'兄女曰：'未若柳絮因风起。'公大笑乐。"兄女就是谢道韫。又《世说新语·贤媛》："王凝之谢夫人既往王氏，大薄凝之。既还谢家，意大不说。太傅慰释之曰：'王郎，逸少之子，人材亦不恶，汝何以恨乃尔？'答曰：'一门叔父，则有阿大、中郎。群从兄弟，则有封、胡、遏、末。不意天壤之中，乃有王郎！"龚自珍这里将妻子何吉云比作谢道韫，是有多重深意的：一方面何吉云能诗工书，同谢道韫一样，是一名才女。一方面谢道韫著名的咏雪典故，正和眼前雪景吻合。一方面谢道韫的丈夫王凝之虽是世家子弟，才华却远不如妻子，龚自珍到本年还只是一名举人，在内阁中书这种"闲官"的位置上已经七年，称妻子为谢道韫，有自比王凝之的自嘲和无奈。

新评

首联由眼前所见京城之雪，遥想到远方闺中看雪的妻子。"青琐门"扣题中"退朝"，"海上"扣题中"江左"，夫妻暌隔千里之遥，而借飞雪两相勾连。相距益远，相思益深。次联写眼前雪景和雪中的自己，"花花"一句，从唐·岑参《白雪歌送武判官归京》名句"千树万树梨花开"中化出，展现出一片天地都白的景象，而在此天地中的，是身为"一闲官"的自己。"万"和"一"对举，见出诗人在世间的孤独。第三联写"幽想"能"飞去"，于是反怨自己不能生"羽翰"而飞，怨中见出思念之切。形式上则打破格律，改用散句，情感抒发显得更加流畅。末句改从对面落笔，写远方的妻子怀念京城中的自己，反复勾勒出夫妻之间的深情。"早朝寒"，不仅是客观冬日气候的寒冷，还有七载"闲官"生涯感受到的心灵之寒，这种复杂的心情，惟有妻子能够理解同情。全诗用语清淡，而情致深厚。

枣花寺海棠下感春而作

题解

作于道光七年(1827)在北京时。枣花寺,即崇效寺。是北京著名的看花胜地。徐珂《清稗类钞·园林类》:“京都崇效寺花事最盛,顺康时以枣花名,乾隆中以丁香名,光绪中以牡丹名。然都人士皆呼之为枣花寺。”在龚自珍的时代,枣花寺以海棠闻名,是京城士大夫经常举行赏花酒会的地方。龚自珍在道光二年(1822)就曾经参加过这里的看花宴集。

词流百辈花间尽,此是宣南掌故花。
大隐金门不归去,又来萧寺问年华。

新解

词流百辈花间尽,此是宣南掌故花——前辈的许多名士,都在花开花谢之间随着时光的流逝而消失殆尽,崇效寺的海棠花,记载着宣南地区文士的许多掌故。宣南:北京宣武门南的简称。这一地区有许多会馆。在清代,因进京赶考的士人常居于会馆中,所以宣南地区是文士荟萃之地。崇效寺自清初以来便是文人名士常游览的胜地,清初著名文人陈维崧、朱彝尊、王士祯等都有游崇效寺赏花的作品。

大隐金门不归去,又来萧寺问年华——在京城隐居的我,不得归去。又来到这座寺,感慨飞逝的年华。大隐:指在城市中过隐者生活。唐·白居易《中隐》:“大隐住朝市,小隐入丘樊。”金门:金马门。汉代长安宫殿的门名。这里指代国都北京。萧寺:荒凉的寺庙。唐·李肇《唐国史补》:“梁武帝造寺,令萧子云飞白大书‘萧寺’。”后因字面多有荒寺之意。

新评

开头二句,借枣花寺的海棠花起兴,表达对前辈学人文士的追念。“词流”首句,以在时光飞转中不变的“此花”和都已消逝的“词流百辈”相对,眼前花事和追想中的前辈赏花盛事重叠相映。次句加一结语,以海棠花为媒介,挽合今古。三四句转写自身,身在京都的官场而不得意,又不能归隐家园,只能勉强以“大隐”之说来安慰自己眼前的生存状态。诗人来到崇效寺赏花,却感到年华的消逝。这首短短的小诗,既是对前辈学人文士的追怀,又是对自己匆匆而逝的青春年华的伤悼。

西郊落花歌

题解

作于道光七年(1827)在北京时。这一次看海棠的地点,即在花之寺。西郊:这里指北京城的西郊丰台附近。

出丰宜门一里,海棠大十围者八九十本。花时车马大盛,未尝过也。三月二十六日,大风,明日风少定,则偕金礼部(应城)、汪孝廉(潭)、朱上舍(祖穀)、家弟(自穀)出城饮而有此作。

西郊落花天下奇,古人但赋伤春诗。
西郊车马一朝尽,定庵先生沽酒来赏之。
先生探春人不觉,先生送春人又嗤。
呼朋亦得三四子,出城失色神皆痴。
如钱塘潮夜澎湃,如昆阳战晨披靡。
如八万四千天女洗脸罢,齐向此地倾胭脂。
奇龙怪凤爱漂泊,琴高之鲤何反欲上天为?
玉皇宫中空若洗,三十六界无一青蛾眉。
又如先生平生之忧患,恍惚怪诞百出无穷期。
先生读书尽三藏,最喜维摩卷里多清词。
又闻净土落花深四寸,瞑目观赏尤神驰。
西方净国未可到,下笔绮语何漓漓!
安得树有不尽之花更雨新好者,
三百六十日长是落花时。

新解

小序交待了创作此诗之背景。丰宜门:金代时北京城南门。本:株。金应城:字子彦,安徽歙县人。嘉庆六年(1801)拔贡,官礼部主事,郎中。汪潭:浙江钱塘人,举人。朱祖穀:生平不详。龚自穀:作者的堂弟龚自树(1798—1845),字秋田,官湖南辰州府经历。

西郊落花天下奇,古人但赋伤春诗——西郊的落花真是天下的奇景,古人对着落花,只知道写下伤春的诗句。

西郊车马一朝尽,定庵先生沽酒来赏之——西郊看花的车马都散尽了,定庵先生买酒来赏落花。沽:买。

先生探春人不觉,先生送春人又嗤——定庵先生寻春的时候无人知晓,送别残春又被人嗤笑。

呼朋亦得三四子,出城失色神皆痴——邀请朋友也邀到了三四位,出城见到如此落花,都神色大变,惊讶如痴。

如钱塘潮夜澎湃,如昆阳战晨披靡——眼前落花如同夜来澎湃的钱塘江巨潮,又如昆阳之战的清晨,军队一片溃败。钱塘潮:钱塘江由于近海,受海水潮汐的影响,形成壮观的江潮,是著名胜景。昆阳战:昆阳在今河南叶县。公元23年,汉光武帝刘秀率领八九千人的军队和王莽四十万人的大军在此作战,取得胜利,是战争史上著名以弱胜强的战例。披靡:军队溃败的样子。

如八万四千天女洗脸罢,齐向此地倾胭脂——落花鲜艳繁盛,又如天上的众多仙女洗脸方罢,一起向这里倾倒下胭脂水。八万四千:佛教用语中常用来夸言极多的数字。

奇龙怪凤爱漂泊,琴高之鲤何反欲上天为——海棠花满天飞舞,如同天上的奇龙怪凤,爱下降至人间漂泊。琴高的鲤鱼为何反而要上天去?琴高鲤:乘鲤鱼的仙人琴高。唐·陆广微《吴地记》:"乘鱼桥在交渎。郡人丁法海与琴高友善,高世隐不仕,共营东皋之田。时岁大稔,二人同行田畔,忽见一大鲤鱼,长可丈馀,一角两足双翼,舞于高田。法海试上鱼背,静然不动,良久遂下。请高登鱼背,鱼乃举翼飞腾,冲天而去。"

玉皇宫中空若洗,三十六界无一青蛾眉——繁花尽落,枝头无花,宛如天上玉皇的宫殿中因此一空,三十六天中都无一位天女。三十六界:道教称玉皇宫和人世之间隔有三十六层天。青蛾眉:古代女子以青色黛画眉。这里代指天上的天女。

又如先生平生之忧患,恍惚怪诞百出无穷期——落花翩然百态,如我平生的忧患,模糊怪诞,层出不穷。无穷期:没有穷尽之日。

先生读书尽三藏,最喜维摩卷里多清词——我读遍三藏的佛经,最喜欢《维摩诘所说经》中的清词丽句。三藏:佛教典籍中经藏、律藏、论藏的总称,包括一切佛教法义。这里是夸张地说自己读过所有佛经。维摩卷:即《维摩诘所说经》。其中的《观众生品》一节中云:"时维摩诘室,有一天女,见诸天人,闻所说法,便现其身,即以天华散诸菩萨大弟子上。华至诸菩萨,即皆堕落;至大弟子,便著不堕。"是后世天女散花传说所本。

又闻净土落花深四寸,瞑目观赏尤神驰——我又听说西方净土,满地落花四寸。闭目以心神去观赏,尤其会心动神驰。"净土"句:佛教称西方的洁净圣地。《无量寿经》:"又风吹散花,遍满佛土,随色次第,而不杂乱。柔软光泽,馨香芳烈。足履其上,陷下四寸,随举足已,还复如故。"

西方净国未可到，下笔绮语何漓漓——西方的净土佛国不能轻易一到，因为我一下笔作诗文，便多作绮语不已。绮语：佛教认为秽杂不正的话，是佛戒"十恶"之一。佛教认为作绮语的人死后深堕地狱，不能到达极乐世界。这里指抒写男女之情的那些华美词句。漓漓：这里形容文笔滔滔不尽。

安得树有不尽之花更雨新好者，三百六十日长是落花时——怎么能够树上有落不尽的花才好，新落的花更鲜更美，一年三百六十日，永远都是落花时节。

新评

在中国古典诗歌的语言系统中，落花往往昭示着春天的无情逝去，从而引起诗人对于时光匆匆的生命伤感，故而吟咏落花的诗词，多带有感伤忧郁的意味。但龚自珍这首落花诗一反常例，以酣畅淋漓的笔墨，极力挥洒，以状落花的壮丽之美。全诗开首先以一"奇"字定下审美基调，再以定庵先生偏赏落花和世人对此的嗤笑来凸现抒情主人公的卓然不群的个性。诗人在描绘落花之景时，不拘泥于对落花色彩形制的琐碎描写，而是连用钱塘江潮、昆阳血战、天女浴面、奇龙怪凤、玉皇三十六天宫女下凡等一系列比喻，从宏观视角夸张地描写落花的壮阔气势。想象奇幻，极壮观绮丽之致。比喻的密集，给人以目不暇接之感。但一连串比喻又以"先生平生之忧患"结束，将汹涌澎湃的情感抒发收束入无尽的忧患之感中。

太常仙蝶歌

题解

本诗作于道光七年(1827)在北京任内阁中书时。太常仙蝶：清代时在北京太常寺出现的一种蝴蝶。太常为九卿之一，职责为管理宗庙祭祀。太常寺为办公所。

太常仙蝶，士大夫知之稔矣。曷为而歌之？蝶数数飞入姚公家，吾歌为姚公也。姚公者，太常少卿仁和姚公祖同也。公为大吏历五省，易事难说。见排挤不安其位，公岳立不改。虽投闲，人忌之者尚众。异哉！蝶能识当代正人，不惟故实之流传而已。吾歌以纪之，且招蝶也。

恭闻故实太常寺，蝶寿三百犹有加。
衔玉皇之明诏，视台阁犹烟霞。
不闻愿见不许见，矧闻飞入太常家。
本朝太常五百辈，意者公其飞仙之身邪？
仙人正人事一贯，天上岂有仙奸邪？

所以公立朝，人不识，仙灵识公非诬夸。
慰此蹇蹇，其来衙衙。
感德辉而上下，助灵思之纷拏。
我闻此事，就公求茶。
道焰十丈，不及童心一车。
鸾飘凤泊咄咄发空喟，云情烟思寸寸凌幽遐。
人生吉祥缥缈罕并有，何必中秋儿女睹璧月之流华？
玉皇使者识我否？寓园亦在城之涯。
幽夏灵气怒百倍，相思迟汝五出红梨花。

新解

诗前小序交待了创作此诗之背景。稔(rěn)：熟悉。曷(hé)：为什么。姚公：姚祖同(1761—1842)，字秉章，一字亮甫，浙江钱塘人。乾隆四十九年召试举人，历官内阁中书、鸿胪寺少卿、安徽巡抚、左副都御史等。易事难说：《论语·子路》："君子易事而难说也。"意为在君子手下做事容易，但是要讨他的喜欢却困难。这里是说姚祖同因为正直而不得同僚上司的欢心。岳立：如高山般耸峙。指人品的正直。投闲：不被重用，被放于闲适的职位上。这里指姚祖同由安徽巡抚这样的方面大员改任太常寺少卿这样的闲散无权职位。故实：故事，掌故。

恭闻故实太常寺，蝶寿三百犹有加——我听京师的古老传闻说，太常寺的仙蝶，寿有三百多年。恭闻：敬语。听说的意思。

衔玉皇之明诏，视台阁犹烟霞——仙蝶衔着玉帝的诏书翩然来到人间，将人间台阁，视为天上的仙境。台阁：朝廷的各个官署。烟霞：指仙境。

不闻愿见不许见，矧闻飞入太常家——没听说过有希望和仙蝶相见而仙蝶不许人见的，况且还听说仙蝶飞入了姚太常家中。矧(shěn)：况且。

本朝太常五百辈，意者公其飞仙之身邪——本朝开国以来的太常卿和太常少卿共有五百多人，仙蝶独飞入姚公家，是认为姚公是仙人的化身吧？意：猜想。

仙人正人事一贯，天上岂有仙奸邪——仙人和人间的正直之人行事都是一致的，天上岂能有仙人和奸邪之辈并存之事？

所以公立朝，人不识，仙灵识公非诬夸——所以姚公在朝中作官得不到人的赏识，而作为仙灵的太常仙蝶独独赏识姚公，此事并非虚夸。

慰此蹇蹇，其来衙衙——为了感慰姚公的忠贞，仙蝶翩翩飞至。蹇蹇(jiǎn)：正直的样子。《周易·蹇》："王臣蹇蹇，匪躬之故。"衙衙：这里是指仙蝶络绎而来的样子。《楚辞·九辩》："导飞廉之衙衙。"

感德辉而上下，助灵思之纷拏——仙蝶为姚公德行的光芒所感，上下翩飞，用美丽的姿态来触发姚公的纷纷才思。德辉：道德的光辉。汉·贾谊《吊屈原赋》："凤凰翔于千仞兮,览德辉而下之。”纷拏(ná):纷乱的样子。

我闻此事,就公求茶——我听说这件事,来访问姚公,喝着茶听他讲述。

道焰十丈,不及童心一车——修行的道术再高,也比不上姚公淳朴赤诚的心灵。道焰:比喻道术修行的程度。童心一车:形容心灵的质朴程度。借用《易·睽》中“载鬼一车”句式。

鸾飘凤泊咄咄发空喟,云情烟思寸寸凌幽遐——对着翩然飞舞的仙蝶,我无限感慨。眼前缥缈的景象让我的思绪飞舞到仙境之中。鸾飘凤泊:此处比喻仙蝶飞舞。咄咄(duō):感叹声,表示惊诧。喟(kuì):叹息。

人生吉祥缥缈罕并有,何必中秋儿女睹璧月之流华——人的一生中,吉祥之事和仙灵之事很少能够兼得。儿女子之辈何必于中秋之夜望月伤怀?璧月:形容月亮皎洁圆满如璧玉。流华:月光。

玉皇使者识我否?寓园亦在城之涯——玉皇的使者啊认识我么?我的寓所也在城边。涯:边。此时龚自珍住在北京宣武城南的上斜街。

幽夏灵气怒百倍,相思迟汝五出红梨花——盛夏之时,草木茂盛,灵气充盈,我的寓所里有五瓣的红梨花,思念等待仙蝶你的到来。迟:等待。作者自注:“(予寓斋红梨一树,京师无双也。”

新评

太常仙蝶是清代一个著名的传说,在各种笔记中多有记载,如清·陈康祺《郎潜纪闻》:“太常仙蝶,好与士大夫之风雅者作缘。或数千里相访。值名人官奉常,则无不至。本朝胜流纪此者多矣。”本诗以仙蝶飞入姚祖同家为题,但意旨不在于颂仙迹,而在砭人事。小序中的“蝶能识当代正人”为本诗点题。姚祖同这样的“正人”唯仙蝶能识,在人世中却屡受排挤,不能安居其位,被迫投闲而“人忌之者尚众”,可见这个社会对正直之士的埋没与摧残。诗末由仙蝶对姚祖同的独独垂青,转而写到自己对仙蝶的“相思迟汝”,说明自己和姚祖同一样,都是在人世中不得青眼,仕途蹉跎之人。但诗人并不颓唐,“幽夏”句,以一“怒”字,写出了诗人的倔强和胸中的磅礴之气。就诗歌形式而言,本诗用古歌行体,七言句与三言、四言、六言,乃至九言句相杂,甚至上下二句句式字数相错,极参差错综之至。诗句以散行为主,偶尔夹入整体的对偶。又多用散文句法,节奏疾徐变幻。充分表现了龚诗典型的“任侠使气”的特色。

歌筵有乞书扇者

题解

作于道光七年(1827),是一首筵席上的题扇诗。

天教伪体领风花，一代人材有岁差。
我论文章恕中晚，略工感慨是名家。

新解

天教伪体领风花，一代人材有岁差——上天偏让那些伪劣作品一领文坛风骚，一代的文艺才士也像天文历法上有岁差一样，水平参差不齐。岁差：指春分和秋分点每年都会产生变化。由于太阳、月球和其他行星对地球赤道隆起物的吸引力，造成地轴绕着一条通过地球中心而又垂直于黄道面的轴线作缓慢圆锥运动，每26000年为一个周期，故而春分点逐渐向西移动。

我论文章恕中晚，略工感慨是名家——我论诗文并不轻视中晚唐文学，只要诗文能写出点真实的情感，我就承认作者可跨入名家之列。中晚：古人论唐诗，将唐诗分为初、盛、中、晚四个阶段，一般认为初盛唐诗歌优秀而中晚唐诗成就较低。

新评

这一首诗通常被认为是龚自珍文艺观的自我展现。矫揉造作的“伪体”能占据文坛风骚，其源何来？一是“一代人才有岁差”的客观现象造成，一是“天”之所使。清人赵翼论诗名句有“江山代有才人出，各领风骚数百年”（《论诗五绝》），是偏重于文学在不同历史阶段的发展。龚自珍这里说“人才有岁差”，是对当时“一晛人材海内空”（《夜坐》其二）的喑哑沉默之末世的责难。而造成这种状况的，正是在上位的“天”。清代为中国历史上对文人思想控制最为严酷的封建王朝，联系清史中数目惊人的文字狱来理解本诗，可见诗人这里不仅仅是提倡文学创作需有真情实感，更是对造成文坛萎靡造作风气的上位统治者的大胆批判。

春日有怀山中桃花，因有寄

题解

作于道光七年（1827）的春天。诗人在北京收到杭州家乡的妻子寄来的信，于是不禁思念起她，和清闲自在的家居生活。山中桃花：这里指杭州栖霞岭的桃花，是当时的杭州名胜。

东风淋浪卷海来，长安人道青春回。
春回不到穷巷里，忽忆山中花定开。
山中花开，白日皓皓。

明妆子谁，温馨清妙。
夕爇熏炉捣蕙尘，朝缄清泪邮远人。
粉光入墨墨光腻，昨日正得江南鳞。
葆君青云心，勿吟招隐吟。
花开岁岁勿相忆，待君十载来重寻。
我有答君诗，殷勤兼报桃花知。
勿惜明镜光，为我分光照花枝。
勿惜颒面水，为我浴花倾胭脂。
但惜芳香珍重之幽意，勿使满园蝴蝶窥。
托君千万词，词意不可了。
长安桃李渐渐明，何似春山此时好？
春纵好，山寂寂，清琴玉壶罢消息，蜡烛弹棋续何夕？
安能坐此愁阳春，不如归侍妆台侧。

新解

东风淋浪卷海来，长安人道青春回——湿润的东风从海上吹来，于是京城中人们都说春天又回来了。淋浪：湿润的样子。长安：这里指国都北京。青春：美好的春天。

春回不到穷巷里，忽忆山中花定开——春天虽然回来，春光却未曾降临我所居住的僻巷，于是我忽然回忆起山中，想来山中的桃花一定已经开放了。穷巷：偏僻的街巷。

山中花开，白日皓皓——山中桃花盛开的季节，风和日丽。

明妆子谁，温馨清妙——那妆容明艳的女子是谁？温暖芳香，清丽美妙。这里指自己的妻子。馨(nún)：香气。

夕爇熏炉捣蕙尘，朝缄清泪邮远人——她晚上点起熏炉，将炉灰压紧。白日写好信，和着清泪一起寄给远方的人。爇(ruò)：烧。捣蕙尘：蕙是一种香草。这里是说将炉中香料的馀烬压紧，使得香料便于充分燃烧。缄(jiān)：书信，这里用作动词。远人：这里指龚自珍自己。

粉光入墨墨光腻，昨日正得江南鳞——我昨天收到妻子从江南寄来的信，妻子的脂粉光映入墨中，纸上墨光也因而变得香腻。“粉光”句：唐·李贺《昌谷北园新笋》：“斫取青光写楚辞，腻香春粉黑离离。”江南鳞：江南的来信。古人常以鸿雁或鲤鱼代指书信。汉乐府《饮马长城窟行》：“客从远方来，遗我双鲤鱼。呼儿烹鲤鱼，中有尺素书。”

葆君青云心，勿吟招隐吟——信中说：“珍视你的青云之志，不要起回乡归隐的念头。”葆：珍视。青云心：这里指远大的志向，事业心。《史记·范睢蔡泽列传》：“贾（须贾）不意君能自致于青云之上。”招隐吟：《楚辞》中有汉代淮南小山作的《招隐士》，写山中不可留，召唤山中的隐士。这里是反用典故，说自己想归隐。

花开岁岁勿相忆，待君十载来重寻——不要想念岁岁盛开的桃花，且待十年后再重来寻访。花开岁岁：唐·刘希夷《代悲白头翁》：“年年岁岁花相似。”

我有答君诗，殷勤兼报桃花知——我有回答你的诗篇，同时也希望你殷勤地把我的诗句告诉山中的桃花。

勿惜明镜光，为我分光照花枝——不要吝惜你妆台明镜的光辉，为了我分镜光照向花枝。

勿惜颒面水，为我浴花倾胭脂——不要吝惜你洗面的残水，为我将这胭脂水浇灌桃花。颒（huì）：洗脸。龚自珍在《西郊落花歌》里同样将红艳的花色比作美人的胭脂水：“如八万四千天女洗脸罢，齐向此地倾胭脂。”

但惜芳香珍重之幽意，勿使满园蝴蝶窥——要珍惜桃花的芳香和珍重的情谊，不要让园中的蝴蝶随意窥视桃花的美丽容颜。

托君千万词，词意不可了——嘱咐你的话有许多，一时也难以说清。

长安桃李渐渐明，何似春山此时好——京城中的桃李花也次第明艳地开放，可是哪里有家乡春日山中此刻的风景呢？

春纵好，山寂寂，清琴玉壶罢消息，蜡烛弹棋续何夕——春天纵然美好，家乡的春山此时却应该是寂寞的。从前弹琴饮酒的人一去无消息，什么时候才能够在晚上继续在烛光下弹棋呢？玉壶：指酒。唐宋时有酒名玉壶春。弹棋：古代的一种棋类游戏，宋·沈括《梦溪笔谈》：“棋局方二尺，中心高如覆盂，其巅为小壶，四角隆起。”弹棋到明清时已经失传，这里借指下棋。又因为弹棋的棋局中心高起，所以唐·李商隐《无题》有“莫近弹棋局，中心最不平”之句，这里也是暗示自己“中心不平”。

安能坐此愁阳春，不如归侍妆台侧——怎么能够在阳春时节坐在此地发愁，不如归去到你的妆台边侍候你。

新评

龚自珍和妻子何吉云伉俪情深，而且互相理解尊重。诗人由京城春光虽至，而不及自己所居住的陋巷，写出京中的环境坎坷不易。与此形成鲜明对照的，是象征着归隐生活的家乡桃花盛开的春色。诗中写闺情，写春色，打成一片，笔墨华美艳丽。诗末写不如归去，和妻子闺房相守。看似耽于儿女情长，实是写自己被迫英雄气短的无奈。无怪乎诗人后来退职还家，途中遇到妓女灵箫，一见倾心，要感叹“风云材略已消磨，甘隶妆台伺眼波”（《己亥杂诗》其二五二首）了。

自春徂秋，偶有所触，拉杂书之，漫不诠次，得十五首（选二）

题解

作于道光七年(1827)春到秋之间。诗人学习前代诗人阮籍《咏怀》、陈子昂《感遇》、李白《古风》等组诗的形式，以这些陆续写成的长短不一，主题不一的十五首古风，组成一个有机整体。这些诗有的对国家政局发表感慨，有的感叹自己的身世不遇，有的评点诗文，抒情写志，不一而足。但愤慨牢落的总体思想倾向是一致的。诠次：次第、选择编排。

其　五

朝从屠沽游，夕拉驺卒饮。此意不可得，有若茹大鲠。
传闻智勇人，伤心自鞭影。蹉跎复蹉跎，黄金满虚牝。
匣中龙剑光，一鸣四壁静。夜夜辄一鸣，负汝汝难忍。
出门何茫茫，天心牖其逞。既窥豫让桥，复瞰轵深井。
长跪奠一卮，风云扑人冷。

新解

朝从屠沽游，夕拉驺卒饮——白日里与屠夫和卖酒者交往，晚上拉着马夫同饮。屠：屠夫。沽：卖酒的人。驺卒：马夫。先秦两汉时期，一些英雄豪杰常以屠夫等低贱职业的身份隐于市。如诗中说到的刺客聂政，就曾经避仇隐于屠者之间。这里诗人说自己和社会下层的劳动人民亲密交往，言外之意是在士大夫行列中找不到可以交游的人，另外还有有心结纳江湖豪杰的意思。清·陈维崧《贺新郎·赠苏昆生》"沦落半生知己少，除却吹箫屠狗。算此外，谁与吾友"与此同一用意。

此意不可得，有若茹大鲠——我胸中的情怀无人可探知，无可吐露，如鲠在喉。茹：吃。鲠(gěng)：鱼刺。龚自珍常用鱼刺在喉比喻不能实现自己的理想，参看前文《行路易》注。

传闻智勇人，伤心自鞭影——我听说智慧果敢之人，因为害怕一生无成，故而每每自我鞭策。鞭影：佛教典故。明·瞿汝稷《指月录》："阿难白佛：'外道得何道理，称赞而去？'世尊曰：'如世良马，见鞭影而行。'"良马聪颖，不用鞭策及身，见到马鞭的影子就疾驰。形容人不待外力迫使，自我努力。

蹉跎复蹉跎，黄金满虚牝——我在蹉跎中渡过半生，事业无成，宛如将黄金抛掷到荒谷中那样可惜。唐·韩愈《赠崔立之》:“可怜无益费精神,有似黄金掷虚牝。”牝(pìn):溪谷。

匣中龙剑光,一鸣四壁静——剑匣中龙纹宝剑剑光烁烁,不时发出长吟,愈发显出室内的寂静。龙剑:宝剑。《晋书·张华传》:“晋人于丰城县得一玉匣,内藏二剑,后入水皆化为龙。”故而后人常以龙喻宝剑。

夜夜辄一鸣,负汝汝难忍——因为我不能物尽其用,辜负了宝剑,故而宝剑难以忍受,每夜长鸣。汝:这里指宝剑。近代著名女革命家秋瑾《鹧鸪天》词有句云:“休言女子非英物,夜夜龙泉壁上鸣。”用典和龚诗近似。

出门何茫茫,天心牖其逞——出得门来,茫茫不知所往。幸而上天指导我方向,让我快意前行。牖(yǒu):启发,诱导。

既窥豫让桥,复瞰轵深井——我访问了豫让桥,又俯览轵地的深井。豫让桥:豫让是历史上著名的刺客。《史记·刺客列传》载:豫让为战国时期晋国大臣智伯的门客。赵襄子杀死智伯,用智伯的头颅做成饮器。豫让为了给智伯报仇,吞炭变哑,漆身为癞,躲在晋水的桥下行刺赵襄子。后行刺未成功,豫让遂自杀。豫让桥故址在今山西省太原市西南。轵深井:用另一位著名战国刺客聂政的典故。聂政是轵地深井里人,应韩国严仲子之托,刺杀韩相韩侠累,成功后抉眼毁坏面目,剖腹自杀。轵(zhǐ):今河南省济源县。

长跪奠一卮,风云扑人冷——长跪祭上一杯酒,寒风大作,浓云密布,令人肃然。长跪:古人席地而坐,屈膝及地,臀部靠在脚跟上。从坐的姿势转为立起腰部,挺直上身的姿势称为长跪。是向对方表示尊敬的礼节。卮(zhī):酒器。一卮,即一杯酒。风云:一作“风雪”。但诗题已明言“自春徂秋”,又南朝·庾信《朱云折槛赞》有“身摧栏槛,义烈风云”句,则“风云”一词有喻烈士壮烈气概之意。故而“风云”一词更符合诗歌原意。

新评

龚自珍是封建社会末期的一个异类,他独特的言行往往让他的同时代者侧目而视,不可理解。张祖廉《定盦先生年谱外纪》载有一则有趣的轶事:“(龚自珍)在京师,尝乘驴车游丰台,于芍药深处藉地坐,拉一短衣(指平民百姓的装束)人共饮。抗声高歌,花片皆落。益阳汤郎中鹏过之,先生亦拉与共饮,问同坐何人,先生不答。郎中疑为仙人,又疑为侠,终不知其人。”龚自珍在《乙丙之际著议第十九》中谈到普通民众的知识时感慨道:“田夫、野老、驺卒之所习熟,今学士大夫谢之,以为不屑知,自珍获知之,而以为创闻。”可见龚自珍的与屠沽驺卒辈交游,自有深意。

豫让和聂政,都是历史上为报恩义,慷慨赴难,不惜自身的勇士。龚自珍对他们予以高度的敬仰。读这首诗,让人想起清初词人陈维崧的一首著名小令《南乡子·

邢州道上作》的下阕："残酒忆荆高，燕赵悲歌事未消。忆昨车声寒易水，今朝，慷慨还过豫让桥。"

其　七

我生爱前辈，匪尽获我心。论交少年场，岁月逝骎骎。
少年太飞扬，由哀乐不深。礧硠听高谈，有谛难为寻。
风霜欺脆枝，金石成苦音。前辈即背谬，厥谬亦沉沉。

新解

我生爱前辈，匪尽获我心——我生来敬爱前辈高贤，虽然他们并不都令我称心。匪：非。获我心：让我心悦诚服。《诗经·邶风·绿衣》："我思古人，实获我心。"

论交少年场，岁月逝骎骎——少年时和诸多年轻的同辈相交，岁月便这样匆匆逝去。少年场：少年人的社交圈。汉乐府有《结客少年场行》，后来鲍照、李白等皆有拟作。骎（qīn）骎：马跑迅疾的样子，这里指时光匆匆而逝。《诗经·小雅·四牡》："驾彼四骆，载骤骎骎。"

少年太飞扬，由哀乐不深——少年的情感过于飞扬，无论是悲哀还是快乐都趋于肤浅。

礧硠听高谈，有谛难为寻——听少年人的高谈阔论，但他们浮夸的言语中却难以寻得真谛。礧硠（léiláng）：又作"雷硠"，本指巨大的声响，这里形容言论的惊人。唐·韩愈《调张籍》诗形容创作时的磅礴气势，说："乾坤摆雷硠。"这里殆用其意。谛（dì）：佛教名词。指真实无谬的道理。

风霜欺脆枝，金石成苦音——风霜容易摧残脆弱的树枝，金石良言听来令人不舒服。金石：这里指金石良言。

前辈即背谬，厥谬亦沉沉——前辈们的劝告即使荒谬无理，这荒谬也是大有深意的。

新评

这首诗通篇使用反语，看似写"少年"的轻浮，实际上写"前辈"人士对自己的指责批评。龚自珍个性狂傲不羁，议论惊人，在以"温柔敦厚"为尚的封建社会里，自然得不到前辈的好感。嘉庆二十二年（1817）龚自珍二十六岁时，将自己的诗文稿交给前辈名诗人王芑孙，请他加以指点。王芑孙在回信中切实批评龚自珍诗文集中"伤时之语，骂座之言，涉目皆是，此大不可也"，要求龚自珍"循循为庸言之谨"（《定庵先生年谱外记》卷上）。王芑孙的这封信是从爱护龚自珍的角度出发加以规劝的，然而龚自珍在当时所遭遇的"前辈"们的"金石苦音"，可想而知了。

顾大（千里）得唐睿宗书顺陵碑，远自吴中见寄。余本以南北朝摩崖各一种悬斋中，得此而三，书于帧尾（二首选一）

题解

作于道光七年（1827）。顾千里顾广圻（1770—1839）：字千里，号涧薲，江苏元和人。考据名家，精于校雠学、金石学，著有《思适斋文集》十八卷。唐睿宗：李旦（662—716）。唐高宗第八子，唐玄宗父。初封豫王。武则天废中宗后，一度立为帝。顺陵碑：顺陵是武则天母亲杨氏的陵墓，顺陵碑传说是李旦所书。磨崖：又作“摩崖”，刻在崖壁上的石刻文字。书于帧尾：写在顺陵碑拓片的边沿。帧（zhēn）：书画等的一幅。

南书无过瘗鹤铭，北书无过文殊经。
忽然二物相顾哑，排闼一丈蛟龙青。

新解

南书无过瘗鹤铭，北书无过文殊经——南派书法，没有超越《瘗鹤铭》的。北派书法，没有超越《文殊般若经碑》的。南书北书：南派书法和北派书法。《瘗鹤铭》：镇江焦山的一处摩崖石刻，作于梁代，字体雄伟秀丽，是摩崖石刻中的代表作。文殊经：即《文殊般若经碑》。北齐刻石，在山东宁阳县，其书法是北派碑刻的代表。

忽然二物相顾哑，排闼一丈蛟龙青——《瘗鹤铭》和《文殊般若经碑》忽然相顾哑然，因为推门直入的顺陵碑，纸长一丈，气势犹如青色的蛟龙。排闼：推门而入。青：黑色。

新评

这首短短的绝句，结构设计十分巧妙，大见匠心。诗人的本意是要赞美《顺陵碑》书法的遒健，开篇却从南派书法之最《瘗鹤铭》和北派书法之最《文殊般若经碑》说起。三四二句方笔力一转，以极其形象生动的语言，将两部书法杰作拟人化，以两部南北书法之最的哑口无言，反衬出《顺陵碑》书法艺术予人的惊人震撼力。以青色蛟龙比喻《顺陵碑》书法，不仅写出墨色和书法的雄伟，而且暗示了《顺陵碑》书者的帝王身份。全诗前二句造势，后二句以重笔顿挫直转，于短章之中，颇显精悍之色。

世上光阴好

题解

作于道光七年(1827)。诗人时在北京。

世上光阴好,无如绣阁中。静原生智慧,愁亦破鸿蒙。
万绪含淳待,三生设想工。高情尘不滓,小别泪能红。
玉茁心苗嫩,珠穿耳性聪。芳香笺艺谱,曲盏数窗栊。
远树当山看,行云入抱空。枕停如愿月,扇避不情风。
昼漏长千刻,宵缸梦几通。德容师窈窕,字体记玲珑。
朱户春晖别,蓬门淑晷同。百年辛苦始,何用嫁英雄?

新解

世上光阴好,无如绣阁中——世上最好的光阴,是少女的绣阁闺房之中。

静原生智慧,愁亦破鸿蒙——娴静的生活本来能够产生智慧,即使有愁绪也是从打破世界混沌而生。鸿蒙:指天地开辟之前,世界一团混沌的状态。

万绪含淳待,三生设想工——她们以淳朴的心情来对待世间万事,对未来的想象工致无比。

高情尘不滓,小别泪能红——少女的情怀高雅无比,不受尘世俗务的影响,因为短暂的离别,她们会流下晶莹的泪珠。滓(zǐ):污浊。这里意为受到玷污。泪能红:用“红泪”典。晋·王嘉《拾遗记》:“文帝所爱美人姓薛,名灵芸,常山人也。……灵芸闻别父母歔欷累日,泪下沾衣。至升车就路之时,以玉唾壶承泪,壶则红色。既发常山,及至京师,壶中泪凝如血。”

玉茁心苗嫩,珠穿耳性聪——她们心田中茁长的情苗娇嫩如玉,以珠作穿耳之饰,心地更加玲珑聪慧。心苗:心田中萌发的情感之苗。

芳香笺艺谱,曲盏数窗栊——她们或在各种艺术书籍上细作标注,让书都染上了香气。或细数曲折的窗栊。曲盏(lù):通“曲录”。曲折的样子。

远树当山看,行云入抱空——她们眺望远方,地平线上树阴如山,漂浮的白云来往于她们的怀抱之间。

枕停如愿月,扇避不情风——月光照在她们的枕上,她们暗暗向月儿许愿。她们举起扇子,遮挡无情的凉风。

昼漏长千刻,宵缸梦几通——闺中的白日如此漫长,夜晚的灯下,有几多梦境？漏：漏壶。古代滴水计时的仪器。缸：通“釭”，灯。

德容师窈窕，字体记玲珑——她们效法窈窕的淑女，有着美好的品德和姿态，书法则秀丽无比。德容：女子的品德和仪表。汉·班昭《女诫》：“女有四行，一曰妇德，二曰妇言，三曰妇容，四曰妇工。”窈窕：这里指淑女。《诗经·周南·关雎》：“窈窕淑女，君子好逑。”旧时儒家认为《关雎》所说的是后妃之德，所以其中的窈窕淑女是女子效法的榜样。

朱户春晖别，蓬门淑晷同——无论是富贵人家还是贫苦人家的女孩子，都有着美好的时光。朱户：豪贵人家。蓬门：贫穷的人家。淑晷（guǐ）：美好的时光。晷，日影。按，这两句是互文。

百年辛苦始，何用嫁英雄——人生百年，无限辛苦，闺阁中的少女时光可贵，何必出嫁？即使嫁得英雄之辈，又当如何？

新评

这是一首对少女的颂歌。在龚自珍看来，少女世界是美好的，因为比起争名夺利的男性世界来，少女们的世界是纯净的，真诚的。比起纷纷扰扰的男性世界，少女们的世界恬静安闲，聪慧坚贞。不管是富户还是贫门，闺中世界都意味着心灵之静美。这正是龚自珍理想中的人性世界。而且，在龚自珍看来，世俗婚姻是对宁谧的少女世界的破坏。这种将少女视为纯美的化身，进而象征着作者审美理想的观念，和在龚自珍之前出现的《红楼梦》中的少女观一脉相承。

常州高材篇，送丁若士（履恒）

题解

本诗作于道光七年（1827），是为送友人丁履恒往山东就任的送别诗作。丁履恒（1770—1832），字道久，别字若士，号冬心。常州府武进人。嘉庆六年（1801）拔贡生，嘉庆十三年（1808）应淀津召试，入二等，充文颖馆誊官，期满任赣榆县教谕。本年丁履恒五十八岁，授山东肥城知县。丁履恒是著名小学家，著有《说文形声类篇》四卷。亦擅诗词文章，著有《思贤阁文集》、《思贤阁诗集》、《宛芳楼词》等。丁绍仪《听秋声馆词话》称其：“乾嘉以来，玉田生（南宋词人张炎）词风行海内，独家若士大令（履恒）能窥其奥。”龚自珍和丁履恒于嘉庆十三年（1808）在北京相识。

常州府在清代是江苏省八府之一，包括武进、阳湖、无锡、金匮、江阴、宜兴、荆溪、靖江等县。从清代中叶开始，常州府地区人文荟萃，人才济济。在文学领域有以恽敬为代表的阳湖文派、以张惠言为代表的常州文派、以洪亮吉为主要倡导者的骈文中兴，都各领风骚，引导当时的文坛风气。在学术领域，常州学派亦赫赫有名：在经学方面，张惠言的《易》学；孙星衍的《尚书》学；庄存与、刘逢禄、宋湘凤的《公羊》学，都各有成就。史学则有赵翼。数学则有董祐诚。地理学则有洪亮吉父子，李兆洛等。故而常州府地区为当时全国文化的一处中心。龚自珍在少年时代便在外祖父著名小学家段玉裁家中结识不少常州学者，成人后又和常州学者如刘逢禄、宋湘凤等交往。故而龚自珍虽不属于常州学派中人，却和常州学派有着极深的渊源。

丁君行矣龚子忽有感，听我掷笔歌常州。
天下名士有部落，东南无与常匹俦。
我生乾隆五十七，晚矣不及瞻前修。
外公门下宾客盛，始见臧（在东）顾（子述）来裒裒。
奇才我识恽伯子，绝学我识孙季逑。
最后乃识掌故赵，献以十诗赵毕酬。
三君折节遇我厚，我益喜逐常人游。
乾嘉辈行能悉数，数其派别征其尤。
《易》家人人本虞氏，毖纬户户知何休。
声音文字各窔奥，大抵钟鼎工冥搜。
学徒不屑谈贾孔，文体不甚宗韩欧。
人人妙擅小乐府，尔雅哀怨声能遒。
近今算学乃大盛，泰西客到攻如雠。
常人倘欲问常故，异时就我来谘诹。
匆数耇耋数平辈，
蔓及洪（孟慈）管（孝逸）庄（卿山）张（翰风）周（伯恬）。
其馀鼎鼎八九子，奇人一董（方立）先即邱。
所恨不识李夫子（申耆），南望夜夜穿双眸。
曾因陆子（祁生）屡通讯，神交何异双绸缪。
识丁君乃二十载，下上角逐忘春秋。
丁君行矣龚子忽有感，一官投老谁能留？
珠联璧合有时有，一散人海如凫鸥。
噫，才人学人一散人海如凫鸥，明日独访城中刘（申受丈）。

新解

丁君行矣龚子忽有感，听我掷笔歌常州——丁君已经出发了，我忽然大有感触，请听我挥毫来吟咏常州。

天下名士有部落，东南无与常匹俦——天下自有名士会聚之处，其中地处东南的常州，人文之盛，无与伦比。匹俦(chóu)：同类，同辈。

我生乾隆五十七，晚矣不及瞻前修——我生于乾隆五十七年，生的太晚了，没赶上敬仰常州的学术前辈们。前修：前辈的学者名士。修，美好。

外公门下宾客盛，始见臧顾来裒裒——外公门下宾客盛多，济济一堂，我最早见到的是臧在东、顾子述他们。臧在东：臧庸(1767—1835)，初名镛堂，字在东，一字拜经。江苏武进人，著名经学家臧琳玄孙，于经学家学渊源。著有《拜经日记》、《拜经堂文集》等。顾子述：顾明，后改名文炳，字子述，又字子明，号尚志。江苏武进人。曾与臧庸、李兆洛师事卢文弨于常州龙城书院。道光元年举人，通训诂学，经学亦长。裒裒(póu)：聚集的样子。

奇才我识恽伯子，绝学我识孙季逑——当时我认识的人中论奇才要数恽敬，论为学之广博要数孙星衍。恽伯子：恽敬(1757—1817)，字子居，号简堂。江苏阳湖人。以古文名，为阳湖文派创始人之一。著有《大云山房文稿》。绝学：原为失传之学。这里是说孙星衍的学识渊博而卓越。孙季逑：孙星衍(1753—1818)，字渊如，号季逑，江苏阳湖人。乾隆五十二年榜眼。官至山东督粮道。博通经史百家之学，凡文字、音韵、训诂、金石文字、校勘等学皆长。著作甚多，有《尚书今古文注疏》、《周易集解》、《夏小正传校正》、《芳茂山人文集》、《芳茂山人诗录》等。

最后乃识掌故赵，献以十诗赵毕酬——后来我又认识深通掌故的赵怀玉，我作了十首诗献给他，他都一一和诗回答。掌故赵：赵怀玉(1747—1823)，字亿孙，号味辛，江苏武进人，乾隆四十五年举人。官内阁中书、山东青州府海防同知。工诗，善古文，当时与孙星衍、黄仲则等齐名。酬：酬答。这里指和诗回赠。

三君折节遇我厚，我益喜逐常人游——恽、孙、赵三位先生都降低身份，亲切地对待我，我益发喜欢和常州文士交游。折节：屈己以下人。恽、孙、赵都比龚自珍年长许多，而且当时均已有声誉，故云。

乾嘉辈行能悉数，数其派别征其尤——我能够细细数说乾隆嘉庆二朝常州学人的派别和辈分，并说出其中最出色的人物。征：求。尤：最特出者。

《易》家人人本虞氏，毖纬户户知何休——常州学人治《易经》，都继承汉代虞氏《易》的学术源流；讲求谶纬之学，人人知道东汉的何休。“《易》家”句：虞氏指虞翻(164—233)，三国时吴国馀杭人。汉代《易经》立于学官，传《易》者有施、孟、梁丘、京氏四家。虞翻继承了汉代孟氏《易》学说，著有《易注》九卷。按：清代常州学人如刘逢禄、张惠言等治《易》，都本于虞氏《易》学，例如张惠言即著有《周易虞氏义》、《虞氏消息》等。“毖纬”句：毖（mì）纬，即“谶纬”（chènwěi），谶书和纬书的合称。谶是秦汉间巫师、方士编造的一些预示吉凶的隐语图案，纬是汉儒迷信附会儒家经义的一类书，有《易纬》、《书纬》、《诗纬》、《礼纬》等。何休（129—182），字邵公，东汉今文经学家，所著《春秋公羊经传解诂》是清之前今文经学留下来的唯一一部著作。何休治今文经学，常和谶纬之学掺杂在一起。汉代之后，今文经学很少流传。乾隆嘉庆年间，常州武进人庄存与著《春秋正辞》，重新发扬今文经学道统，又传给外孙刘逢禄，刘著《公羊何氏释例》，将何休的公羊学进一步发扬光大，当时常州学者如李兆洛、丁履恒等都治公羊学，龚自珍和其好友魏源也是此派中人。常州学者治公羊学时，常杂有谶纬书的内容。刘师培在《论近世文学之变迁》中就说：“常州人士喜治今文家言，杂采谶纬之书，用以解经。”

声音文字各窔奥，大抵钟鼎工冥搜——常州学者治学，讲求对古奥难懂的古文字声音和文字形态的探索，往往借助于钟鼎文字的材料。窔（yào）奥：深奥难懂。钟鼎：指商周青铜器，上面刻或铸有文字，称为钟鼎文，又称金文。冥搜：苦心搜求。

学徒不屑谈贾孔，文体不甚宗韩欧——即使是一般生徒也不屑于谈论贾逵、孔安国的古文经学。作古文不甚尊崇韩愈、欧阳修的文风。贾孔：贾逵和孔安国这两个汉代古文经学家的合称。贾逵（30—101），字景伯，汉代学者。扶风平陵人，著有《左氏传解诂》、《国语解诂》。孔安国（约前156—前74），孔子后裔，得其家所藏古文《尚书》，开创古文经学派。韩欧：韩愈和欧阳修这两位古文大家。韩愈（768—824），字退之，唐代文学家，河南河阳人。提倡古文运动。欧阳修（1007—1072），字永叔，宋代文学家，江西庐陵人。继承韩愈古文道统，在宋代进一步推行古文运动。清代的桐城文派提倡“八大家古文”，以韩欧文风为尚，桐城派古文在清代风行一时。但常州文人如恽敬、张惠言等开创“阳湖文派”，突破桐城派束缚，自成一格，所以说“文体不甚宗韩欧”。

人人妙擅小乐府，尔雅哀怨声能遒——常州文士个个长于填词，风格雅正，情辞哀怨缠绵，声调遒劲。小乐府：指词。词本为合乐演唱的文字，所以又被称为“乐府”。尔雅：雅正。《汉书·儒林传序》：“文章尔雅，训辞深厚。”颜师古注：“尔雅，近正也。”遒（qiú）：强健有力的样子。清代中叶，以张惠言、张琦、董士锡等常州人士为代表的“常州词派”兴起，他们提出填词应重“比兴寄托”的词学主张，取法于五代、北宋词风。常州词派在当时影响很大，张惠言编的《词选》即选录当时常州籍词人十馀家。

近今算学乃大盛，泰西客到攻如雠——最近数学这门学问，学风大盛，常州学者和西方来客共同探讨学问，互不相让。算学：即数学。泰西：清末时对欧洲各国的统称。雠（chóu）：仇。清代乾嘉时期，常州出现不少著名数学家，代表人物有马负图、庄存与、汤恰名等。

常人倘欲问常故，异时就我来谘诹——常州人士如果要询问本地的学术掌故，他日可到我这里来咨询。常故：常州的故实。谘诹(zīzōu)：咨询，询问。

勿数耇耋数平辈，蔓及洪管庄张周——且不用说老一辈的常州文士，和我平辈的我就能说出洪饴孙、管绳莱、庄绶甲、张琦、周仪暐等人。耇耋(gǒudié)：七八十岁的老年人。蔓及：牵连所及。洪：洪饴孙(1773—1816)，字佑甫，一字孟慈，江苏阳湖人。著名诗人洪亮吉之子，嘉庆三年(1798)举人，官湖北东湖知县。经通小学，并通地理、氏族、目录、职官诸学。著有《世本辑补》、《补续汉书艺文志》、《补三国职官表》、《史目表》、《毗陵经籍志》、《青埵山人诗》等。约嘉庆十九年(1814)时和龚自珍相识。管：管绳莱(1784—1839)：字孝逸。江苏武进人。道光六年(1826)任安徽含山知县。著有《万绿草堂诗集》、《风荪楼词》等。庄：庄绶甲。见前《杂诗，己卯，自春徂夏，在京师作，得十有四首》注。张：张琦(1764—1833)，字翰风，江苏阳湖人。张惠言之弟，嘉庆十八年(1813)举人。官山东知县，善词，舆地、医学皆深造。周：周仪暐。见前《逆旅题壁，次周伯恬原韵》诗注。

其馀鼎鼎八九子，奇人一董先即邱——其馀鼎鼎大名的还有八九位，其中有位奇人董祐诚已经先下世。鼎鼎：盛大的样子。董：董祐诚(1791—1823)，初名曾臣，字方立。江苏阳湖人。著名数学家。年五岁即晓九九算数，后致力于律历、数理、史地、名物之学。著有《割圆连比例术图解》、《椭圆求周术》、《斜弧三遍求角补术》等。董祐诚三十三岁即去世。所以诗人说"先即邱"。即邱：埋到坟墓里，指去世。

所恨不识李夫子，南望夜夜穿双眸——所遗憾的是不曾认识李兆洛先生，只能每夜向南方展望，望眼欲穿。李夫子：李兆洛(1769—1841)，字祁孙，号绅绮，一号养一老人。江苏阳湖人。嘉庆十年进士(1805)，官安徽凤台知县，后主讲江阴暨阳书院。工诗古文，精考证，尤精地理，著有《历代地理志韵编今释》、《石经考》、《养一斋文集》、《骈体文钞》等，又辑《大清一统舆志全图》。

曾因陆子屡通讯，神交何异双绸缪——但我们曾通过陆继辂屡通音问，神交已久，和挚友无异。陆子：陆继辂(1722—1834)，字祁孙，号修平居士。江苏阳湖人。嘉庆五年(1800)举人，任江西贵溪知县。著有《崇百药斋文集》、《合肥学舍札记》。绸缪(chóumóu)：情谊深厚的样子。托名汉·李陵《与苏武诗》："与子结绸缪。"

识丁君乃二十载，下上角逐忘春秋——认识丁君已有二十年，我们互相切磋学问，忘记了年龄的差距。春秋：岁月，年龄。按：这一年丁履恒五十八岁，龚自珍三十六岁，所以称二人的交往为"下上角逐"。

丁君行矣龚子忽有感，一官投老谁能留——丁君已经出发，我忽然大有感触。到老始得一官，远程赴任而去，谁能挽留？一官投老：指丁履恒本年已经五十八岁，才去做一个山东肥县知县，出都赴任。

珠联璧合有时有，一散人海如凫鸥——也有过人才荟萃，宛如珠联璧合的时光，如今宾朋各去，如野凫水鸥，散入人海，再无踪迹。珠联璧合：珍珠串在一起、美玉合在一块儿。比喻优秀的人物或美好的事物汇集在一起。这里是指在北京时好友的聚从。凫(fú)鸥：两种水鸟名。凫和鸥都是栖息不定的鸟类，逐水而巢。这里用来比喻朋友的聚散不定。

噫，才人学人一散人海如凫鸥，明日独访城中刘——唉，才子和学者们都已如野凫水鸥，散入人海，再无踪迹。明日我还是去独自访问城里的刘逢禄吧。城中刘：刘逢禄。见前《杂诗，己卯，自春徂夏，在京师作，得十有四首》注。

新评

钱锺书《谈艺录》中说本诗“可作常州学派总序读。于乾嘉间吾郡人各种学问，无不提要钩玄”，此为的论。本诗从送别丁履恒谈起，转忆儿时在外祖父段玉裁处认识的诸前辈常州名学者，继而对常州学派的总体学术风气作多方面阐述，转而又写同辈的常州学派中人。末尾回到诗首对丁履恒的惜别，以“独访城中刘”作结，表明对人才散去的伤感。就诗歌风格来看，本诗在龚集中显得比较特殊，并不是瑰丽悱郁的定盦主导诗风，而是语质理朴，倒是比较近于乾隆时翁方纲所倡导的以经史考订为诗，以学术为诗，以韵语作考据的“肌理说”诗风。翁方纲和他的“肌理说”在今日古典文学研究者眼中评价甚低，论及龚自珍诗歌时更少有及者。其实，龚自珍是很推崇翁方纲的，张祖廉《定盦先生年谱·外纪》载，梁章钜曾请龚自珍赋《虎丘古鼎歌》，龚自珍欲仿翁覃谿（翁方纲号）为之，自谓“遒郁未及覃谿”，遂不作。本诗可为龚自珍模拟覃谿诗风的一个例证。

秋夜花游

题解

作于道光七年(1827)秋，是一首记酒席招妓的艳游诗。诗中的海棠江蓠，及仙人之类，都代指席上的歌妓。

海棠与江蓠，同艳异今古。我折江蓠花，间以海棠妩。
狂呼红烛来，照见花双开。恨不称花意，踟蹰清酒杯。
酒杯清复深，秋士多春心。且遣秋花妒，毋令秋魄沉。
云何学年少？四座花齐笑。踟蹰取鸣琴，弹琴置当抱。
灵雨忽滂沱，仙真窗外过。云中君至否？不敢问星娥。

新解

海棠与江蓠，同艳异今古——海棠花和江蓠，都艳丽异常，但古今崇尚不一。江蓠：一种香草。《楚辞·离骚》："扈江离（蓠）与辟芷兮。"

我折江蓠花，间以海棠妩——我采摘江蓠花，和妩媚的海棠间杂在一起。

狂呼红烛来，照见花双开——狂呼命人拿来红烛，烛光照着盛开的海棠与江蓠花。这两句化用宋·苏轼《海棠》："只恐夜深花睡去，高烧银烛照红妆"句意。

恨不称花意，踟蹰清酒杯——只愁我已衰老颓唐，不合花的心意，我徘徊不定，姑且以酒浇愁。

酒杯清复深，秋士多春心——杯酒清澈，酒杯深深，我这个秋士，还有一颗感春之心。秋士：悲秋伤感的士人。《淮南子·谬称训》："春女思，秋士悲。"

且遣秋花妒，毋令秋魄沉——宁愿让秋花嫉妒我的感春之心，也不要让我的精魄付与沉沦。

云何学年少？四座花齐笑——四座的如花丽人一起笑话我，为什么学少年人放浪形骸？

踟蹰取鸣琴，弹琴置当抱——徘徊不定，拿起琴来，弹琴抒怀。在古典文学中，弹琴常有高人志士借以抒发怀抱的意义。如唐·王维《竹里馆》："独坐幽篁里，弹琴复长啸。深林人不知，明月来相照。"

灵雨忽滂沱，仙真窗外过——忽然下起雨来，窗外有仙人经过。灵雨：随仙人出现的仙风灵雨。《楚辞·九歌·山鬼》："东风飘兮神灵雨。"仙真：仙人。

云中君至否？不敢问星娥——云中君来了么？我不敢拿这个问题问神女。云中君：云神。《楚辞·九歌》中有《云中君》一篇。在《九歌》中，云中君是仅次于东皇太一的神灵。这里的云中君指同来冶游的达官贵人。星娥：神女。

新评

本诗写一次秋夜的冶游，而寄以寓意。花和"仙真"，常被用来作为歌妓等风尘女性的比拟。在封建社会中，男性文人酒宴招妓，并将这种风流韵事付之于诗文，是一种很普遍的现象。龚自珍一生放荡不羁，不拘礼法，在诗中亦对自己"寻春狂客"（《过扬州》）的行径坦荡无所避讳，后人亦不必为龚自珍讳言。但龚自珍纵情声色，并不是耽于色欲，而是企图借此破除现实生活中的种种苦闷。"秋士多春心"和"毋令秋魄沉"二句，是理解本诗的关键。

梦中作四截句（十月十三日夜也）（选一）

题解

作于道光七年（1827）。截句：即绝句。绝句的形式如同将一首律诗截为两段，故名。此选其二。

黄金华发两飘萧，六九童心尚未消。
叱起海红帘底月，四厢花影怒于潮。

新解

黄金华发两飘萧，六九童心尚未消——黄金散尽，白发已生，而我一生飘零，事业无成。在如今这世道大坏之世，我的一颗童真之心尚未消磨殆尽。六九：百六阳九的简称。道家语，指衰坏之世运。

叱起海红帘底月，四厢花影怒于潮——我喝起海红色帘底的弯月，四壁的花影重重叠叠，郁盛如潮。海红：一种橘红色。

新评

深夜静坐，月映重帘，花影上墙，这在古典诗歌中本是宁静的诗境，但龚自珍能从如此宁谧之境中，生出澎湃的豪情。以幽静风物来写豪迈的诗怀，是龚自珍诗的一大特色。

题盆中兰花四首（选一）

题解

本诗为一组古体咏物之作，写作年代，或系于道光十年（1830），或系于道光十八年（1838）。由于诗中有思念远方妻子之意，而道光十八年时龚自珍与妻子何吉云同在北京，故而本处暂从王佩诤《龚自珍全集》，定为道光十年所作。此选其一。

忆昨幽居绝壁下，漠漠春山罕樵者。
薜荔常为苦竹衣，鸡鹊误傚䴕鶅舍。
天荣此魄不用媒，可怜位置费君才。
珍重不从今日始，出山时节千徘徊。

新解

忆昨幽居绝壁下，漠漠春山罕樵者——盆中兰花回忆起从前在山中时，幽居于绝壁之下，春山寂静无声，樵夫罕至。漠漠：寂静无声。

薜荔常为苦竹衣，鸡鶄误僦鼪鼯舍——美好的薜荔缠绕在苦竹上，鸡鶄误以鼪鼯的巢作居所。薜荔(bìlì)：常绿灌木，茎蔓生。《楚辞·离骚》："贯薜荔之落蕊。"薜荔被视为香草，代表君子的美好品德。苦竹：禾本科植物，笋味苦不可食。苦竹在古代诗文中常被视为恶草。如唐·白居易《琵琶行》："住近湓江地低湿，黄芦苦竹绕宅生。"鸡鶄(jiāojīng)：一种南方的鸟。僦(jiù)：租赁。鼪鼯(shēngwú)：鼪鼠和鼯鼠。这里泛指鼠辈。鼪是黄鼠狼，鼯鼠形似松鼠，毛多褐色，尾巴很长，前后肢之间有薄膜，能从树上飞降下来。鼯鼠常用来形容小人，如"鼯技"即指能力平庸之人的雕虫小技。

天荣此魄不用媒，可怜位置费君才——上天赋予兰花高洁的香气，不用依靠东风传播。可惜被人工栽入盆中，浪费了您的才能。荣：草木开花。不用媒：不用依靠别的事物来散播花的香气。唐·李贺《南园十三首》其一："嫁与春风不用媒。"位置：此处用作动词，安置。

珍重不从今日始，出山时节千徘徊——兰花的自珍自重不从受到欣赏的今日开始，当初出山之时，就已经屡屡徘徊不决。出山：语义双关，既指兰花离开本来生长的春山，又喻指踏入仕途。唐·杜甫《佳人》："在山泉水清，出山泉水浊。"

新评

芳洁的兰花，向被视为士大夫高雅情操的象征。这一首诗托物寓意，表现了对兰花入俗世后不得位置的伤感怜惜。开篇以"忆"字领起，写兰花昔日在山中的幽居生活，春山漠漠，人迹罕至，一片宁静。"绝壁"写兰花所居的环境，"罕樵者"，以穿山入林的樵夫尚且不至，写出兰花所居环境与人世的彻底隔绝。三四句全用象征：香草薜荔，攀援丑恶的苦竹，成为苦竹覆盖自己的伪装，可谓所托非人。鸡鶄误以食鸟的鼪鼯之巢为穴，可谓投靠不当，损身害己。薜荔和鸡鶄都是春山中的草木鸟兽，以它们的所居有失，衬托出兰花入人世后的处境不当。"天荣"二句，写兰花的美好禀性得之于天，但在人世中却被植入盆中，当作玩赏之品，浪费了它的才能。这两句分写上天和人世对兰花的不同态度，表现诗人对兰花屈处盆中的不幸处境的无限痛惜。末二句兜回，写兰花离开春山，即将入人世时的犹豫，"千徘徊"作为回忆出现，有自伤，也有深深的自悔。龚自珍一生空有经国济民之襟抱，积极进取，却一生屈居下僚，只能作处理文字工作的低等小官。回忆起当年的志愿，怎不对误入官场痛惜不已！本诗借写盆栽兰花，寓怀才不遇之感。对人才不得其位，受人束缚的痛惜，可与他的古文名篇《病梅馆记》互参。

秋夜听俞秋圃弹琵琶赋诗，书诸老辈赠诗册子尾

题解

作于道光十年(1830)秋。俞秋圃是当时的一名著名琵琶演奏者。老辈：指前辈文士。

秋堂夜月弯环碧，主人无聊召羁客。
幽斟浅酌不能豪，无复年时醉颜色。
主人有恨恨重重，不是诸宾噱不工。
羁客由来艺英绝，当筵跃出气如虹。
我疑慕生来拔箭，又疑王郎舞双剑。
曲终却是琵琶声，一代宫商创新面。
我有心灵动鬼神，却无福见乾隆春。
席中亦复无知者，谁是乾隆全盛人？
君言请读乾隆诗，卅年逸事吾能知。
江南花月娇良夜，海内文章盛大师。
弇山罗绮高无价，仓山楼阁明如画。
范阁碑书夜上天，江园箫鼓春迎驾。
任吾谈笑狎诸侯，四海黄金四海游。
为是升平多暇日，争将馀事管春愁。
诸侯颇为春愁死，从此寰中不豪矣。
词人零落酒人贫，老抱哀弦过吾子。
我从琐碎搜文献，弦师笛师数征宴。
铁石心肠愧未能，感慨如麻卷中见。
今宵感慨又因君，娄体诗成署后尘。
携向名场无姓氏，江南第一断肠人。

新解

秋堂夜月弯环碧，主人无聊召羁客——秋夜的弯月如一环碧玉，堂上主人百无聊赖，召来飘零他乡的客人饮宴。主人：指龚自珍自己。

幽斟浅酌不能豪，无复年时醉颜色——主客都心怀幽绪，不能像当年一样豪情万端，纵情饮酒，醉态可掬。浅斟：往杯中倒少量的酒。宋·柳永《鹤冲天》："忍把浮名，换了浅斟低唱。"年时：当年。

主人有恨恨重重，不是诸宾噱不工——主人有重重的愁恨，不是席间诸宾客不善于谈笑。噱（jué）：谈笑。

羁客由来艺英绝，当筵跃出气如虹——这位他乡来的客人具有高妙的技艺，当场气概非凡地开始表演。气如虹：唐·李贺《高轩过》："入门下马气如虹。"

我疑慕生来拨箭，又疑王郎舞双剑——我以为是当年的慕生表演拨剑，又以为是当年的王郎表演舞双剑。作者自注："皆昔年酒徒事。"

曲终却是琵琶声，一代宫商创新面——一曲终了，原来是俞秋圃演奏琵琶，这乐声前所未闻，可谓别开生面。宫商：古代五音之二，代指音乐。

我有心灵动鬼神，却无福见乾隆春——我的灵妙之心，能够惊动鬼神，但我却没有福气见到乾隆年间的事情。动鬼神：唐·杜甫《寄李十二白二十韵》："笔落惊风雨，诗成泣鬼神。"

席中亦复无知者，谁是乾隆全盛人——席间也没有知道乾隆旧事的人，谁又是身经那个全盛时期的人呢？

君言请读乾隆诗，卅年逸事吾能知——俞秋圃说你不妨读读乾隆朝的诗，我知道三十年间的乾隆朝掌故。

江南花月娇良夜，海内文章盛大师——那时候江南一片锦绣，花朝月夜，海内文章大盛，多有大师。

弇山罗绮高无价，仓山楼阁明如画——太仓人毕沅总督的文采宛如无价的罗绮般华丽，袁枚的小仓山，楼阁秀美如同画境。弇（yǎn）山：弇山园。本是明代著名文坛领袖王世贞在他的家乡太仓修建的一座园林别墅，后人遂多以弇山代指王世贞。乾隆时，弇山园归毕沅所有，这里遂是代指毕沅。毕沅（1730—1797），字秋帆，江苏太仓人。乾隆二十二年中举，官内阁中书，二十五年以进士第一人及第。后历任陕西河南山西等省的巡抚，官至湖广总督。毕沅学问广博，又能诗文，且喜爱资助奖掖有才华的贫士，乾隆朝的一些著名诗人如黄仲则等都受过他的资助。仓山：小仓山。在南京，是乾隆时著名诗人袁枚的园林所在。袁枚（1716—1798），浙江钱塘人。字子才，号简斋，晚号随园老人。乾隆四年进士，曾任溧水、江宁等地知县。由于认为官场艰难，故而三十多岁时就称病辞官，在南京小仓山修建随园家居。袁枚是乾隆朝诗坛提倡"性灵说"的代表人物，其诗风对当时和后世诗人产生比较大的影响。大令：知县。

范阁碑书夜上天，江园箫鼓春迎驾——范氏天一阁的藏书，上达天听。江兰的园林曾经箫鼓和鸣，迎接南巡的乾隆的临幸。作者自注：“弇山谓毕尚书沅。仓山谓袁大令枚。范阁在浙东，有进书事。江园在扬州，有迎驾事。”范阁：浙江宁波范氏藏书楼天一阁。天一阁是明清两代海内著名藏书楼。始创于明嘉靖四十年范钦，以后范氏历代子孙陆续添补。乾隆三十七年，开四库全书馆，朝廷命海内私人藏书家献纳善本书籍以供编辑，范氏家族献上善本六百三十八种，为海内之冠。乾隆命赐给范氏《古今图书集成》一套。江园：扬州的一个园林，江春的别墅。清·李斗《扬州画舫录·桥东录》：“荷浦熏风在虹桥东岸，一名江园。乾隆二十七年，皇上赐名静香园。御题诗二首。”

任吾谈笑狎诸侯，四海黄金四海游——那时候海内殷富，可以让我自由地周游天下，与达官贵人谈笑风生地交往。

为是升平多暇日，争将馀事管春愁——因为那时候海内升平，人多空闲，可以以多馀的精力来伤春悲秋。

诸侯颇为春愁死，从此寰中不豪矣——达官贵族沉溺于伤春悲秋的情绪中，从此海内豪气荡尽。寰(huán)中：天下。

词人零落酒人贫，老抱哀弦过吾子——于是爱酒的文学之士贫困交加，年老的俞秋圃抱着琵琶来到我这里奏起悲哀的乐曲。“词人”句：这一句“词人零落”和“酒人贫”是互文。指文坛的衰败。

我从琐碎搜文献，弦师笛师数征宴——我搜罗琐碎的前朝典故文献，又多次招来乐师共同饮宴。

铁石心肠愧未能，感慨如麻卷中见——前辈名士赠给俞秋圃的诗歌长卷，里面的诗文多有感慨，我读后惭愧不能心如铁石，毫不动心。

今宵感慨又因君，娄体诗成署后尘——今夜因为您的一番话，我也再度感慨一番，写下这首梅村体的长诗，署在诗卷之后，步前辈名士的后尘。作者自注：“语予倘赠诗，乞用吴娄东体。”娄体诗：即吴伟业创造的“梅村体”。吴伟业是江苏太仓人，太仓又称娄东。

携向名场无姓氏，江南第一断肠人——您把这首长诗带到世人中，作者是谁？没有姓氏，只知道是江南最伤心的断肠人。

新评

龚自珍是一位有着“盛世情结”的诗人，他不幸生于封建社会末期的衰世，而非常人地敏感地觉察到这个“四海变秋气，一室难为春”(《自春徂秋，偶有所触，拉杂书之，漫不诠次，得十五首》)的衰落世运，已经非人力可以挽回。因此，他对于国力强盛，代表着封建社会强盛时期的“康乾盛世”，充满着美好的想象，企慕不已。本诗中段以富丽笔触铺叙乾隆年间“盛世”景象，而且偏于对当时文坛盛况的描绘。那么今日世运文章的衰退，可想而知。

退朝偶成

题解

作于道光十八年(1838),诗人时任礼部主客司主事。退朝:朝会结束。清代朝会在后半夜举行,凌晨结束,所以诗中所写为清晨景色。

夕月隆宗下,朝霞景运升。天高容婞直,官简易趋承。
口毂渐如炙,心轮莫是冰。屠龙吾已矣,羞把老蛟罾。

新解

夕月隆宗下,朝霞景运升——西面的隆宗门上夜月将落,东面的景运门笼罩在刚升起的朝霞中。隆宗:隆宗门,紫禁城内由保和殿西向通往内苑养心殿的宫门,在乾清门西。景运:景运门,紫禁城内宫门,在乾清门东,与隆宗门相对。

天高容婞直,官简易趋承——天际高远,容得下我这个倔强固执的人。官微职闲,易于做好工作,搞好人际关系。天高:这里比喻君王胸襟广阔。《诗·小雅·正月》:“谓天盖高,不敢不局。”婞(xìng)直:倔强固执。屈原《离骚》:“鲧婞直以亡身兮。”趋承:做好工作。趋,奔走。承,奉上。

口毂渐如炙,心轮莫是冰——我口中说出的话渐渐油滑,但我的心地不是像寒月那样冰冷一片。“口毂”句:本来形容言谈滑润,滔滔不绝。《史记·孟子荀卿列传》:“故齐人颂曰:‘谈天衍(邹衍)、雕龙奭(邹奭)、炙毂过髡(淳于髡)。”过,即“锞”,罐子。古代车轮轴部用油脂来润滑,以火烘烤盛油的罐子,便能流出油脂。这里是说自己说着言不由衷的油滑言语。毂(gū):车轮中心的圆木,周围与车辐的一端相接,中有圆孔,可以插轴。炙(zhì):用火烘烤。心轮:心如月轮。

屠龙吾已矣,羞把老蛟罾——我的屠龙之技已经无处可施展了,不愿再去张网捕捉老蛟。屠龙:本指高超但无地可用的技能。《庄子·列御寇》:“朱泙漫学屠龙于支离益,单千金之家。三年技成,而无所用其巧。”这里喻指治国救民的高超方略。老蛟:蛟在龚自珍笔下多指邪恶势力,这里指那些衰老无用的敌人。罾(zēng):用渔网捕捉。

新评

本年龚自珍四十八岁,浮沉宦海,已经二十年。而自少年时就怀有的救国济民之志,始终未能得到施展的机会。面对自己始终微员闲官的处境,壮志如何不消磨？首联以互文方式写退朝时所见宫中晨景，笔势稳健，紧扣诗题。夜月降而朝霞兴，新的一天开始，但对于自己的政治生命来说，已经不可能有任何新的改变。接下来，诗人多层次展开对自身的种种反思感想：颔联二句全用反笔，实际是说身为婞直之辈，难以为朝廷君主所容；官职卑小，需要对权势者奔走奉承，这对诗人来说大是苦事。颈联对仗工整，比喻贴切，意脉衔接绵密：当纯真的“童心”在世俗社会中渐渐被污染，人渐渐变得油滑，而自我又非常清醒地意识到这种无奈的改变，这是多么痛苦的事情！幸而外表虽变，心地未改，心中的热忱始终未曾熄灭。末二句感叹自己虽有救国济民的种种方略，却因为此生坎坷的仕途，空然成为可笑的无用屠龙技。大势已如此，捕捉某一两只“老蛟”已无意义。笔势一顿落，颓唐之意更深。龚自珍在本诗中表现了对仕途的厌倦失望，不久的第二年，龚自珍果然就辞去官职，离开了耗去他半生理想的京城。

己亥杂诗（选四十四首）

题解

道光十九年己亥（1839），四十八岁的龚自珍，在北京沉居下僚已有二十年，饱尝宦海风波之苦。加上诗人因为好发议论，针砭时事，屡遭当权者的打击磨折。于是，在经过长时期的思想斗争之后，龚自珍决定辞去官职，归隐田园。

诗人于本年四月只身出都南下，七月初九抵达杭州故居，九月又北上迎接眷属，到了十二月二十六日将家人安置在昆山的别墅羽琌山馆中，两次南北往来，共经九千馀里旅程。这段时间里，诗人弃其他诗体不作，单单用七言绝句的形式作诗。因为七言绝句体制短小灵活，无论是用来抒情叙事写志都自由灵便。后来龚自珍在给友人的信中说起途中创作的情况：“以逆旅鸡毛笔书于账簿纸，投一破簏中……发簏数之，得纸团三百十五枚，盖作诗三百十五首也。”（《与吴虹生书》其十二）这就是《己亥杂诗》一卷。

《己亥杂诗》是中国诗史上规模最为庞大的一组组诗，它包含的内容是惊人的：有龚自珍对自己前半生经历的回顾总结；有给北京诸位友人的赠别；有对故都风物的怀念；有对途中所见所闻的感慨；有对时局的深深忧虑；有叙事，有议论；有艳情，有伤悼；有抒发胸中志向，有记载金石文字。诗歌的风格或清丽，或古拙，或雄浑，每每不同，各有千秋。在诗歌的形式上，诗人也有意识地作出了多方面的探索与突破。《己亥杂诗》不仅是龚自珍晚年的力作，也是中国古代诗歌史最后的灿烂篇章。

其 一

著书何似观心贤？不奈卮言夜涌泉。
百卷书成南渡岁，先生续集再编年。

新解

著书何似观心贤？不奈卮言夜涌泉——著书立说，会惹来灾祸，哪里比得上默默不语地观心为好呢？可无奈的是我胸中有多少欲说之事，如同夜间泉涌，无法制止。贤：比……好。卮(zhī)言：对自己著述言论的谦称。《庄子·寓言》："卮言日出，和以天倪。"一说为随和人意无主见之言。后人常用来谦称自己的著述，如明·王世贞《艺苑卮言》等。

百卷书成南渡后，先生续集再编年——我返回南方之前，已经写出了百卷著作，我会继续创作，再出续集，并自己编定年月。南渡：渡过长江前往南方，指自己由北京返回杭州。先生：龚自珍自称。

新评

这是整组诗的第一首，起着序言的作用。诗人虽然因为言论无忌而触犯当权者，遭到打击而离开都城，但是壮志不已，立誓要在今后的岁月中，继续创作战斗性的文字。诗中的不平之气，愤激之意，和无畏的雄心，溢于言外。

其 二

我马玄黄盼日曛，关河不窘故将军。
百年心事归平淡，删尽蛾眉惜誓文。

新解

我马玄黄盼日曛，关河不窘故将军——我的马已经疲劳，只盼着黄昏到来，好投宿旅舍。幸而没有人来阻挡为难我这个从前的京官。我马玄黄：这里是指行旅的疲劳。《诗·周南·卷耳》："陟彼高冈，我马玄黄。"古人认为马生病则毛色玄黄。曛(xūn)：日落时的馀光。关河：山河。故将军：从前担任官职的人。这里用汉代李广典。《史记·李将军列传》载：汉代名将李广被罢职闲居时，"尝夜从一骑出，从人田间饮。还至霸陵亭，霸陵尉醉，呵止广。广骑曰：'故李将军。'尉曰：'今将军尚不得夜行，何乃故也！'止广宿亭下。"李广为汉王朝抗击匈奴立下汗马功劳，却被不公正的罢职，并遭到亭尉这等小人的歧视。龚自珍这里以李广自比。

百年心事归平淡，删尽蛾眉惜誓文——一生的激昂心绪到此渐渐归为平淡，我要从文集中删去那些像《离骚》和《惜誓》那样愤激的文字了。百年：一生。蛾眉：这里指的是屈原《离骚》中的“众女嫉余之蛾眉兮，谣诼谓余以善淫。”惜誓：《楚辞》中的一篇。王逸注认为是汉代贾谊的作品，“惜者，哀也。誓者，信也，约也。言哀惜怀王，与己信约，而复背之也。古者君臣将共为治，必以信誓相约，然后言乃从而身以亲也。盖刺怀王有始而无终也。”贾谊空有忠君报国之志，却得不到君主的信任，最终郁郁而亡，龚自珍经常以其自比。

新评

贾谊《惜誓》中说：“念我长生而久仙兮，不如反余之故乡。黄鹄后时而寄处兮，鸱枭群而制之。神龙失水而陆居兮，为蝼蚁之所裁。夫黄鹄神龙犹如此兮，况贤者之逢乱世哉！”从本诗的开首两句中，我们隐隐能感到迫使龚自珍出都的那股黑暗势力依然没有罢休。正在返回故乡途中的龚自珍，目前的遭遇正如《惜誓》中的黄鹄与神龙，遭受着来自鸱枭蝼蚁等宵小之徒的欺压。而这种困境，是乱世中贤者的必然命运。隔着遥远的时空，诗人与近两千年前的贾谊发生共鸣。末两句依然是反语，事实上，诗人不仅没有“删尽蛾眉惜誓文”，反而在南归后继续以写作为斗争，写出了《病梅馆记》等一系列针砭时世的名篇。

其　三

罡风力大簸春魂，虎豹沈沈卧九阍。
终是落花心绪好，平生默感玉皇恩。

新解

罡风力大簸春魂，虎豹沈沈卧九阍——高天风劲，颠簸着春日的残魂。虎豹卧在重重的天门外，看守宫阙。罡（gāng）风：道家称天空最高处的风。春魂：这里指落花。“虎豹”句：化用屈原《离骚》“吾令帝阍开关兮，倚阊阖而望予”和《楚辞·招魂》“魂兮归来，君无上天些。虎豹九关，啄害下人些”的句意。比喻奸邪之辈把握朝廷要津，使自己得不到进身为国效力的机会。九阍（hūn）：重重宫门，指朝廷。阍，宫门。

终是落花心绪好，平生默感玉皇恩——花朵虽被天风催落，却无所怨恨，一生都默默地感戴玉皇的恩惠。玉皇：道家的最高神。这里比喻人间的皇帝，即道光帝。

新评

落花是一个在龚自珍笔下反复出现的意象，在本诗中，落花成为龚自珍自我的象征。刚硬的“高天之风”，肆无忌惮地颠簸着不能自主的落花，这无疑象征着来自朝廷高层的某些人士对诗人的迫害摧残。而诗人身世已如落花般飘零沦落，无所归依，却还是要“默感玉皇恩”，这种矛盾，应该理解为对“玉皇”的反语奚落，还是应该理解为一种传统儒家诗学的“怨而不怒”？诗无达诂，读者大可作出自己的选择。

其　四

此去东山又北山，镜中强半尚红颜。
白云出处从无例，独往人间竟独还。

新解

此去东山又北山，镜中强半尚红颜——我这一去，决心到山林中去隐居，看看镜子中自己的面容，还剩下不少青春的红润。东山：用东晋谢安隐居会稽东山的典故，参见前《能令公少年行》注。北山：指南京紫金山。南齐时，周颙隐居于此，后不耐淡泊，出山为官。孔稚珪作了《北山移文》，以北山山灵的口吻讽刺周颙。强半：大半。红颜：青春的面容。龚自珍本年四十八岁。

白云出处从无例，独往人间竟独还——我如白云一般自在，出仕和隐居都没有什么规律，当初独自往人间走一遭，如今也是独自还山。作者自注：“予不携眷属傔从，雇两车，以一车自载，一车载文集百卷出都。”“白云”句：用晋·陶渊明《归去来辞》“云无心以出岫，鸟倦飞而知还”典。出处(chǔ)：入仕和隐退。《易·系辞》：“君子之道，或出或处，或默或语。”无例：没有规律。傔(qiàn)从：仆从。

新评

开篇借途中所历山水，点明归隐之志。下句说揽镜自照，青春尚在，语气倔强中略呈苦涩。三四句用陶潜辞官归家时作的名篇《归去来辞》句意，傲然有独立世外之意。龚自珍二十八岁第一次来北京参加恩科会试时，就用自在不受拘束的白云来比喻自己。(《杂诗，己卯，自春徂夏，在京师作，得十有四首》其一：“白云一笑懒如此，忽遇天风吹便行。”)时隔多年，诗人再次用此比喻，是一种对人生的回顾总结。

其　六

亦曾橐笔侍銮坡，午夜天风伴玉珂。
欲浣春衣仍护惜，乾清门外露痕多。

新解

亦曾橐笔侍銮坡，午夜天风伴玉珂——我也曾持橐簪笔，在朝廷担任文职工作，在内阁值夜时，听过午夜风中传来的宫中珠帘的声响。橐(tuó)笔：“持橐簪笔”

的简称，指在朝廷中从事文职工作。《汉书·赵充国传》："（张）安世本持橐簪笔，事孝武帝数十年。"颜师古注："橐，所以盛书也，有底曰囊，无底曰橐。簪笔者，插笔于首以纪事。"銮坡：即金銮坡，长安地名，在金銮殿侧。唐德宗时，将翰林院迁徙到金銮坡上，后遂代指翰林院。龚自珍自二十九岁起担任内阁中书一职，所以说自己曾"橐笔侍銮坡"。玉珂（kē）：珂，似玉的美石，可为佩饰。这里是化用唐·杜甫《春宿左省》诗中的名句："不寝听金钥，因风想玉珂。"指宫殿中的珠帘在风中发出的声响。

欲浣春衣仍护惜，乾清门外露痕多——想洗去春衫上的征尘，却多有顾惜，因为衣上还有我在乾清门外值早班时沾染上的露痕。乾清门：在紫禁城保和殿北，军机处即在乾清门西。龚自珍任内阁中书时，常常需要去军机处领取所办事务，往往早晨入朝。

新评

古代行旅不易，道中的旅客往往衣衫落满风尘。因此，洗去征衫上的尘土和因此而引发的种种旅途的伤感，就成为羁旅题材诗词中反复吟咏的内容。如北宋·秦观《念奴娇》词的"自念尘满征衫，无人为浣，洒泪今成血。"南宋·蒋捷《一剪梅》词的"何日归家洗客袍？"龚自珍沿用了这一文学传统，切合南归的行程，但能翻出新意，以不忍洗去衣上露痕，来含蓄地折射出对青年时代那段生活的顾惜。对于年轻时的文书生涯，诗人曾经发过"三十方补掌故史"（《汉朝儒生行》）的牢骚，但是彻底离开官场后重新回首，那段"午夜天风伴玉珂"的清贵，又使诗人依恋不已。小诗连用"天风"、"玉珂"、"春衣"、"露痕"等明丽的词汇，使得全诗显得字句清新而语多情味。

其　八

太行一脉走蝹蜿，莽莽畿西虎气蹲。
送我摇鞭竟东去，此山不语看中原。

新解

太行一脉走蝹蜿，莽莽畿西虎气蹲——太行山的一道山脉曲折起伏，直至京城西郊，西山山势苍莽，宛如蹲踞的猛虎。太行：太行山。中国东部地区的重要山脉和地理分界线，连贯北京、山西、河北、河南四省，北起北京西山，南至河南黄河北岸。蝹蜿（yūnwān）：曲折起伏的样子。畿（jī）：京城的四郊。虎气蹲：即"虎踞"之意，形容西山山势的雄壮。唐·李绅《忆万岁楼望金山》："山绝地维消虎踞。"

送我摇鞭竟东去，此山不语看中原——送别挥着马鞭东去的我，西山默默无语地望着中原。作者自注："别西山。"摇鞭：挥着马鞭，指乘车马。

新评

北京地处平原，因此西郊外的西山就成了北京的标志性景观，“西山晴雪”为著名的燕京八景之一。龚自珍在北京渡过了二十多年的岁月，可以说是每日与西山朝夕过从，所以这一次南还时，特意郑重地向西山赋诗告别。本诗前二句写山形山态，极富气势，然犹是寻常描绘。后二句将山拟人化，将人之“不语”和依依惜别之情投射于山之上，则是天外奇想。这两句虽然是从前贤的“数峰无语立斜阳”（宋·王禹偁《村行》）化出，但此山能遥送诗人挥鞭东去，并远望诗人所离去的方向，显得有情更深，诗意更递一层。无怪诗人的好友戴熙在《习苦斋画絮》里赞美此诗末句“是真能道西山性情矣”。

其　十

进退雍容史上难，忽收古泪出长安。
百年綦辙低徊遍，忍作空桑三宿看。

新解

进退雍容史上难，忽收古泪出长安——出仕隐退都保持从容不迫的心态，历史上也没多少人能做到。我匆匆拭去怀旧的泪水，离开京城。古泪：怀旧之泪。

百年綦辙低徊遍，忍作空桑三宿看——三世百年的生活痕迹，让我一再徘徊不已，怎么忍心像不“空桑三宿”的僧人那样毫不动心呢？作者自注：“先大父宦京师，家大人宦京师，至小子，三世百年矣！以己亥岁四月二十三日出都。”綦辙（qízhé）：这里指祖父和父亲在北京多年生活留下的痕迹。綦，地上的鞋印。辙，车轮碾过的痕迹。空桑三宿：佛教语，指短暂的停留而产生的留念。《汉书·襄楷传》：“浮屠不三宿空桑之下，不愿久生恩爱，精之至也。”修行的僧人不会在同一棵桑树下连住三夜，以免对这个歇息所产生留恋的感情，从而影响修行。

新评

龚自珍的本生祖龚禔身，曾在北京任内阁中书，又任军机章京上行走。祖父龚敬身，考中进士后亦官内阁中书，后担任京官十多年。龚自珍的父亲龚丽正，中进士后在北京曾担任过礼部主事、员外郎、郎中，军机章京上行走。龚氏三代为京官，在北京前后居住了近百年，因此北京城对于龚自珍来说，除了是自己渡过二十多年岁月的地方，还处处留下祖辈和父辈的遗泽。作为龚禔身的长房长孙，龚自珍对于自己的家族有着强烈的自豪感和传承的责任感，这使得他在离开北京时，虽欲学僧人的忘情，却终不能无情。龚自珍出都时的心态是复杂的，他虽然一再声称自己“心绪好”，“心事归平淡”，却终于在本诗中承认未能做到心中的波澜不惊，然而这才是更加真实的人性表现。

其十四

颓波难挽挽颓心，壮岁曾为九牧箴。
钟簴苍凉行色晚，狂言重起廿年瘖。

新解

颓波难挽挽颓心，壮岁曾为九牧箴——社会的败坏，国家的危难局面已经难以改变，能改变的只有我渐趋颓唐的心境。我壮年时曾写过一批规切时政的文章。颓波：败坏的局面。唐·刘禹锡《咏史》："世道巨颓波，我心如砥柱。"壮岁：三十岁。九牧箴：多篇政论文。牧，州郡长官。箴(zhēn)，规戒之文。西汉的扬雄曾写过《冀周牧箴》、《兖周牧箴》等一批劝诫州郡长官的文章，合称为九州箴。龚自珍这里是借指自己三十一、二岁间写作的《壬癸之际胎观》系列九篇文章。

钟簴苍凉行色晚，狂言重起廿年瘖——钟簴之声苍凉，行来渐晚，我要大发狂言，打破入仕后二十年的沉默。钟簴(jù)：钟和悬挂钟的架子。是封建时代象征国家政权的礼器。《后汉书·东海恭王彊传》："宫殿设钟簴之悬，拟于乘舆。"瘖(yīn)：同"喑"。沉默不语。

新评

龚自珍诗中写暮色凡数见，如"忽忽中原暮霭生"(《杂诗，己卯自春徂夏在京师作，得十有四首》其十二)，"夕阳还恋路边鸦"(《逆旅题壁，次周伯恬原韵》)，皆以暮色来象征日薄西山的清王朝世事。龚诗善用丰富的意象来象征隐喻，且能不流于空浮，诗情浓郁，意旨遥深。本诗先以"颓波""颓心"写世态人心的无奈，又以"钟簴苍凉行色晚"句，反复渲染沉沉暮气，而末句忽用"狂言"直振而起，一扫前文黯淡气氛。

其十六

弃妇丁宁嘱小姑，姑恩莫负百年劬。
米盐种种家常话，泪湿红裙未绝裾。

新解

弃妇丁宁嘱小姑，姑恩莫负百年劬——那被夫家抛弃的女子叮咛嘱咐她的小姑：不要辜负婆母的恩德，因为她辛劳一生。丁宁：同"叮咛"。反复嘱咐。姑：婆母。这里指诗中"小姑"的母亲。劬(qú)：辛劳。《诗经·邶风·凯风》："母氏劬劳。"

米盐种种家常话，泪湿红裙未绝裾——弃妇叮嘱种种柴米油盐的家常事务，泪水打湿了她的裙子，她却不忍决然离去。作者自注：“有弃妇泣于路隅，因书所见。”米盐：“柴米油盐酱醋茶”的简称，指代日常家庭生活事务。这里也有弃妇之语多零乱琐碎的意思。绝裾：断去衣襟。表示去意坚决。裾，衣襟。《晋书·温峤传》：温峤受刘琨命，至江南奉表劝司马睿即位。“峤欲将命，其母崔氏固止之，峤绝裾而去。”

新评

这是一首有寓意的诗，龚自珍借路边所见的一副悲剧家庭的场景，来暗喻自己悲哀的政治生涯。以男女关系比喻君臣关系，是中国文学的一大传统，被夫家无情抛弃的弃妇，往往被用来比喻得不到君王重任的逐臣。钟嵘《诗品序》就有“楚臣去境，汉妾辞宫”之语。龚自珍这次离开北京，表面上看来虽是主动辞官，并不是被“逐”，但实为遭受政治迫害的无奈之举。但他虽然已经辞官，却一直放不下对国家事务的关心，无论是《己亥杂诗》第二十一首所写的对发展直隶省蚕桑业的关注忧虑，还是到苏州后向江苏布政使裕谦陈吴中水利策，都表现出龚自珍“泪湿红裙未绝裾”的忠诚，尽管这种忠诚在那个时代只能以悲剧性的结局收场。

其十九

卿筹烂熟我筹之，我有忠言质幻师：
观理自难观势易，弹丸垒到十枚时。

新解

卿筹烂熟我筹之，我有忠言质幻师——你对于如何嬉弄弹丸已经想得精熟，如今我来替你思考一下，我有一句逆耳忠言要问你这个耍把戏的人。筹：筹划，考虑。幻师：魔术师。《波罗蜜经》：“如彼幻师，得化美团，虽似有益，而实无益。”

观理自难观势易，弹丸垒到十枚时——有些事情从道理来看似乎很难出现，但看现象则很容易出现，弹丸垒到十枚的时候，其势何如？作者自注：“道旁见鬻戏术者，因赠。”“弹丸”句：用弹丸连垒十枚之危势来象征国家面临的危势。春秋时晋灵公欲造九层高台，大臣荀息前来劝阻，他用十二颗棋子和九枚鸡蛋垒成一线，当荀息一枚枚加上鸡蛋时，灵公大叫危险，荀息说：建造九层高台，使得国内没有男子耕种，国库空虚，难道不更危险吗？于是灵公停止了建造高台的工程。鬻(yù)：卖。

新评

龚自珍不仅是诗人，更是思想家与学者。本诗借道旁所见琐事，开掘出深刻的哲理意味，是对宋人理趣诗的优良继承。全诗从旁观者的角度，对垒丸烂熟的鬻戏术者提出质问，风格冷峻峭立。“弹丸垒到十枚时”和“忽忽中原暮霭生”(《杂诗，己卯自春徂夏在京师作,得十有四首》其十二)一样,都表现了诗人对眼前危难国事的深深忧惧。

其二十三

荒村有客抱虫鱼,万一谈经引到渠。
终胜秋磷亡姓氏,沙涡门外五尚书。

新解

荒村有客抱虫鱼,万一谈经引到渠——荒凉的村庄里有人抱着虫鱼之学的书本死啃,也许未来有人研究经典的时候可能会引用到他的研究成果。虫鱼:虫鱼之学。繁琐的考据学问。见前《杂诗,己卯自春徂夏,在京师作,得十有四首》其六注。渠:他。

终胜秋磷亡姓氏,沙涡门外五尚书——这样也总算胜过沙涡门外的五尚书,他们死后化为鬼火磷磷,连姓名都没有留下来。作者自注:"逆旅夜闻读书声,戏赠。沙涡门即广渠门,门外五里许有地名五尚书坟。五尚书不知皆何许人也。"秋磷:秋日的磷火。古人迷信,认为磷火是死人魂魄所化。

新评

龚自珍学富五车,但是非常厌恶那些抱着一二书本不放,只会死记硬背一些琐碎知识的人,这首诗就对这种人进行了辛辣的讽刺。本诗无论从语言和风格都让人想起袁枚嘲笑翁方纲的"天涯有客号詅痴,误把抄书当作诗。抄到钟嵘《诗品》日,该他知道性灵时"(《仿元遗山论诗》)。不过袁枚嘲笑的只是一个个体,而龚自珍讽刺的却是可怜又可悲的一批士人。

其二十四

谁肯栽培木一章?黄泥亭子白茅堂。
新蒲新柳三年大,便与儿孙作屋梁。

新解

谁肯栽培木一章?黄泥亭子白茅堂——谁肯花费气力好好栽培大树呢?到处都是黄泥茅草糊弄起来的房子。章:粗大的木材。

新蒲新柳三年大,便与儿孙作屋梁——新种的水杨树和柳树才不过三年,就被砍下来给儿孙辈做房屋的栋梁了。作者自注:"道旁风景如此。"蒲:蒲柳,即水杨。水杨生长快但质性柔脆,不适于建筑用。柳:柳树。同样生长快但木质疏松。屋梁:

这里是用“栋梁之才”的典故，指国家所需的重要人才。《宋史·张宏传》：“（宋太宗）因诏宏曰：朕自御极以来，亲择群材，大者为栋梁，小者为榱桷。”

新评

这也是一首借所见所闻而通篇寓意的诗，旨在讽刺三年一次的科举考试制度不能培养出真正能为国家效力的人才，只能收获一些担不起重任的蒲柳之辈而已。儿孙之屋为百年基业，却用三年大的蒲柳做屋梁，这份基业的在未来的命运，可想而知。诗人对于国家未来命运的深切忧虑，可想而见。

其二十六

逝矣斑骓罥落花，前村茅店即吾家。
小桥报有人痴立，泪泼春帘一饼茶。

新解

逝矣斑骓罥落花，前村茅店即吾家——我的马走在归途上，沾惹片片落花，前面村子里简陋的旅店就是今夜我临时的家。斑骓（zhuī）：毛色青白相杂的马。唐·李商隐《无题》：“斑骓只系垂杨岸，何处西南待好风。”罥（juàn）：本意为网罗。这里指花朵沾在马上不掉落。

小桥报有人痴立，泪泼春帘一饼茶——有人告诉我前面的小桥上有人痴痴地站着，我们在挂着布帘的茅店中饮茶告别，泪水禁不住流入茶盏中。作者自注：“出都日，距国门已七里，吴虹生同年立桥上候余过，设茶，洒泪而别。”饼茶：唐宋时茶叶加工成饼状，饮用时要事先碾碎。清代时一般饮茶已经使用叶茶。国门：北京城门。吴虹生：吴葆晋（？—1860），字信人，号虹生。河南固始人。道光九年（1829）进士。历官内阁中书、扬州知府、江宁知府、江苏淮海道等职。著有《半舫馆剩稿》、《半舫馆填词》。

新评

落花时节的别离，是一个在唐宋诗歌名篇中重复过无数次的场景。全诗便沉浸在这样一种刻意塑造的古典式的伤感氛围中，诗人所骑的马，在诗中用“斑骓”这样一个典雅的词汇来代指，而无数前贤名句的存在，如“斑骓路与阳台近”（宋·晏幾道《玉楼春》）、“陆郎去矣乘斑骓”（唐·李白《夜坐吟》），无疑会让读者引起一种优美的，超出于本诗字面之外的联想。唐宋时饮茶，先将茶饼碾成碎末，再用滚水冲泡，称为“泼茶”，龚自珍特意用这个已经在当时生活中消逝的语汇，也是出于营造本诗的古典感的需要。小诗神韵天然，近于唐人之作。

其三十三

少慕颜曾管乐非，胸中海岳梦中飞。
近来不信长安隘，城曲深藏此布衣。

新解

少慕颜曾管乐非，胸中海岳梦中飞——潘谘少年时起就仰慕颜回和曾参，而贬斥管仲、乐毅之辈，他胸中包揽四海名山，它们常在他的梦境中飞扬。“少慕”句：“少慕颜曾非管乐”的倒装。颜，颜回，孔子最欣赏的弟子，早卒。曾，曾参，孔子的弟子。颜回和曾参都被后世儒家认为是孔门弟子中的杰出人物，也是后世儒者应效仿的榜样。管，管仲，春秋初期齐国的相国，他善于通货积财，曾九合诸侯，终于使齐桓公成为五霸之首。乐，乐毅，战国时期的燕国名将，他联合韩、赵、魏、楚，总领五国之兵讨伐齐国，连下七十馀城。《三国志·蜀书·诸葛亮传》：“（诸葛亮）每自比于管仲、乐毅，时人莫之许也。”

近来不信长安隘，城曲深藏此布衣——近来不再觉得京城狭小无人才，因为在小巷深处藏着这样的布衣人物。作者自注：“别会稽少白山人潘谘。”隘：荒陋狭小。布衣：平民。城曲：城市中的小巷。潘谘（？—1853）：初名梓，字诲叔，一字少白，浙江会稽人。好独游奇山水，以布衣名震公卿间，道光十五年（1835）起和龚自珍在北京有交游。

新评

《己亥杂诗》第二十七首到第四十三首，都是龚自珍和北京的朋友一一告别的留别诗。这十几首留别诗要写得各出面目，不至重复，必须扣紧留别对象的性格、特长、神貌等特征。首句写潘谘近于纯儒而非所谓治世之臣，次句写他历游天下山水，笔势飞扬生动。末二句写京城有此等人物，为都门生色。但如此人物却深居陋巷，仅以布衣终身，言外大有感慨人才不得当世所用之意。近代印人邓散木很喜欢“胸中海岳梦中飞”一句，刻为印文，其实这一句也可看作龚自珍的夫子自道。

其四十四

霜豪掷罢倚天寒，任作淋漓淡墨看。
何敢自矜医国手，药方只贩古时丹。

新解

霜豪掷罢倚天寒，任作淋漓淡墨看——殿试对策作罢，将笔随意抛去，我的文章如同寒光凛凛的倚天长剑般锋利，任凭试官拿它当普通的科举应试文字看好了。霜豪：同霜毫。毛笔的美称。古代选择制笔材料时，以经霜后的鸟兽毛为上。倚天寒：发着寒光的倚天之剑。宋玉《大言赋》："长剑耿耿，倚天之外。"淡墨：指科举文字。五代·王定保《唐摭言》："进士榜粘黄纸四张，以淡墨毡笔书'礼部贡院'四字粘于榜首。"因此进士榜被称为淡墨榜。清代李调元撰有《淡墨录》，专门记载清初至乾隆年间的科举轶事。

何敢自矜医国手，药方只贩古时丹——我哪里敢自夸是医国能手？我开出的药剂不过只是转卖古人的药方罢了。作者自注："己丑殿试，大指祖王荆公上仁宗皇帝书。"医国：这里指纠救国家朝政之弊。《国语·晋语》："上医医国，其次救人。"己丑殿试：道光九年(1829)四月二十一日，龚自珍在会试中式后，参加殿试，中三甲第十九名。清代科举制度，殿试考时务策，与试者对国家政治社会等方面的问题提出解决办法。大指：大旨。祖：本，仿效。王荆公上仁宗皇帝书：王荆公，即王安石(1021—1086)。北宋著名政治家、文学家，封荆国公。宋仁宗嘉祐三年(1058)，王安石向仁宗上万言书，即《上仁宗皇帝言事书》，针对北宋内忧外患的局面，提倡变法。龚自珍少年起就对王安石十分敬仰，据陈元禄《羽琌遗事》载："(龚自珍)少好读王文荆公上仁宗皇帝书，手录凡九通，慨然有经世之志。"

新评

本诗回忆十年前的"辉煌"经历：通过会试后，得以参加科举考试的最高一级——殿试。第一句写诗人策论做毕后踌躇满志之态，一个"掷"字，写诗人睥睨一切的自信神态，如同图画。第二句则于故作潇洒的高傲之中掩藏不了事实上深深的挫折感：龚自珍这一篇精心结构的"倚天"长文，确实是被庸俗的主考官们只作"淋漓淡墨看"的。龚自珍的殿试文章因为"楷法不合格"，不得入翰林，外放知县又非龚自珍所愿，结果仍回内阁中书任。第三四句是反语，看似自谦，实为自傲。只不过，诗人如此以之为傲的"医国手"和"古时丹"，一直到他仕途的尽头，都没有得到施展治国的机会。

其四十六

彤墀小立缀鹓鸾，金碧初阳当画看。
一队佽飞争识我，健儿身手此文官。

新解

彤墀小立缀鹓鸾，金碧初阳当画看——新进士们排班站立在殿前的彤墀上，朝阳初生，宫殿金碧辉煌，宛如图画。彤墀(tóngchí)：同丹墀。宫殿前漆成红色的台阶和空地。彤，朱红色。墀，台阶上面的空地。也指台阶。缀：排列。鹓鸾(yuānluán)：

鹓和鸾都是神话传说中高贵的鸟，后指朝廷中的同僚。这里指同科考中的新科进士。唐·白居易《醉后走笔酬刘五主簿长句之赠兼简张大贾二十四先辈昆季》：“我随鹓鹭入烟云，谬上丹墀为近臣。”龚诗本此。金碧：指华丽夺目的宫殿。

一队佽飞争识我，健儿身手此文官——殿前守卫的武士都争着来和我结识，他们说我具有健儿的矫捷身手，如今又考中进士成为一名文官了。佽飞：汉代禁卫军的一类。《汉书·百官公卿表》：“武帝太初元年，更名考工室为考工，左弋为佽飞，佽飞掌弋射。”这里指紫禁城中的守卫武士。“健儿”句：龚自珍生长北京，沾染北方尚武风习，也喜爱结交宫中卫士。嘉庆十七年（1812），龚自珍的友人洪子俊赠《金缕曲》，有句云：“更生小会骑飞马。如此燕邯轻侠子，岂吴头楚尾行吟者？”所以这里诗人自矜为“健儿身手”。

新评

首句写新科进士朝考后由大臣带领引见皇帝，二句从立在彤墀上的新进士的视角，写四顾所见宫中风景。诗句用语富丽，笔触华美，洋溢着科举得中的欣欣喜气。三四句借卫士之眼之语，夸耀自己的能文能武的不凡才干。定庵当年考中进士时的顾盼自喜之态，跃然纸上。

其四十七

终贾华年气不平，官书许读兴纵横。
荷衣便识西华路，至竟虫鱼了一生。

新解

终贾华年气不平，官书许读兴纵横——我还在终军、贾谊出名的那个年纪，就已经气质非凡。又能够得到畅读国家藏书的机会，让我意气风发。终贾：终军，西汉时人，十八岁时上书汉武帝，受到赏识，拜为谒者给事中，曾出使南越。贾谊，西汉时人。少年时就博学善文，《汉书·贾谊传》：“文帝召以为博士。是时，谊年二十馀，最为少。每诏令议下，诸老先生未能言，谊尽为之对，人人各如其意所出。”后遭到朝中权臣的谗害，郁郁而终。终军和贾谊都是年纪很轻就名达天下的人物，龚自珍这里以之自比。

荷衣便识西华路，至竟虫鱼了一生——我在童年时期就熟悉西华门内的道路，谁知道竟以虫鱼之学了此一生。荷衣：少年儿童。五代·王定保《唐摭言》：“李贺年七岁，名动京师。韩退之、皇甫湜览其文曰：‘若是古人，吾曾不知。若是今人，岂有不知之理？’二公因诣其门。贺总角荷衣而出，二公命面赋一篇，目为《高轩过》。”金·元好问《高平道中望陵川》：“书郎流落头今白，肠断荷衣出拜时。”西华路：西华门内道路。西华门为紫禁城西门，武英殿在西华门内。龚自珍二十一岁时曾考充武英殿校录，荷衣句即指此事。虫鱼：虫鱼之学。

新评

本诗回顾青年时考充武英殿校录的往事。前三句写当年的理想和热情，末句写今日的仕途寥落，两相对比，愈是状少年之豪气，愈是显今日之悲凉。

其五十三

半生中外小回翔，樗丑翻成恋太阳。
挥手唐朝八司马，头衔老署退锋郎。

新解

半生中外小回翔，樗丑翻成恋太阳——我这半生的仕途，在京官外官之间兜了一个小圈子，我好比一棵樗树，虽然无用又丑陋，却仍然依恋着太阳。中外：这里指在都城任京官和到外地去任地方官。回翔：专指仕途升降。宋·王禹偁《赠卫尉宋卿二十二丈》："谪宦归来发更斑，徊翔犹在寺卿间。"樗（chū）：落叶乔木。俗名臭椿。《庄子·逍遥游》："吾有大树，人谓之樗。其大本拥肿而不中绳墨，其小枝卷曲而不中规矩，立之途，匠者不顾。"樗被视为无用之材，诗人以樗自比，是说自己在半生仕途中没有能够发挥出才能。恋太阳：比喻自己对君主的忠诚。唐·杜甫《自京赴奉先县咏怀五百字》："葵藿倾太阳，物性故莫夺。"

挥手唐朝八司马，头衔老署退锋郎——我不愿做外官，挥手辞去唐朝八司马之类的职位，现在我老了，能在头衔上署上退锋郎的官名，已经心满意足了。作者自注："选授楚中一司马矣，不就，供职祠曹如故。"唐朝八司马：唐宪宗时，宰相王叔文的改革集团遭到朝廷中守旧势力的迫害而失败，参与王叔文集团的柳宗元、刘禹锡、韩泰等八人都被贬官到偏僻的州去任司马一职。因此柳宗元、刘禹锡等被称为"八司马"。道光九年（1829）龚自珍考中进士后，因书法不佳，不能入翰林，被名以知县用。龚自珍不愿到外地去做知县，呈请仍会内阁中书任。司马和知县都是地方长官，这里以司马代指知县一职。退锋郎：这里指从事文字工作的小官。退锋指毛笔用旧后笔锋磨损。宋·陶谷《清异录》："赵光逢薄游湘汉，濯足溪上，见一方砖类碑，上题言云：'秃友退锋郎，功成鬓发伤。冢头封马鬣，不敢负恩光。'"

新评

首句感慨自己半生仕宦的无谓，次句以向来被视为无用之材的樗树自比，是自我谦抑，还是写世人心中眼中的自己？考虑到龚自珍一向自视甚高，此喻值得玩味。樗丑陋无用，犹恋太阳，可见诗人对国对君的无限忠诚。唐朝八司马虽仕途多蹇，但名垂青史。诗人却说不愿为外官，只愿作文职小官终老便足以欣慰。唐·韩愈

《毛颖传》里把毛笔拟人化，说它建功立业后，最终落得个既老且秃，为君王所弃的命运。这里退锋郎的典故与其用意相同。看视平静的笔墨之下，跃动的依然是牢骚不平之气。

其六十

华年心力九分殚，泪渍蟫鱼死不干。
此事千秋无我席，毅然一炬为归安。

新解

华年心力九分殚，泪渍蟫鱼死不干——我在最美好的青春年华，为了写好八股文而耗尽了大部分的精力，辛酸的泪水浸入书本中，泡着死去的蠹鱼，永不干枯。华年：青春年华。殚（dān）：耗尽。渍：浸泡。蟫（yín）鱼：蠹鱼。见前《己亥杂诗》其二十三首注释。

此事千秋无我席，毅然一炬为归安——写八股文这种事情，即使我投入再多的精力，也难以在八股文史上占一席之地，我受到归安姚先生的指教后，毅然将所作的八股文付之一炬。作者自注："抱功令文二千篇，见归安姚先生学塽，先生初奖借之，忽正色曰：'我闻著墨不著笔，汝文笔墨兼用。'乃自烧功令文。"此事：指写作八股文。功令文：八股文。归安姚先生学塽（shuǎng）：姚学塽（1767—1827），字晋堂，一字镜堂，浙江归安人。与诗人之父龚丽正同年进士，官至兵部郎中。清代著名八股文（制义）家，著有《竹素轩制义》。龚自珍好友魏源的《归安姚先生传》称他的八股文是"规矩先民，高古渊粹，而语皆心得，使人感发兴起。有先生而制义始有功于经，当与宋五子书并垂百世，远出守溪（明人王鏊，著名八股文家）、安溪（清人李光地，著名八股文家）之上。盖有制义以来，一人而已。"

新评

龚自珍的一生，在科举之途上可谓困顿颠簸：乡试三次，二十七岁中举，尚为早发。但会试便连续五次不第，直到三十八岁时才中式，却又因为殿试书法不佳，仅得三甲同进士出身，不得入翰林。所谓烧八股文两千篇，未必是事实，因为姚学塽卒于道光七年（1827），而龚自珍于道光九年（1829）再次应会试，终于考中，所写的应依然为八股文。据吴昌绶《定盦先生年谱》载，龚自珍道光六年第五次参加会试时，"是科刘申受（逢禄）礼部与分校，邻房有浙江、湖南二卷，经策奥博。曰：'此必仁和龚君自珍、邵阳魏君源也。亟劝力荐，不售。于是有《伤浙江湖南二遗卷》之诗。"这次事件对龚自珍打击极大，烧文或即指此事件带来的对八股文的弃绝心理。首句写华年可贵，心力可珍，然而却为无用之业耗尽，这是一种多么深沉的悲哀？诗人于晚年回首自己曾经如此浪费的岁月，其恨更深，于是次句便竭力写这种悔恨和痛惜。三四句写自己对沉迷于八股文的幡然悔悟，“毅然一炬”，气魄壮烈，犹如壮士断腕。龚自珍能成为见识超越于一代之上的思想家，正来自于对“故我”的不断反省和割弃。

其六十二

古人制字鬼夜泣，后人识字百忧集。
我不畏鬼复不忧，灵文夜补秋灯碧。

新解

古人制字鬼夜泣，后人识字百忧集——古人创造文字的时候，有鬼夜哭。后人认识这些文字，从此惹来种种忧患。“古人”句：《淮南子·本经训》：“昔仓颉作书，而天雨粟，鬼夜哭。”“后人”句：宋·苏轼《石苍舒醉墨堂》：“人生识字忧患始，姓名粗记可以休。”

我不畏鬼复不忧，灵文夜补秋灯碧——我不怕鬼神，也不怕惹来灾难，在幽绿色的秋灯下，补订《说文》里的奇异文字。作者自注：“常恨许叔重见古文少，据商周彝器秘文，说其形义，补《说文》一百四十七字，戊戌四月书成。”灵文：有灵异的文字。这里指商周彝器秘文。许叔重：许慎，字叔重。东汉人，著有《说文解字》，成为保存小篆的重要资料。古文：这里指汉字发展为小篆之前的文字形态。商周彝(yí)器：商代和周代祭祀用的青铜礼器，上面往往铸有或刻有文字。戊戌：清道光十八年(1838)。

新评

在古代，文字被视为具有神秘的力量。因为人类掌握文字后，就可以更方便地传承文明，改造世界。仓颉造字鬼夜哭的传说，就隐晦地反映了人类掌握文字后对自然征服的力量。但是在另一方面，人类社会中，掌握知识的人未必能给自己带来幸福，有时往往反而会因此而惹来灾祸。故而苏轼这样的智者揭示出掌握知识和危害自身的矛盾。本诗第一二句用了这两个和文字有关的典故，看似只是回忆自己考订古文字，补充《说文》的往事，但如果联系清朝康雍乾诸朝大兴文字狱，屡屡以文字罪人的历史事实，便可知诗人引“鬼夜泣”、“百忧集”二典，实为对本朝高压文化政策的大胆揭露批判。三四句表现自己大无畏的战斗精神：秋灯惨碧，环境何等阴森逼人，但是诗人不畏不忧，毅然前行。本诗借小题目，作大文章，将普通的题材借典故加以引发升华，闪耀着夺目的思想光彩。

其六十五

文侯端冕听高歌，少作精严故不磨。
诗渐凡庸人可想，侧身天地我蹉跎。

新解

文侯端冕听高歌，少作精严故不磨——我在少年时所作的诗文，创作态度谨严，犹如魏文侯正衣冠而听古乐般庄重，故而这些作品精密严谨，不会为岁月磨灭。“文侯”句：《礼·乐记》：“魏文侯问于子夏曰：‘吾端冕而听古乐，则唯恐卧。听郑卫之音，则不知倦。敢问古乐之如彼，何也？新乐之如此，何也？’”古乐指周雅乐，郑卫之音是后起的新乐。端冕（miǎn）：祭祀时穿着的礼服。

诗渐凡庸人可想，侧身天地我蹉跎——如今我作的诗歌已经渐渐平凡庸俗，那么我这个写诗的人的变化也可想而知了。置身于天地之中的我，感慨自己虚度了岁月。作者自注：“诗编年始嘉庆丙寅，终道光戊戌，勒成二十七卷。”侧身天地：置身于世。唐·杜甫《将赴成都草堂》：“侧身天地更怀古，回首风尘甘息机。”蹉跎（cuōtuó）：虚度岁月。嘉庆丙寅：嘉庆十一年（1806）。道光戊戌：道光十八年（1838）。勒：刻。

新评

这一首感叹自己一生中诗歌风格的变化。少年之作，因为创作态度精研，故而古雅淳朴，可以传世。而随着年龄的增长，在凡俗中愈陷愈深，反映心灵的诗歌也渐蒙上凡俗之气。诗人在远在作于嘉庆二十四年己卯（1819）的《杂诗。己卯，自春徂夏，在京师作，得十有四首》其二中就感慨“文格渐卑庸福近”，但对于这种向凡俗中的堕落，诗人虽然早有认识，却无力改变这种命运。从这首诗中，我们也可以看到龚自珍作为一位大思想家，对自身的严格批判。

今存于王佩诤所校《龚自珍全集》中的诗，加上各种辑佚所得，总共不过六百多首，大部分是龚自珍三十岁之后的作品。诗人那些“精严”的少作，不知尚存于天壤间否？

其七十一

剔彼高山大川字，簿我玉篋金扃中。
从此九州不光怪，羽陵夜色春熊熊。

新解

剔彼高山大川字，簿我玉篋金扃中——我在高山大川到处搜求剔洗金石文字，获得拓本后珍重地收藏在华贵的柜子中。剔：搜剔。锤拓石刻时，要先将拓面剔洗干净。唐·柳宗元《零陵三亭记》:"搜剔山川。"簿:记录。玉箧(qiè)金扃(jiōng):形容华贵的箱柜。箧,小箱子。扃,箱子的插销。

从此九州不光怪,羽陵夜色春熊熊——从此九州之内夜间将不再有光怪变异,只有我的羽琌山馆在春夜中发出熊熊光芒。作者自注:"年十七,见石鼓,是收石刻之始。撰《金石通考》五十四卷,分存、佚、未见三门,书未成,成《羽琌山金石墨本记》五卷。郭璞云:'羽陵,即羽琌也。'"光怪:古人认为地下埋藏有珍贵的宝物时,宝物的气上腾,在夜间能够发出光芒。羽陵:羽琌山馆。龚自珍在江苏昆山构造的别墅,预备辞官后归隐于此。取名于《穆天子传》中周穆王饮于羽陵之山的传说。熊熊:光芒巨大的样子。石鼓:石鼓文。唐代初年在陕西凤翔发现的十枚鼓形石,现代学者多认为是战国时秦国所制。上面刻有四言诗铭文,字体介于籀文和小篆之间,这种文字雄厚古雅,被称为石鼓文。

新评

前二句以"彼""我"对举,大有天地入吾庐之状。"高山大川",形容这些金石拓本来源不凡,"玉箧金扃",极写诗人对这些金石拓本的重视珍爱。后二句写这些宝贵的金石拓本尽入诗人手中,九州光怪,都聚集化为羽琌山馆上的熊熊宝焰。云"光怪",可见拓本的珍异,云"九州",可见诗人所收拓本的广泛繁富。诗人以极其夸张的浪漫主义手法,凝练又形象地展示了自己丰富珍贵的金石拓本收藏。诗人的喜悦与骄傲,溢于言表。

其七十五

不能古雅不幽灵,气体难跻作者庭。
悔杀流传遗下女,自障纨扇过旗亭。

新解

不能古雅不幽灵,气体难跻作者庭——我的词作既不能做到古朴雅淡,又不能做到清幽空灵,从风格到形式都难以在填词界占有一席之地。气体:指文章的风格和形式。跻(jī):登入。

悔杀流传遗下女,自障纨扇过旗亭——我后悔将词作赠给歌女之辈,从而使我的词作流传于世,我拿纨扇遮住面目,悄悄地经过旗亭。作者自注:"年十九,始倚声填词,壬午岁勒为六卷,今颇悔存之。"遗下女:赠给地位卑微的女子。屈原《九歌》:"采方洲兮杜若,将以遗兮下女。"遗(kuì),通"馈",赠送。下女,原指侍女。这里指歌女等身份低微的女子。自障纨扇:指无面目见人。《南齐书·刘祥传》:"司徒褚渊入朝,以腰扇障日。(刘)祥从侧过,曰:'作如此举止,羞面见人,扇障何益?'"旗亭:

用“旗亭画壁”典。唐·薛用弱《集异记》载:唐代开元年间,诗人王之涣、高适、王昌龄到旗亭饮酒。遇到歌女前来唱诗助兴,三人便私下约定以歌女所唱各人诗篇的数目,来定诗名高下。结果前几位歌女所唱的都是高适和王昌龄的诗,王之涣愤然指着最小又最美的一个歌女说:如果她唱的还不是我的诗,我即甘拜下风。结果这位歌女所唱的果然是王之涣的名作《凉州词》。旗亭,唐代的酒店。壬午:指道光二年(1822)。在这一年,龚自珍将十九岁以来所填的词整理刻为六卷。

新评

这一首写龚自珍对于自己词作的评价。从第一二句来看,似乎龚自珍对自己的填词创作并不满意。无论是风格还是成就都进行了批评,认为自己的填词难以成家。但从第三四句的用典,我们可以读出诗人真正要表达的意图:他的词作早已经广泛流传于世,脍炙人口,一如唐代王之涣的名篇《凉州词》。否则,他也不会在写作《己亥杂诗》的第二年,继续大量填词,刻为《庚子雅词》一卷了。

其七十六

文章合有老波澜,莫作鄱阳夹漈看。
五十年中言定验,苍茫六合此微官。

新解

文章合有老波澜,莫作鄱阳夹漈看——我的文章波澜老成,都是经世致用之作,切勿当作马端临《文献通考》和郑樵《通志》这样的纯史学考证著作看待。老波澜:指文章结构老练,气势壮阔。唐·杜甫《敬赠郑谏议十韵》:“毫发无遗憾,波澜独老成。”鄱阳:指马端临。南宋末年人,著有《文献通考》三百四十八卷。马端临籍贯饶州乐平县,饶州又称鄱阳郡,这里以鄱阳代指马端临。夹漈(jì):指郑樵。南宋著名历史学家。曾居于福建莆田夹漈山下,故世称夹漈先生。著有《通志》二百卷。

五十年中言定验,苍茫六合此微官——不出五十年,我在文中说的话必定会应验,可惜眼下我只不过是苍茫天地中一个卑微小官而已。作者自注:“庚辰岁,为《西域置行省议》、《东南罢番舶议》两篇,有谋合刊之者。”六合:上下四方称为六合。庚辰:指嘉庆二十五年(1820)。

新评

定盦一生为学,不屑屑于搜罗考证,而是力倡经世致用之学。诗注中所举二文,《西域置行省议》今存于王佩诤校《龚自珍全集》中,文章称应在新疆地区设立行省,由内地移民,中央直接管辖,以防少数民族分裂势力作乱和北方沙皇俄国的侵略。

《东南罢番舶议》今已佚，从题目可大致推测内容为反对西方商船进入中国，进行不平等贸易，导致白银大量外流，危害中国经济。与龚自珍同时的张维屏在他的《听松庐诗话》中提到此文："定盦为文，动辄数千言，姑即一篇论之，其文曰《东南罢番舶议》。试思番舶之来数百年矣，近年其来愈速，其风愈横，谁能罢之？是断不能行之事，而定盦乃以为得意之文，则谬矣。"张维屏"谬矣"的评论正反映出定盦和时人思想认识上的巨大差别。作为敏锐的杰出思想家，定盦"五十年中言定验"的言论果然在后世的历史中成为事实：定盦去世二十多年之后，同治三年（1864），新疆地区少数民族势力叛乱，新疆至此沦陷十多年，至光绪二年（1876），左宗棠始率大军平定新疆。光绪九年（1883），清政府在新疆建立行省，正于龚自珍六十三年前所建议相同。写作本诗后的第二年（道光二十年），即公元1840年，西方侵略势力终于不再满足于单纯的商业贸易，以坚船利炮轰开了中国的大门，是为鸦片战争。这场战争的爆发，成为中国社会沦入半殖民地半封建社会的标志。我们回顾中华民族惨痛的近代历史，不由不对龚自珍惊人的预见能力深深服膺。

其八十三

只筹一缆十夫多，细算千艘渡此河。
我亦曾糜太仓粟，夜闻邪许泪滂沱！

新解

只筹一缆十夫多，细算千艘渡此河——只算一根纤绳，也有十多个纤夫来牵拉。细细算来要渡过这河闸的船只有上千艘。筹：计算。缆：拉船的纤绳。

我亦曾糜太仓粟，夜闻邪许泪滂沱——我也曾经白白消耗过京城粮仓的粮食，夜间听到纤夫的号子，不禁泪水滂沱。作者自注："五月十二日抵淮浦作。"糜：消耗。太仓粟：京师官方粮仓中的粮食。邪许（yéhǔ）：劳动号子声。淮浦：江苏淮阴的清江浦。清代时，清江浦是运河与黄河的交汇之地，供应京城的东南各省漕粮，由专门的漕船装载，经清江浦运往北京。由于运河和黄河的水位高低不同，因此两河交汇处设有船闸多处，船只通过时，由纤夫以人力拉船过闸。漕船北进，越过黄河，异常艰难，据《淮安府志》载："伏秋水溜，漕舟上闸，难若登天，每舟用纤夫三四百人，犹不能过，用力则断缆沉舟。"

新评

本诗写清江浦纤夫之苦。龚自珍直接描写劳动人民生活的诗作不多，故而这一首从题材到思想都显得突出。首二句写纤夫的辛劳，以"一缆"、"十夫"、"千艘"连列，用数字的简单计算和强烈对照，勾勒出一幅场景宏大的纤夫拉船图。后二句由彼及己，诗人想到自己在京城做官时，所消耗的粮食全部来源于漕运，其中一粒粒都饱含着漕运纤夫的血汗，因此不禁流下同情与惭愧之泪。本诗落笔沉痛，对民生的深切哀悯，对自身士大夫责任的批判，都近于杜甫。

其八十四

白面儒冠已问津，生涯只羡五侯宾。
萧萧黄叶空村畔，可有拥书闭户人？

新解

白面儒冠已问津，生涯只羡五侯宾——白面书生们都已纷纷外出寻找出路，他们只艳羡做权贵之士的幕僚这一种职业。白面儒冠：读书人。有贬义。《南史·沈庆之传》："耕当问奴，织当问婢。陛下今欲伐国，而与白面书生谋之，事何由济？"问津：原指到渡口问路。这里指前往各交通发达、商业繁华的商埠谋求出路。津，渡口。五侯宾：指达官贵族门下的幕客。晋·葛洪《西京杂记》载：西汉末年，汉成帝母舅王氏，兄弟五人王譚、王商、王立、王根、王逢时同日封侯，被称为五侯。"五侯不相能，宾客不得来往。娄护、韦辩立传食五侯间，各得其欢心，竞致奇膳。"

萧萧黄叶空村畔，可有拥书闭户人——黄叶萧萧，空荡荡的村庄里，还有没有安心闭门读书的人？"萧萧"句：化用宋·苏轼《书李世南所画秋景二首》："扁舟一櫂归何处，家在江南黄叶村。"

新评

龚自珍所处的时代，由于农村经济的凋敝，中小地主阶层渐渐陷入破产。原本应该闭户读书，陶养学问的农村士人，或迫于生计，或惑于名利，纷纷离开安宁而自给自足的农村生活，走向交通发达的商业城市去寻求生路。对这些"生涯只羡五侯宾"的文人，诗人给予了尖刻的嘲讽，但黄叶萧萧，衰败破落的农村，又引起诗人对末代世运的伤感。诗人在嘉庆二十五年（1820）作的《吴市得旧本制举之文，忽然有感，书其端》诗中写到："红日柴门一丈开，不须逾济与逾淮，家家饭熟书还熟，羡杀承平好秀才。"对康熙年间"承平好秀才"的羡慕，正可与本诗互参。

其八十五

津梁条约遍南东，谁遣藏春深坞逢？
不枉人呼莲幕客，碧纱幮护阿芙蓉。

新解

津梁条约遍南东，谁遣藏春深坞逢——严禁鸦片进口的条约遍布东南沿海口岸，谁让人们依旧在幽僻的鸦片烟馆中相逢？津梁条约：指当时中外通商条约中禁止鸦片进口的条文。津梁，渡口桥梁，这里指通商口岸。藏春深坞：藏春坞。北宋人刁约，晚年家居时建花坞，号为“藏春坞”，苏轼曾赠其诗云“藏春坞里莺花闹”（《赠张刁二老》）。这里借用其典，指隐蔽的鸦片烟馆。鸦片用罂粟未成熟蒴果的乳汁制成，而罂粟花一名丽春，一名莺粟。此时清政府明令禁止吸食鸦片，但实际上贩卖吸食并未禁绝。

不枉人呼莲幕客，碧纱橱护阿芙蓉——不亏被人们称为“莲幕客”，这些幕僚们躲在帐中偷吸阿芙蓉。作者自注：“阿，读如人疴之疴，出《续本草》。”莲幕客：指幕僚。《南史·庾杲之传》，齐王俭为卫将军时，用庾杲之为长史。“安陆侯萧缅与俭书曰：‘盛府元僚，实难其选。庾景行（杲之字）泛渌水，依芙蓉，何其丽也！’时人以入俭府为莲花池，故缅书美之。”碧纱橱：类于帏幛。用木头做成架子，顶上和四周围蒙上碧纱，可以折叠。这里指帐子。阿芙蓉：鸦片的别称。清·张昌甲《烟话》：“阿片一作鸦片，《本草》云‘阿芙蓉’，今浑称之曰烟，或曰大烟，或曰乌烟，或曰洋烟。”疴（kē）：疾病。《续本草》：即明代李时珍的《本草纲目》。

新评

前二句写清王朝年年颁布戒烟严令，但戒之不绝。隐蔽的鸦片烟馆依然供应贩卖烟土。后二句指出造成这种不正常现象的原因：政府官吏和他们手下的幕僚们，都是鸦片吸食者，当然想尽办法维护鸦片的贸易流通。正是这些人造成了鸦片禁令的施而不行。当时蒋湘南的《与黄爵滋论禁烟书》中说：“今之食鸦片者，京官不过十之一二，外官不过十之二三，刑名钱谷之幕友则有十之五六。”说的就是这种情况。龚自珍友人魏源《江南吟十章》诗说：“中朝但断大官瘾，阿芙蓉烟可立尽。”魏诗诗意直露，本诗则借隐语双关的手法，构思巧妙，曲而多讽。

其八十六

鬼灯队队散秋萤，落魄参军泪眼荧。
何不专城花县去？春眠寒食未曾醒。

新解

鬼灯队队散秋萤，落魄参军泪眼荧——烟馆里一行行的鸦片烟灯灯光点点，如同秋夜萤火，落魄参军泪花闪闪。鬼灯：原指鬼火。唐·李贺《南山田中行》：“鬼灯如漆点松花。”抽鸦片的人被称为鸦片鬼，这里鬼灯指鸦片烟灯。落魄参军：参军本低等官职名，具体职务历代不同。唐宋时有参军戏，角色名参军，备演潦倒戏谑之态。这里指穷到没有钱买鸦片而犯烟瘾的幕僚之辈。

何不专城花县去？春眠寒食未曾醒——为何不到种罂粟的县份去作个地方官呢？可以春眠不起，直到寒食禁烟都不用醒来了。专城：一城之主，指作州县长官。古乐府《陌上桑》："三十任中郎，四十专城居。"花县：用"河阳一县花"典。《白孔六帖》：晋代潘岳为河阳令时，在县中遍种桃李花，人号曰"河阳一县花"。唐·李贺《春昼》："平阳花坞，河阳花县。"这里指那些种植罂粟花的地方。寒食：寒食节。在农历清明前一或二日。民间习俗，寒食节禁烟火，食冷食。这里用寒食所禁之"烟"和鸦片烟之"烟"双关。

新评

这一首写幕僚中吸鸦片者的丑态：烟灯荧荧，如同鬼火，人间竟成地狱。那些抽烟的幕客为了买鸦片花了大量金钱，搞到穷困潦倒的境地，无钱买鸦片时，犯起瘾来眼泪鼻涕交流，面目可憎又可怜可笑。后二句针对这种人说：你们应该像风流的潘岳一样，去"花县"当个地方官，就可以尽情吞云吐雾，长眠不醒了。小诗勾画吸鸦片者的丑态，淋漓尽致。在风流俊逸语中寓尖锐的嘲讽，展示了诗人高超的讽刺技巧。

其八十八

河干劳问又江干，恩怨他时邸报看。
怪道乌台牙放早，几人怒马出长安。

新解

河干劳问又江干，恩怨他时邸报看——出京的在都察院御史们黄河边接受酒宴慰劳后，又到长江边接受慰劳。一路结下的恩恩怨怨，他日且到邸报上去看。河干：黄河的河岸。这里指黄河岸边的清江浦。干(gān)，岸，水畔。劳问：慰问。江干：长江江岸。邸(dǐ)报：即"邸抄"、"邸钞"。古代抄发皇帝谕旨、臣僚奏议和朝廷政事的一种官报。明代开始有活字版本，清代称"京报"，其中有官员升降调动的消息。

怪道乌台牙放早，几人怒马出长安——怪不得乌台今日放衙那么早，原来有几位御史老爷鲜衣怒马，驰出京城。乌台：御史台。古代监察官署。《汉书·朱博传》："(御史)府中列柏树，常有野乌数千，栖宿其上，晨去夕幕来，号曰：'朝夕乌'。"故后世称御史台为乌台，明代，改御史台为督察院，设都御史、副都御史。入清，沿其例。牙放：即放衙。结束办公下班。怒马：奋马。不仅直写其人不可一世之状，而且暗用典故：《后汉书·桓典传》："(桓典)拜侍御史，是时，宦官秉权，典执政无所回避。常乘骢马，京师畏惮，为之语曰：‘行行且止，避骢马御史。’”以此暗示其人的御史身份。

新评

本诗从一个旁观者的所见所闻，讽刺外出按察的都察院御史们飞扬跋扈，接受外官贿赂，与其沆瀣一气，只管私人恩怨，哪怕颠倒黑白。首句一笔两面：既写御史们南下一路接受贿赂，又写地方官员纷纷讨好奉承。次句写今日奉承妥否结下的“恩怨”，关系到这些地方官今后的官职升降。御史的责任本是弹劾官吏的不法行为，整顿官场风气，而现在身为言官的御史竟公然与外官勾结，以手中权利换取利益，说明当时朝廷内外风气已败坏殆尽。本诗寓热讽于冷笔中，笔势峻峭。

其九十三

金銮并砚走龙蛇，无分同探阆苑花。
十一年来春梦冷，南游且吃玉川茶。

新解

金銮并砚走龙蛇，无分同探阆苑花——曾经和您在金銮殿上并排着砚台笔走龙蛇，但可惜没有缘分与您同去探赏阆苑仙葩。金銮：金銮殿。这里指清代举行进士殿试的保和殿。并砚：指一起参加进士殿试。走龙蛇：这里指写作文章速度很快。《法书苑》：仲尼书《吴季札墓志》，变化开合，若龙蛇盘踞。同探阆（làng）苑花：指同年入翰林院。阆苑，阆风山之苑，道教传说中神仙居住的地方。清代翰林院为清贵之所，故美称为阆苑。探花，唐代风俗，进士科及第后，在同科进士中选两位少俊者，骑马遍游长安名园，去采摘名花。这两人被称为两街探花使。这里指入翰林院。

十一年来春梦冷，南游且吃玉川茶——十一年来我宦途冷落，春梦都醒，南游要去甘泉吃您卢先生的一杯茶。作者自注：“同年卢心农元良，时知甘泉。”十一年来：龚自珍道光九年（1829）考中进士，到本年道光十九年（1839）辞官，前后共十一年。春梦：指仕途空幻。宋·赵德麟《侯鲭录》：“东坡在昌化，尝负大瓢行歌田间，有老妇年七十，谓坡云：‘内翰昔日富贵，一场春梦。’坡然之。”玉川：唐代诗人卢仝，号玉川子，以嗜茶名。著名的茶诗有《走笔谢孟谏议寄新茶》，有句云：“七碗吃不得也，唯觉两腋习习清风生。蓬莱山，在何处？玉川子，乘此清风欲归去。”同年：科举考试同榜考中的人。科举时代，同年之间的情谊很重，在官场上往往彼此照应，互通声气。卢心农元良：卢元良，字心农，江西南康人。道光己丑（1829）进士。江苏甘泉、宝应县知县，河工保举以同知升用。甘泉：本江都县地，清雍正时设，与江都并为府治。

新评

这是一首赠旧诗。先从两人往日的交往写起，诗人选择了有代表性的一幅画面来概括往事：诗人当年和卢元良在保和殿里一起参加殿试，笔走龙蛇，双双考中进士，是何等的意气风发。次句基调一转，写二人都未能进入翰林院的遗憾，龚自珍在《干禄新书自叙》中说自己不能入翰林的原因是没能做到“颂扬平仄如式，楷法尤光致”，这里说“无分”，联系诗人的生平，可读出悻悻不平感。第三句以一“冷”字，涵括尽十一年来宦海风波，往事如梦，空幻无凭，令人感慨万千。末句撇开追忆和感慨，表示即将访问故友，用玉川茶典，既切合友人姓氏，又赞美对方的风雅，又写出自己眼下的从容心境，可谓语丽而意深。

其九十五

大宙南东久寂寥，甄陀罗出一枝箫。
箫声容与渡淮去，淮上魂须七日招。

新解

大宙东南久寂寥，甄陀罗出一枝箫——茫茫历史，东南诸省久已寂寥无声，孰料甄陀罗仙人献出宝箫一支。大宙：整个历史。汉·刘安《淮南子·齐俗》：“往古来今谓之宙，四方上下谓之宇。”甄陀罗：即真陀罗，又称音乐天。佛教传说中的一种能飞空的低等神。女性音乐天貌美，能歌舞。一枝箫：指龚自珍在清江浦的酒宴上遇见的妓女灵箫。

箫声容与渡淮去，淮上魂须七日招——箫声缠绵不尽，越过淮水而去，我的心魂从此遗留在淮上，须七日招魂。作者自注：“袁浦席上有限韵赋诗者，得箫字，敬赋三首。”容与：舒散自适的样子。屈原《九歌·湘君》：“时不可兮再得，聊逍遥兮容与。”“淮上”句：古代有为死者招魂的习俗，又人死后每七日作忌，举办宗教仪式，共七七四十九日后罢。袁浦：即公路浦，今江苏淮安市清江浦。郦道元《水经注·淮水》：“淮水右岸，即淮阴也。城西二里有公路浦。袁术（字公路）向九江，将东奔袁谭，路出斯浦，因以为名焉。”限韵赋诗：以规定的韵脚作诗，多用于酒席聚会上的文人酬应。

新评

起笔即已卓然不凡，盘空硬语，劈面从天外飞来。遇见灵箫的惊喜，和因而引发的心灵震悸，都在这样非凡的力度中表达。后二句写留恋，未别即已相思不尽，想象去后留得心魂相守。酒席酬应的赠妓诗词固然为这个时期文人的生活故态，但一切赠妓诗文，从未有雄奇如定盦者。

其一百零三

梨园爨本募谁修？亦是风花一代愁。
我替尊前深惋惜，文人珠玉女儿喉。

新解

梨园爨本募谁修？亦是风花一代愁——戏班用的剧本是找什么人修改的？这是这一代剧坛令人忧虑的事情。梨园：指戏班。唐玄宗时，玄宗选坐部伎二百弟子，亲自于梨园中教导，这些伎人被称为梨园弟子。后人因称戏剧界为梨园。爨(cuàn)本：剧本。宋金时有称为“爨弄”的表演，是后世戏曲的前身。

我替尊前深惋惜，文人珠玉女儿喉——在酒宴上我听到这些错误百出的歌唱，深深为文人创作的好文字和歌女的好喉咙感到惋惜。作者自注：“元人百种，临川四种，悉遭伶师窜改，昆曲鄙俚极矣，酒座中有征歌者，予辄挠阻。”元人百种：指元代杂剧。明人臧晋叔刻有《元曲选》，收入杂剧一百种，是最通行的元杂剧集。临川四种：明代大戏剧家汤显祖创作的四个传奇：《牡丹亭》、《邯郸记》、《南柯记》、《紫钗记》。汤显祖是江西临川人，所以这四个戏被称为“临川四种”。伶师：戏班中教曲子的人。征歌：点戏。

新评

本诗表达了诗人对当时剧坛风气的不满。元杂剧向以本色著称，临川四种情真一片，案头场上两擅其美，但偶有不尽合音律处，在汤显祖生前即已引发一场“汤沈之争”：重视声律的吴江派剧作家沈璟、吕玉绳曾将《牡丹亭》改编，引得汤显祖大为不满，嘱咐演员说：“《牡丹亭记》要依我原本，其吕家改的，切不可从。”(《答宜伶罗章二》)昆曲在明清二代曾经盛极一时，但到了龚自珍生活的清末，由于曲高和寡，昆曲渐渐衰微，取而代之的是更为通俗化的皮黄高腔等。诗人对这种风气表示了忧虑。

其一百零四

河汾房杜有人疑，名位千秋处士卑。
一事平生无齮龁：但开风气不为师。

新解

河汾房杜有人疑，名位千秋处士卑——唐代王通和房玄龄、杜如晦的师生关系历来都有人质疑，因为有了高名大位，名声才可流传不朽，而草野之士却总是被人瞧不起。“河汾”句：河汾指王通，隋末山西龙门人，号文中子，隐居于黄河、汾水之间。终身不仕，教授门人，传说弟子共有千馀人之多，其中有名的如杜淹、李靖、房玄龄、魏征等，都是后来唐代的开国功臣。房：房玄龄（579—648），字乔，齐州淄博人。杜：杜如晦（585—630），字克明，京兆杜陵人。房玄龄和杜如晦都是唐太宗朝赫赫有名的重臣，二人合掌朝政，人称“房杜”。王通其人，《隋书》无传，《新》、《旧唐书》中仅在王勃、王绩等人的传记中提到他是“隋末大儒”，而上面那些名臣的传记和生平言行都没有提到王通。所以，从北宋的司马光开始，王通是否有过这些著名的弟子，乃至于王通其人是否存在，都成了后人纷纷质疑的问题。处士：未曾入仕的读书人。

一事平生无齮龁：但开风气不为师——我这一生有件事情是别人无可攻击的：我只开创新的风气，不为人师。作者自注：“予平生不蓄门弟子。”齮龁（yǐhé）：原指用牙齿咬，引申为攻击毁伤。《史记·田儋列传》：“且秦复得志于天下，则齮龁用事者坟墓矣。”

新评

龚自珍中过进士，做过二十几年的小小京官，按照旧时划分人等级的惯例，他本不属于王通这样的“处士”群。但是在情感上，龚自珍却是王通这样的布衣之士的知音和同调，早在少年时，他作的《尊隐》一文中，就预言“山中之民，有大音声起，天地为之钟鼓，神人为之波涛矣”。《己亥杂诗》其七十四云：“登乙科则亡姓氏，官七品则亡姓氏。夜奠三十九布衣，秋灯忽吐苍虹气。（撰《布衣传》一卷，起康熙讫嘉庆，凡三十九人。）”布衣心态贯穿定盦一生的始终，所以他才会对等级森严的“名位千秋处士卑”的不公平世界发出如此激越的批判。定盦自称“但开风气不为诗”，他身处清末，独具只眼于旧社会未崩溃前，引导一代变法求革新风，称为后世变革者敬仰的对象。梁启超在《清代学术概论》中“光绪间所谓新学家者，大率人人皆经过崇拜龚氏之一时期。初读《定庵文集》，若受电然”的记载，可谓晚清时变法人士的亲身体验。但定盦实师泽深远，姑以其诗风而论，且不说清末南社诗人对定庵诗的瓣香顶礼，甚至纷纷以集龚诗诗句为尚，直至鲁迅的旧体诗中，“寄意寒星荃不察，我以我血荐轩辕”（《自题小像》），都可以明显看出郁勃苍凉的定盦诗风的影响。龚自珍二十三岁时，其父外放任徽州知府，龚自珍随侍南行，他的外祖父段玉裁特地给外孙写信，勉励他为学为人需“博闻强记，多识蓄德，努力为名儒，为名臣，勿愿为名士。”（《经韵楼集·与外孙龚自珍札》）孰料龚自珍此后竟违背了长辈的殷切希望，既没有成为“名儒”，也没有成为“名臣”，而是以“名士”的身份，特立独行，卓卓然于晚清思想界文学界，流被千古。这恐怕是段玉裁生前未曾料及的了。

其一百二十五

九州生气恃风雷，万马齐喑究可哀。
我劝天公重抖擞，不拘一格降人才。

新解

九州生气恃风雷，万马齐喑究可哀——如今海内言论一片沉默，这令人悲哀的局面，要靠巨风雷霆来震起生气。恃(shì)：依靠。　万马齐喑(yīn)：比喻士人不敢有所议论。宋·苏轼《三马图赞引》："(西域贡马)振鬣长鸣，万马齐喑。"喑：沉默无语。

我劝天公重抖擞，不拘一格降人才——我劝玉皇重新振作精神，不要拘泥于什么规格，为世间降下有用的人才。作者自注："过镇江，见赛玉皇及风神、雷神者，祷祠无数，道士乞撰青词。"赛：祭赛。向神灵许愿成功后，举办祭祀活动来酬谢神灵。祷祠：这里指祭祀求福的人。青词：道教斋醮时，献给神灵的祷文，因写在青色藤纸上而得名。

新评

诗人借眼前事而横发议论：文化高压政策使得士人钳口噤声，海内一片死寂。诗人真诚地希望，当权者能够打破种种束缚，大胆起用人才，挽末世之颓波。当然，在龚自珍的时代，这种热切的希望只能付之东流。但诗人对于社会变革的"风雷"的呼唤，和"不拘一格"的人才观，即使到了百馀年后的今日，依然意义可贵。本诗可谓龚自珍全集中于当世最为"显要"之作，各类清诗选本及文学史等无不入选，其原因正在于此。

其一百二十九

陶潜诗喜说荆轲，想见《停云》发浩歌。
吟到恩仇心事涌，江湖侠骨恐无多。

新解

陶潜诗喜说荆轲，想见《停云》发浩歌——陶潜诗中喜欢说到荆轲，可以想象陶潜写完《停云》诗后，高声吟咏的豪情。陶潜：(365—427)，东晋著名诗人，又名渊明，字元亮，私谥靖节，浔阳柴桑(今江西九江)人。曾官彭泽令，后不满现实，弃官归隐，躬自耕作，诗酒自娱，有《陶渊明集》。荆轲：战国时卫人，好读书击剑。燕太子欲刺秦王，募荆轲前往，未遂遇害。事迹见《史记·刺客列传》。陶渊明有《咏荆轲》诗，咏叹荆轲事迹的悲壮豪放，以喻己志。《停云》：陶渊明的一组四言诗，共四章，序中说：

“《停云》,思亲友也。樽湛新醪,园列初荣,愿言不从,叹息弥襟。”

吟到恩仇心事涌,江湖侠骨恐无多——吟到陶诗中的恩仇之句,不由得心潮澎湃。如今江湖上行侠仗义的人恐怕已经没有多少了。作者自注:“舟中读陶诗三首。”

新评

前人赞美陶渊明诗,多称其平淡朴素之美,将陶渊明视为退隐田园的隐士代表。如著名美学家朱光潜在《诗论》里,就说陶渊明“和一切伟大诗人一样,他终于达到了调和静穆。”古人中最先看出陶诗“隐藏”的豪气的,是宋代的朱熹:“陶渊明诗,人皆说是平淡,据某看,他自豪放,但豪放得来不觉耳。其露出本相者,是《咏荆轲》一篇,平淡底人如何说得这样言语出来。”(《朱子语类》卷一百四十)中国古典文学的阅读接受,本有“以意逆志”的传统,辞官返乡途中的龚自珍,心境与陶渊明作《归去来辞》时大抵相近,但胸中纵横不平,侠骨尚在。于是能够独具只眼,读出陶诗中的“恩仇心事”。后来鲁迅说陶渊明诗“除论客所佩服的‘悠然见南山’之外,也还有‘精卫衔微木,将以填沧海。刑天舞干戚,猛志固常在”之类的‘金刚怒目式’。”(《且介亭杂文二集·题未定草其六》)则又是继龚自珍后的进一步发挥了。

其一百三十五

偶赋凌云偶倦飞,偶然闲慕遂初衣。
偶逢锦瑟佳人问,便说寻春为汝归。

新解

偶赋凌云偶倦飞,偶然闲慕遂初衣——偶然写下凌云之赋,取得功名;偶然厌倦仕途,起归隐之志;偶然辞去官职,白衣还家。赋凌云:这里指龚自珍参加殿试,以文章取悦君主,得中进士。《史记·司马相如传》:“相如奏《大人》之颂,天子大悦,飘飘有凌云之气。”倦飞:这里指厌倦官场。晋·陶潜《归去来辞》:“鸟倦飞而知还。”遂初衣:当初的衣服。指辞官归隐后过上原来的生活。唐·李白《送贺监归四明应制》:“久辞荣禄遂初衣。”

偶逢锦瑟佳人问,便说寻春为汝归——偶然逢到美人问起还乡的原因,就答道为了你寻春而归。锦瑟佳人:指遇见的歌女之类。唐·杜甫《曲江对雨》:“何时诏此金钱会,暂醉佳人锦瑟旁。”

新评

此二十八字可视为定盦一篇自作小传:早年胸怀大志,欲“致君尧舜上”,于是积极应举,终得一第;孰料仕途遍生荆棘,蹉跎岁月近二十年,身心皆疲,终于倦飞知还,构建归隐之梦。诗人连用四个“偶”字,看似随缘的旷达,实际是故作潇洒语以写痛苦心境。因为悲愤之意已无可再申，所以反而化作自嘲。王国维在《人间词话》里却大不满意这几个“偶”字，说什么“其人之儇薄无行，跃然纸墨间。”王国维生于定盦后数十年，已是民国学者，却迂腐到为已经退位的清帝投水身殉，其思想境界和定盦相去何啻千里！其于本诗诗意格格不入，宜也。

其一百四十九

只将愧汗湿莱衣，悔及堂堂岁月违。
世事沧桑心事定，此生一跌莫全非。

新解

只将愧汗湿莱衣，悔及堂堂岁月违——这些年来在北京作官，疏于奉养父亲，我只能让惭愧的汗水湿透我这个做儿子的人的衣服，后悔大好岁月白白地被我浪费。莱衣：人子之衣。老莱子为春秋楚国人，孝养双亲，七十多岁还身穿五彩衣服，作儿童状，以图父母欢乐。被儒家视为孝子的典范，列为二十四孝之一。堂堂岁月：指时光流逝。宋·辛弃疾《菩萨蛮》词：“人间岁月堂堂去，劝君快上青云路。”违：违背初意。这里一是说不曾孝养双亲，一是说不曾成就事业。

世事沧桑心事定，此生一跌莫全非——世事如沧海桑田，变幻不定，但我心中已经决定了此后的人生道路。这一次大挫折对我来说未必尽是坏事。作者自注：“于七月初九日到杭州。家大人时年七十有三，倚门望久矣。”一跌：指仕途遭受大挫折。汉·扬雄《解嘲》：“客徒欲朱丹吾毂，不知一跌将赤吾族也。”

新评

这一首写南归到家后见到老父的心情。亲人终于团聚的欢喜之外，还有长久以来不能奉养高堂，惹得七十老父倚门而望的深深愧疚。龚自珍是当时社会中一个特立独行的人物，既不能为人所理解，所以生前身后，都惹出许多谰言，竟将他说成一个薄情寡义，不通人情的怪物。其实定盦是个具有赤诚的赤子之心的人，对父母，对家人，对好友，对恋人，无不感情深挚。“只将愧汗湿莱衣”，和清人蒋士铨的名句“低回愧人子，不敢叹风尘”（《岁暮到家》），同是写人子之情的挚作。

其一百八十四

小楼青对凤凰山，山影低徊黛影间。
今日当窗一奁镜，空王来证鬓丝斑。

新解

小楼青对凤凰山，山影低徊黛影间——她居住的小楼，对着青翠的凤凰山。山影秀丽，仿佛她曲曲的黛眉。凤凰山：山名。在杭州城南十里。黛影：眉影。黛，青黑的染料，古代女子用以画眉。

今日当窗一奁镜，空王来证鬓丝斑——今日窗前，只剩下妆匣中的镜子，诸佛见证，镜中照见我鬓间的点点白发。空王：佛家对诸佛的称谓。斑：斑白。

新评

《己亥杂诗》第182至第197首，都为伤悼一位杭州女子所作。从诗意看，这位女子和龚自珍曾经深情相恋，但终于未能成秦晋之好。龚自珍辞官南归回到杭州时，她已经去世很久。这一首诗从逝者生前所居住的环境写起：她日日所在的小楼，正对着风景优美的凤凰山色。第二句想象伊人在生时对窗梳妆的画面：窗外山色如她的双眉，她的双眉又秀丽如同远山。古典诗词中常把女子之眉比喻为远山，这里用远山和黛眉回环比喻，不仅构思巧妙，而且取景现成，自然贴切，以美丽的风景，暗示出伊人的美丽。如今小楼窗外凤凰山青青如旧，而细描黛眉的伊人已经逝去，怎不令人伤感？三四句写诗人今日重来：窗下梳妆匣仍在，只是已经无人再对窗妆扮了。妆匣中的镜子，曾照出她如花的容颜。现在照出的却是诗人两鬓的点点白发。伊人已逝，诗人亦老。无情的时光凝聚在镜中，见证了这一段不幸的感情。在这首短短的绝句中，诗人截取了时间跨度极大的两个画面——女子生前画眉和诗人重来照镜，借助于两件穿越时光不变之物——窗外青山和窗前奁镜，写出了物是人非之感，表达了对逝者的深沉怀念。

其二百一十

缱绻依人慧有馀，长安俊物最推渠。
故侯门第歌钟歇，犹办晨餐二寸鱼。

新解

缱绻依人慧有馀，长安俊物最推渠——狮子猫依依绕人，聪慧无比，京城里的珍贵物品要数它第一。缱绻（qiǎnquǎn）：亲密不离散的样子。俊物：特出之物。渠：第三人称代词。它。

故侯门第歌钟歇，犹办晨餐二寸鱼——旧日的王侯门第如今已经没落，却还张罗着为狮子猫准备早餐吃的小鱼。作者自注："忆北方狮子猫。"歌钟：编钟。是诸侯才能够使用的礼乐之器。狮子猫：即波斯猫。明清两代，宫廷和贵族官宦之家常有养波斯猫的风气。徐珂《清稗类钞》："历朝宫禁卿相家多蓄狮猫。咸丰辛亥五月，太监白三喜使其犹子曰大者,进宫取狮猫,遂获咎。”可见当时风尚。

新评

清初立国时,以八旗军队驰骋疆场,取得天下。但随着时间的推移,依赖朝廷钱粮为生的八旗子弟渐渐失去战斗力,生活腐化堕落,不谋生计,惟以提笼架鸟,斗蛐蛐泡茶馆为务。到了龚自珍的时代,清王朝已处于风雨飘摇之中,许多旗人生活愈加贫困,但生活上却还不改故态。本诗后两句就指这种旗人家庭的败落,繁华都歇,却还忙着张罗宠物的饭食,读来令人觉得可怜可笑。所谓“长安俊物”,犹《红楼梦》中所言“爱巴物儿”,用语极讽刺之至。或以本诗诗旨为讽刺狮子猫式“缱绻依人”,恃宠而骄的奴才小人,亦可备一说。

其二百一十七

回肠荡气感精灵,座客苍凉酒半醒。
自别吴郎高咏减,珊瑚击碎有谁听?

新解

回肠荡气感精灵,座客苍凉酒半醒——我吟诵宋词时回肠荡气,能够使得神灵为之感动,酒宴上的诸客于半醒半醉中听到我的吟诵,都倍感苍凉。回肠荡气:指文艺作品十分动人。魏·曹丕《大墙上蒿行》:“女娥长歌,声协宫商。感心动耳,荡气回肠。”

自别吴郎高咏减,珊瑚击碎有谁听——自从与吴郎相别之后,高声吟咏的兴致大减。徒然击碎珊瑚,又有谁听我的吟声?作者自注:“曩在虹生座上,酒半,咏宋人词,呜呜然。虹生赏之,以为善于顿挫也。近日中酒,即不能高咏矣。”吴郎:吴葆晋。珊瑚击碎:指豪迈的情怀。南朝宋·刘义庆《世说新语·豪爽》:“王处仲每酒后辄咏‘老骥伏枥,志在千里。烈士暮年,壮心不已。’以如意打唾壶,壶口尽缺。”

新评

前二句写昔日酒宴上对客长吟的豪情,后二句感慨今日都减的兴致。知己不在,无人知音。然而“珊瑚击碎”,壮志如昔,何况这样的吟咏又是借以抒发“老骥伏枥,志在千里。烈士暮年,壮心不已”的气概?短短一章,笔力雄健,其中搏动着的是定盦胸中那股郁勃苍凉之气。

其二百四十一

少年《尊隐》有高文,猿鹤真堪张一军。

难向史家搜比例，商量出处到红裙。

新解

少年《尊隐》有高文，猿鹤真堪张一军——少年时我写过《尊隐》这样的优秀文章，提出山中的猿鹤可以组成一支军队。《尊隐》：龚自珍在二十多岁时写作的一篇文章。文中提出“山中之民”的力量。而且指出，在“京师”（指清王朝）衰败的同时，“山中之民”的势力正在不断壮大，连天地鬼神都将前来佐助。猿鹤：猿猴和鹤都是带有山林隐逸色彩的动物，这里喻指山中隐士，即“尊隐”的对象。张一军：组成一支军队。唐·韩愈《醉赠张秘书》：“阿买不识字，颇知书八分。诗成使之写，亦足张吾军。”张，增强，扩大。

难向史家搜比例，商量出处到红裙——这是难在史书上找到前例的事啊：我居然和女子商量我的仕途出处问题。比例：相同的例子。出处：见前《己亥杂诗》其四《此去东山又北山》注。红裙：女子。这里指龚自珍在扬州遇见的妓女小云。

新评

前二句回忆少年《尊隐》一作。当年写作此文，尊崇“山中之民”，笔势汪洋恣肆，多年后还引以为傲。但今日自己身份已成为退出仕途，归居山林的“隐”者，即少年《尊隐》文中大力尊崇的对象。这种身份的转换不由让诗人感慨万千。后二句是寓沉痛于故作轻薄中：诗人在士大夫的行列里找不到可共谈心事的人，所以不得不和青楼中的女子谈起人生浮沉这样沉重的话题。刘逸生《龚自珍编年诗注》认为这两句的意思是：“小云与他商量今后的出处问题，大抵希望替她脱籍。作者带点开玩笑地说：这是很难在史书上找到例子的，女子也要商量自己的出处问题吗？”若这样理解，定盦未免显得过于儇薄，而且古代士大夫为妓女脱籍是常有之事，也不符合“难向史家搜比例”的诗意。

其二百五十

去时栀子压犀簪，次第寒花掐到今。
谁分江湖摇落后，小屏红烛话冬心。

新解

去时栀子压犀簪，次第寒花掐到今——我离开的时候，你头上的犀角簪下压着栀子花。别后次第花开，你掐花妆发，直到今日。犀簪：犀牛角制成的簪子。

谁分江湖摇落后，小屏红烛话冬心——谁想到在这万木凋零的季节，我们又能聚首，在小屏风后，红烛光下，细细述说冬日的情怀。江湖摇落：指草木凋谢的冬日。唐·杜甫《蒹葭》:"江湖摇落后,亦恐岁蹉跎。"

新评

龚自珍这次北上再次路过清江浦时,逗留了十天,为灵箫作了二十七首绝句。用诗人自己的话来说,是"大抵醉梦时多,醒时少也。"诗人把这二十七首统称为《寱(yì)词》,即梦中的呓语,可见这段感情在龚自珍的心上酿成的复杂波动。

本诗写久别后的重逢,诗人善于选择典型镜头,直从灵箫头上的簪花发饰写起。清代李渔《闲情偶记·治容》谈及妇人装饰时,认为女性发饰不宜多,只一发簪足矣,发簪宜用美玉犀贝,"玉为上,犀之近黄者、蜜蜡之近白者次之,金银又次之,玛瑙琥珀皆所不能。"宜簪花,"时花之色,白为上,黄次之,淡红次之。"其风尚正和本诗中所写灵箫的装饰相同。洁白的栀子缀在素朴的犀簪之下,既点明分别时的时令,又展示出女主人公的娴雅的风神。接着"次第"一句,是想象语,以灵箫头上花饰的变幻概括二人分别后近五个月的时光,又以此勾连起"去时"和"今"日。后二句转而写到今日重逢的场面:"谁分",意料不到之意,写出悲喜交集的心情。"江湖摇落",除了表明初冬时节,还有一丝诗人漂泊江湖,天涯羁旅的感慨。末句塑造出一个温暖华艳的场面:小屏风隔出一个二人独处的小世界,久别的二人静静沐浴在红色的烛光下,尽情倾吐着彼此的心事。烛光是重逢夜话必不可少的道具。杜甫写与好友别后重逢,是"夜阑更秉烛,相逢如梦寐。"(《赠卫八处士》),晏几道写与恋人别后重逢,是"今宵剩把银釭照,犹恐相逢是梦中。"(《鹧鸪天》)龚自珍这二句诗除了用烛光塑造梦幻感,还以室内室外环境的截然不同——一个是温暖华艳的斗室,一个是肃杀冷清的寥远天地——作对比,这就更加显出这一刻相聚之时的温馨可贵。

其二百五十二

风云材略已消磨,甘隶妆台伺眼波。
为恐刘郎英气尽,卷帘梳洗望黄河。

新解

风云材略已消磨,甘隶妆台伺眼波——我叱咤风云的才干已经被消磨殆尽,从此甘心在美人的梳妆台侧伺候,供她驱使。风云才略:作大事业的才干。《三国志·魏书·贾诩传》裴松之注引《九州春秋》:阎忠说皇甫嵩曰:"今主势弱于刘、项,将军权重于淮阴,指挥可以振风云,叱咤足以兴雷电。"伺眼波:看美人的颜色行事。

为恐刘郎英气尽,卷帘梳洗望黄河——她唯恐我消磨尽刘郎才气,在梳洗时特意卷起帘子,让我远望黄河。刘郎英气:刘郎指三国政治家刘备,这里用宋·辛弃疾《水龙吟·登建康赏心亭》:"求田问舍,怕应羞见,刘郎才气。"《三国志·魏志·陈登传》载：刘备在荆州刘表处和许汜论天下才士。“汜曰：‘陈元龙湖海之士，豪气不除。’备问汜：‘君言豪，宁有事耶？’汜曰：‘昔遭乱过下邳，见元龙。元龙无客主之意，久不相与语，自上大床卧，使客卧下床。’备曰：‘君有国士之名，今天下大乱，帝主失所，望君忧国忘家，有救世之意，而君求田问舍，言无可采，是元龙所讳也，何缘当与君语！如小人，欲卧百尺楼上，卧君于地，何但上下床之间也！’”龚自珍这一次辞官南归后，在昆山料理别墅羽琌山馆，也属于“求田问舍”的行为。黄河：黄河在金代决口后，支流南下，分成南北两支入海。到了明代万历初，截断其他旁支，黄河全部南流，经过原来的淮河河道入海。到了清咸丰年间，黄河再度北徙，改为北河道入海，南黄河河道淤塞。在龚自珍时，黄河尚未北徙，在清江浦地区与运河交汇，所以在清江浦远望可见黄河。

新评

开首“风云”二句，从自己这一方落笔，写自己一腔英雄气概，满腹材略，已经被不幸的人生消磨殆尽，所以现在甘心在梳妆台边伺候美人的眼波了。虽云“甘隶”，实含有无限愤慨，是从辛弃疾名作《水龙吟》词：“倩何人，唤取红巾翠袖，揾英雄泪”中化出。“为恐”二句，从灵箫这一方落笔，她见作者颓志满怀，故意卷帘梳洗，引来远望黄河入目，以其激起诗人的雄心壮志。这样的美人，于佼佼不凡的浩荡胸襟之外，当然更多一份无限知己的情怀，无愧于定盦“金闺国士”（《己亥杂诗》其二百六十）的称许。全诗最精彩之处，在于末句之壮阔语和前文柔腻语形成的绝大反差。黄河在古典诗词中，本为极其豪迈雄壮的意象，如李白的“君不见黄河之水天上来”（《将进酒》），陆游的“三万里河东入海”（《秋夜将晓出篱门迎凉有感》）等。诗人写柔情艳诗，而能阑入如此雄壮豪迈之笔墨，可谓别开生面，为古典诗歌开一新境界，亦迥然超越于一般赠妓文字之上。

其三百一十五

吟罢江山气不灵，万千种话一灯青。
忽然搁笔无言说，重礼天台七卷经。

新解

吟罢江山气不灵，万千种话一灯青——我吟就《己亥杂诗》一卷，江山仍无生气，千言万语都罢，归于一灯青荧。

忽然搁笔无言说，重礼天台七卷经——我忽然搁笔，达到悟道无言的境界，重新顶礼拜读天台宗的七卷《妙法莲华经》。无言说：佛教认为悟道的境界不可用语言来表达。《维摩诘所说经》：“文殊师利问维摩诘：‘何等是菩萨不二法门？’时摩诘默无言。文殊师利叹曰：‘善哉，善哉！乃至无有文字语言，是真入不二法门也。”天台七卷经：指天台宗的经典《妙法莲华经》(简称《法华经》)。以姚秦时僧人鸠摩罗什所翻译的七卷本影响最广。

新评

这是《己亥杂诗》的最后一首，起着总结全篇的作用。全卷诗三百馀篇，涉及纪行、怀旧、咏物、感事等多方面内容，但诗人深知世态如颓波，“江山气不灵”，已非文字之力可挽回药救，故而宣布要“搁笔无言”，正和杂诗第一首中的“不奈卮言夜涌泉”遥遥呼应。末句声称自己将遁入佛理中逃世，后人或以为这是龚自珍思想上消极的地方。其实这是诗人自欺欺人语，诗人于己亥年后继作文字不少，又有游两广之愿，欲入江苏巡抚梁章钜幕府之志，其于世情，关心备至，何尝真的逃入宗教中寻求解脱。

◎词

浪淘沙

写梦

题解

本词选自龚自珍手编的《无著词选》。龚自珍自嘉庆十五年(1810)开始填词,嘉庆十七年(1812),其外祖父段玉裁已看到龚自珍的《怀人馆词》三卷,《红禅词》二卷。后来,龚自珍将《红禅词》删定为《无著词选》。根据《无著词选》中词作的排列顺序,大致可判断此词作于嘉庆十五年(1810)前后。

好梦最难留,吹过仙洲。寻思依样到心头。去也无踪寻也惯,一桁红楼。　　中有话绸缪,灯火帘钩。是仙是幻是温柔。独自凄凉还自遣,自制离愁。

新解

好梦最难留,吹过仙洲。寻思依样到心头——美好的梦境最难留住,梦中我到了仙人居住的地方。现在回味起来,那梦境依旧留在心头。

去也无踪寻也惯,一桁红楼——梦中的情事在醒来后消失无踪,只能向空寻觅,我对此已经习惯,尚记得梦中出现的那一角红楼。桁(héng):本意指梁上或门框、窗框等上的横木。这里用作“红楼”的量词。红楼:指女子的居所。

中有话绸缪,灯火帘钩。是仙是幻是温柔——在那梦中的红楼上,我和那个人细细密语,灯火荧荧,帘钩低垂。这般温柔的场景如幻境,又如仙境。绸缪(chóumóu):缠绵。

独自凄凉还自遣,自制离愁——醒来后只剩下我一个,孤独又凄凉,只得独自排遣这离别的愁绪。

新评

从现存《定庵词》中的《无著词选》来看,绝大部分作品都是写春愁秋恨,闺怨别离的柔情之作,小令多而长调少,风格侧艳柔媚,与后期苍劲的词风大为不同。而且无论是词作的思想境界还是艺术风格,都还显得比较稚嫩。“少年哀乐过于人,歌泣无端字字真。”(《己亥杂诗》其一百七十)龚自珍这时只是二十岁不到的青年,情感纤细而敏感,对人生和青春都充满了多情的幻想,这种幻想在他的词中又往往借助于描写梦境来曲折隐晦地表现。本词写梦中红楼上细语绸缪,境界如幻,而醒来后踪迹全无,现实世界中,只能“独自凄凉还自遣”,词境迷离恍惚。温柔的梦幻与冷酷的现实,形成鲜明的对比。对本词的理解,不必胶泥于对词中本事的追寻。

桂殿秋

题解

本词收入《无著词选》,在龚自珍长子龚橙(字孝珙)编定的《孝珙手抄词》中,本词小序文字有删改,首句为“庚午六月望,梦至一区。”可知本词作于嘉庆十五年庚午(1810),时龚自珍十九岁。云廊木秀:指长廊曲折,树木秀丽。水殿:临水的宫殿。金碧:装饰豪华的楼台。嵯(cuó)丽:壮丽。瀣(xiè)气:即沆瀣之气,水气和雾水的结合。解:本为乐章的单位,这里指一首词。

六月九日,夜梦至一区,云廊木秀,水殿荷香,风烟郁深,金碧嵯丽。时也方夜,月光吞吐,在百步外,荡瀣气之空腧,都为一碧。散清景而离合,不知几重?一人告予:此光明殿也。醒而忆之,为赋两解。

明月外,净红尘。蓬莱幽窅四无邻。九霄一派银河水,流过红墙不见人。　　惊觉后,月华浓。天风已度五更钟。此生欲问光明殿,知隔朱扃几万重?

新解

词前小序交待了此词之创作背景。

明月外,净红尘。蓬莱幽窅四无邻——明月之下的仙境,无比洁净,不见人间的红尘。蓬莱宫殿幽静深远,四周没有与之相邻的房屋。红尘:人间尘世。蓬莱:神话传说中的海上三仙山之一。后常用来形容理想境地或作者渴慕的地方,如唐·李商隐《无题》:“蓬山此去无多路,青鸟殷勤为探看。”幽窅(yǎo):幽静深远的样子。

九霄一派银河水,流过红墙不见人——从九天中汩汩流下的银河水,流入红色的蓬莱宫墙之内,不为人所见。古代宫殿外,多有河沟环绕,如北京紫禁城外的金水河。龚自珍这里写梦中仙境所见到的蓬莱宫殿外的御沟水,就是银河,想象奇特。九霄:九天,天空最高的地方。派:江河的支流。一派,一条支流;一条水流。红墙,宫墙。本句化用唐·李商隐《代应》:“本来银汉是红墙。”

惊觉后,月华浓。天风已度五更钟——惊醒后,见月色明丽。风中传来五更的钟声。月华：本指月亮四周出现的彩色光芒。《月令广义》：月之有华，常出于中秋，或十三至十八夜。月华之状，如锦云捧珠，五色鲜荧，磊落匝月中如刺锦。"这里指明亮的月光。五更钟：五更是凌晨3点至5点，钟打五更，说明夜晚即将过去，拂晓即将来临。

此生欲问光明殿，知隔朱扃几万重？——我这一生，将去寻求光明殿的所在，谁知道隔着几万重朱门呢？光明殿：佛教用语，是佛和菩萨所居住的殿堂。这里借指作者寻觅的理想世界。唐·李商隐《无题》："刘郎已恨蓬山远，更隔蓬山一万重。"本句即用其意。朱扃：红色的大门。

新评

这两首词是龚自珍的少年之作，第一首写梦境中所见到的蓬莱宫殿，一幅清幽不沾人间俗尘的仙家景象，而银河水的"流过红墙不见人"，又隐约有其中秘境不可探求之意。第二首写醒来后对梦中仙境的追忆，即使是隔了几万重朱门，不可问津，诗人还是预备用一生来寻求。

小序虽详写梦境历历在目，似乎作者写这两首词真是为了记述一个奇异的梦境，但词中的"光明殿"，则已不仅仅是梦中见到的蓬莱宫殿，而成为龚自珍一生所孜孜追求的理想世界的象征。即使已经知道追求的道路上有着重重的阻碍，词人也将郑重地为之付出一生。即屈原《离骚》"虽九死其犹未悔"之意。段玉裁在《怀人馆词序》中称龚词："银碗盛雪，明月藏鹭，中有异境。"即指龚词于清丽的文字，缥缈的意境之中，更蕴含了此等深刻的内容而言。

点绛唇

十月二日马上作

题解

本词收于《怀人馆词选》，本卷编次中前一首为嘉庆十六年（1811）辛未六月所作的《水调歌头·风雨飒然至》，而第二年嘉庆十七年壬申（1812）四月，龚自珍已经南下。就词中"韦杜"、"江北江南雪"等词句，可知本词所写为北京冬日，故本词必为嘉庆十六年（1811）初冬在北京时所作。

一帽红尘，行来韦杜人家北。满城风色，漠漠楼台隔。　目送飞鸿，影入长天灭。关山绝。乱云千叠，江北江南雪。

新解

一帽红尘，行来韦杜人家北——帽上积着城市中的风尘，我来到都城的城北。一帽：暗用“侧帽”典。《周书·独孤信传》：“（独孤）信在秦州，尝因猎，日暮，驰马入城，其帽微侧。吉旦，而吏民有戴帽者，咸慕信而侧帽焉。其为邻境及士庶所重如此。”本处取其风流自赏意。宋·陈纪《倦寻芳》：“满簪霜雪，一帽尘埃，消几寒食。”韦杜：唐代韦氏、杜氏的并称。韦氏居韦曲，杜氏居杜曲，皆在长安城南，世为望族。时称“韦杜”，世人有“城南韦杜，离天尺五”之称。这里指北京城中贵族豪门所集中居住的地方。

满城风色，漠漠楼台隔——城中正刮着大风，卷起尘土，满城都漠漠一片，人家的楼台隔着尘土，模糊不清。北京冬春之际，大风扬沙，尘土满天，为京华特色。这两句词写得极富地域风情。

目送飞鸿，影入长天灭——我仰望飞雁，直到雁影消失在遥远的天空中。目送飞鸿：眺望天边雁影。晋·嵇康《赠秀才入军》：“目送归鸿，手挥五弦。俯仰自得，游心太玄。”后南朝·宋·刘义庆《世说新语·巧艺》：“顾长康（恺之）道画：‘手挥五弦易，目送飞鸿难。’”这里既是用故典，又是写实景，典故的运用，非常巧妙。

关山绝。乱云千叠，江北江南雪——天边的山脉一线，云层重重叠叠，要下雪了，这雪花将洒遍大江南北。关山：关隘和山川。这里指北京郊区的西山等。

新评

龚自珍生于江南而长于北地，粗旷豪迈的北国风情，对他一生奇崛的性格有很大的影响。这首小令写得笔势极富顿挫感，以入声为韵脚，声调雄浑豪壮。写风是“满城”，“色”字写出北方特有的大风的昏黄。写所见鸿影，更将视线拉往无穷的苍穹之中，境界极其开阔。末句忽荡开，由望“长天”见到的“乱云千叠”，进而想到天阴欲雪，而这雪不限于京城一地，而是遍及江北江南，词中境界，至此更拓一层。可谓尺幅之中，蓄千里之势。

浪淘沙

舟中

题解

本词收于《怀人馆词选》，作于清嘉庆十七年壬申（1812），龚自珍返回南方的途中。从“吴天”、“潮长”等词可知，本词约作于四月，随母亲段驯乘船前往苏州段氏外祖家中之时。

夜起幽梦四更醒，欸乃声停。吴天月落半江阴。蓦地横吹三孔笛，聘取湘灵。　　螺髻锁娉婷，烟雾青青。看他潮长又潮平。香草美人吟未了，防有蛟听。

新解

夜起幽梦四更醒，欸乃声停——夜中四更天时，从梦中醒来，咿呀的船橹声已经停了。四更：凌晨1至3点。欸乃（ǎinǎi）：摇船的声音。唐·柳宗元《渔父》："欸乃一声山水绿。"

吴天月落半江阴——吴地的夜空中，月亮已经落下，江面笼罩在阴影之中。吴天：吴地的天空。吴是春秋时国名，包括今日江苏省南部地区和浙江省北部。苏州古属吴国，所以这里说吴天。

蓦地横吹三孔笛，聘取湘灵——我蓦然吹起横笛，以笛声来迎接湘灵。三孔笛：笛本为七孔，这里说三孔，是为了照顾到词谱中本字平仄的需要。龚自珍自幼便善吹笛，并大有风流时名。时人陈元禄《羽琌逸事》记载："公童时居湖上，有小楼在六桥幽窈之际。尝于春夜，梳双丫髻，衣淡黄衫，倚栏吹笛，歌东坡《洞仙歌》词。观者艳之，为作《湖楼吹笛图》以纪其事。"湘灵：神名。《楚辞·远游》："使湘灵鼓瑟兮。"王逸《楚辞章句》说湘灵是"百川之神。"后人渐将湘灵和湘夫人合为一体。湘灵是善音乐的女性水神，故而龚自珍在江上吹笛，希望能唤来湘灵相见。聘（pìn）取：这里是唤来相见之意。

螺髻锁娉婷，烟雾青青——江上的小山亭亭玉立，仿佛湘灵的螺髻，隔着水雾，青青一片。螺髻：女子高耸如螺的发髻，这里用来比喻江边的青山。此二句化用唐·钱起《省试湘灵鼓瑟》"曲中人不见，江上数峰青"和宋·黄庭坚《雨中登岳阳楼望君山》"满川风雨独凭栏，绾结湘娥十二鬟"诗意。娉婷（pīngtíng）：姿态优美的美女。

看他潮长又潮平——看那江潮潮起潮落。

香草美人吟未了，防有蛟听——我吟诵香草美人的诗篇，未终篇而停，防止水中有邪恶的蛟龙偷听。香草美人：屈原的《离骚》中多以香草象征君子的高贵品质，以美人象征贤臣，这种象征手法为后人采用，称为香草美人。这里指诗人所作的那些含有寄托的诗文。蛟：传说中类似于龙的水中动物，和龙的不同在于，蛟往往有邪恶的含义。本处喻指当时社会中的种种恶势力。《已亥杂诗》其三百一十二首游焦山诗："江天如墨我飞还，折梅不畏蛟龙夺。"与本词同一喻意。

新评

本词的想象十分奇特。词人夜半醒来，正是月亮将落的后半夜，半江阴影，景色略显沉郁幽暗。于是词人吹起清越的笛声，希望能迎来江中的女神。现实世界和神话世界，在词中奇妙地交融，合而为一。“蓦地”一词，不仅富有动作感，而且打破了无声的画面。“螺髻”二句，既是写女神的窈窕，又是写江边山色。想象中所见的虚幻世界和眼前所见现实世界，在龚自珍所塑造的文学世界里变得恍惚迷离，溶为一片。在如此诗意的氛围中，诗人高吟诗句，追念自己敬仰的前贤，然而他也清楚地明白，世界并非都是这样美好，月白风清的良夜，在不可见的幽暗水底，还潜伏着可惧的蛟龙，高吟香草美人诗篇的时候，要提防着它的窃听。诗人于本年考充武英殿校录，社会经验和人生经历都更加丰富，对自己所处的这个黑暗环境的认识，是十分深刻的。

湘　月

题解

本词选自《怀人馆词选》，作于嘉庆十七年(1812)夏。这一年春天，龚自珍由副榜贡生考充武英殿校录。三月，其父龚丽正由京城出任徽州知府(治所在今安徽歙县)，自珍随侍还乡。四月，龚自珍陪同母亲到苏州看望外祖父段玉裁，并在舅家与表妹段美贞结为伉俪。是夏，龚自珍携新婚夫人回到阔别十年的故乡杭州，泛舟西湖时，作《湘月》一词抒怀。

壬申夏，泛舟西湖，述怀有赋。时予别杭州，盖十年矣。

天风吹我，堕湖山一角，果然清丽。曾是东华生小客，回首苍茫无际。屠狗功名，雕龙文卷，岂是平生意？乡亲苏小，定应笑我非计。　　才见一抹斜阳，半堤春草，顿惹清愁起。罗袜音尘何处觅？渺渺予怀孤寄。怨去吹箫，狂来说剑，两样消魂味。两般春梦，橹声荡入云水。

新解

词前小序交待了创作此词之背景。

天风吹我，堕湖山一角，果然清丽——天风浩荡，将我吹落到这湖山之间，西湖的风景果然秀丽无匹。作者常以不能自主的风中落花、飞蓬等物自比，来感慨人生际遇的命运无端。如《己亥杂诗》其三：“罡风力大簸春魂，虎豹沉沉卧九阍。终是落花心绪好，平生默感玉皇恩。”

曾是东华生小客，回首苍茫无际——曾在北京渡过少年时代，此时回忆起在京华的生活，只觉得茫茫无际，感慨万端。东华：北京紫禁城有东华门，这里借指国都北京。龚自珍六岁起随作京官的父亲生活在北京，渡过童年和少年时期。中间除了十岁到十一岁的两年中曾南还外，一直在北京居住，故自称“东华生小客”。

屠狗功名，雕龙文卷，岂是平生意——那点微末的功名职位，岂是我平生志向所在？屠狗：指官职低卑。《史记·樊哙传》说樊哙（kuài）“沛人也，以屠狗为事”。功名：指这一年年初，作者由副榜贡生考充武英殿校录。雕龙：指没有什么价值的诗文。

乡亲苏小，定应笑我非计——要是我的老乡苏小小知道了，一定会笑话我生计安排失当。苏小：即苏小小，南齐时钱塘名妓，墓在西湖侧。唐·韩翊（yì）《送王少府归杭州》：“钱塘苏小是乡亲”。清·袁枚《随园诗话》：“余戏刻一私印，用唐人‘钱塘苏小是乡亲’之句。某尚书过金陵，索余诗册，余一时率意用之。尚书大加诃责。余初犹逊谢，既而责之不休，余正色曰：‘公以为此印不伦耶？在今日观，自然公官一品，苏小贱矣。诚恐百年以后，人但知有苏小，不复知有公也。’一座粲然。”因为袁枚《随园诗话》的影响力，这句唐诗遂脍炙人口。这两句龚词的句式，系化用宋·苏轼《念奴娇·赤壁怀古》：“故国神游，多情应笑我，早生华发。”

才见一抹斜阳，半堤春草，顿惹清愁起——在西湖游赏，只见斜阳半坠，湖堤上春草如茵，这般景色顿时惹起了我的愁思。

罗袜音尘何处觅？渺渺予怀孤寄——我的理想何处可以觅得呢？徒然对着渺茫湖水寄托我的幽思。罗袜：代指美女。三国·曹植《洛神赋》：“凌波微步，罗袜生尘。”渺渺予怀：用宋·苏轼《前赤壁赋》“渺渺兮予怀，望美人兮天一方”的典故。这里是用美人香草的手法，以对美人的思慕来代指作者对理想的追求。

怨去吹箫，狂来说剑，两样消魂味——心中涌起愁思时以箫声寄托愁怨，心中涌起狂侠之气时则以谈论兵法来寄托豪情，这两种情感都令人消魂。箫和剑是龚自珍诗词中反复出现的两个意象，分别代表着龚自珍性格中幽情和壮志的两个部分。说剑：《庄子》有《说剑》篇。这里是指畅谈壮志。

两般春梦，橹声荡入云水——这两句是说：这两种思绪都如春天的幻梦，随着咿呀的摇橹声，在云水之间消散。

新评

龚自珍对于故乡杭州，抱有很深的感情。这一年故地重游，想起上次离开杭州时还是总角少年，而十年后回乡，虽然才二十一岁，自己却已经历了一番仕途坎坷，故而泛舟西湖时，于湖光山色中想起历史上的美人名士，格外的感慨万千。龚自珍是一个早熟的才士，他已经意识到，世人所追逐的“屠狗功名”和“雕龙文卷”，都不是自己平生的志向所在，那么自己孜孜追求的“平生意”，到底能否在今生实现？龚自珍对此是不确定的。正是这种对理想的不确定感，使得他新婚燕尔之际，于美丽的故乡山水中，心头涌起的却是渺渺清愁。“箫”和“剑”从此成为龚自珍笔下一再出现的两个代表性意象，“怨去”二句也由此在当时便受到广泛称赞。十年后，友人为龚自珍作《箫心剑态图》，龚自珍在这首《湘月》词尾附记云：“是词出，歙洪子骏题词序曰：‘龚子璱人近词，有曰‘怨去吹箫，狂来说剑’二语，是难兼得，未曾有也。”

金缕曲

癸酉出都抒怀有赋

题解

本词选于《怀人馆词选》，作于嘉庆十八年(1813)秋天的回南途中。本年四月，龚自珍自徽州北上入京，参加本年的顺天乡试，未第，于本年秋出都返回徽州。

我又南行矣！笑今年鸾飘凤泊，情怀何似？纵使文章惊海内，纸上苍生而已。似春水，干卿何事？暮雨忽来鸿雁杳，莽关山，一派秋声里。催客去，去如水。　　华年心绪从头理，也何聊，看潮走马，广陵吴市？愿得黄金三百万，交尽美人名士。更结尽，燕邯侠子。来岁长安春事早，劝杏花，断莫相思死。木叶怨，罢论起。

新解

我又南行矣！笑今年鸾飘凤泊，情怀何似——我又向南方出发了！可笑今年如此飘泊不定，心中情怀到底如何？鸾飘凤泊：指才俊之人命运多艰。唐·韩愈《岣嵝山诗》：“鸾飘凤泊拏虎螭。”

纵使文章惊海内，纸上苍生而已——纵然文章能在世间引起轰动，也不过是在纸面上妄谈民生罢了，对现实社会起不了影响。

似春水，干卿何事——像那吹皱一池春水的春风一样，能起什么作用？“春水”句：马令《南唐书》卷二十一载，南唐冯延已作《谒金门》词，中有“风乍起，吹皱一池春水”句，国君李璟戏延已曰：“吹皱一池春水，干卿何事？”延已曰：“未若陛下‘小楼吹彻玉笙寒’。”

暮雨忽来鸿雁杳，莽关山，一派秋声里——傍晚时分，忽然下起雨来，天空中雁影不见。萧瑟秋声中，只见关山一片苍茫。杳(yǎo)：不见踪影。莽：苍莽。一派：一片；一阵。秋声：秋日的种种声响。宋·欧阳修有《秋声赋》。

华年心绪从头理，也何聊，看潮走马，广陵吴市——细细分析我青春的心态，也曾经愿意像家乡的名人吴越王钱镠一样，在广陵吴市骑骏马，赏钱塘潮，过着奢侈的生活。华年：青春年华。唐·李商隐《锦瑟》："锦瑟无端五十弦，一弦一柱思华年。"龚自珍本年22岁，故云。聊：姑且，暂且。"看潮"句：指五代时吴越王钱镠。《旧五代史·钱镠传》："镠在杭州垂四十年，穷极富贵。"钱塘江旧日海潮侵城，钱镠修建了江堤，又广建楼台，使得观赏钱塘潮成为杭州一大胜景。广陵：古县名，今江苏省扬州市。钱镠兼淮南节度使，治所就在扬州。吴市：今江苏省苏州市，五代时是吴越国的重要城市。

愿得黄金三百万，交尽美人名士。更结尽，燕邯侠子——我希望得到大量的金钱，来尽情地和天下美人名士相交，更要去认识燕赵地区的豪侠之士。三百万：夸言黄金之多。燕邯侠子：河北一带的侠客。唐·韩愈的《送董邵南游河北序》文中说："燕赵古称多感慨悲歌之士。"龚自珍在北京时，曾和当时一名侠士刘钟汶结交，"倚仗之如左右手"（张祖廉《定盦先生年谱外纪》），道光二年（1822）并有《送刘三》一诗赠之。

来岁长安春事早，劝杏花，断莫相思死——明年北京的春天，还是会早早到来吧，劝那北京的杏花，务必不要因为苦苦地思念我而憔悴。长安：唐代首都，这里指当时的国都北京。这里说劝杏花断莫相思死，其实是反面说自己会苦苦思念北京春景。因为明年没有会试，龚自珍不会去北京。

木叶怨，罢论起——我写下的木叶词，惹起了众多的和作，都是要罢官休隐江湖的议论啊。作者自注："店壁上有"一骑南飞"四字，为《满江红》起句，成如干首，名之曰《木叶词》，一时和者甚众，故及之。"按，《木叶词》今不见于龚自珍词集，当已逸。罢论：罢休之论，即不愿再涉足官场，要退隐山水的议论。

新评

起笔即一声长叹，先声夺人，诗人落第的愤懑，自此激越纸上。继写自己具高才而不得一第，"情怀何似"，是设问，诗人此时的复杂心态，自己也一时难以理清。"纵使"二句，为全篇警策，议论极高。"暮雨"数句写景，苍凉萧瑟中，有幽怨之意。下片转入对自己命运的咀嚼反思，然而依旧气势昂扬，不可一世。"来岁"数句，是借思念京城春事来暗寄自己对都城中发生的政治变幻的不能不关心。结尾"罢论起"一句，前文飞扬的气势至此又转为沉郁顿挫，正和起笔的长声叹息前后呼应。

湘　月

甲戌春泛舟西湖赋此

题解

本词作于嘉庆十九年甲戌(1814)春日。本年三月,龚自珍送妻子段美贞的灵柩返回故乡杭州暂厝,同月泛舟西湖。在嘉庆十七年(1812)夏,龚自珍曾带着新婚的妻子段美贞在家乡杭州西湖泛舟,写下了《湘月·天风吹我》词,两年后,龚自珍旧地重游,再次以同调填词,表达对往事的追念。

湘云如梦,记前年此地,垂杨系马。一抹春山螺子黛,对我轻颦姚冶。苏小魂香,钱王气短,俊笔连朝写。乡邦如此,几人名姓传者?　平生沈俊如侬,前贤尚作,有臂和谁把?问取山灵浑不语,且自徘徊其下。幽草粘天,绿阴送客,冉冉将初夏。流光容易,暂时著意潇洒。

新解

湘云如梦,记前年此地,垂杨系马——湖上云烟如梦,记得前年,曾在西湖岸边的这处垂杨下系马。垂杨系马:这里借指湖上游玩。唐·王维《少年行》:"系马高楼垂柳边。"

一抹春山螺子黛,对我轻颦姚冶——湖外青山一抹,如同螺子黛画出的弯眉,对我微微皱起,娇艳无匹。螺子黛:古代妇女用来画眉的一种青黑色矿物颜料。元·陶宗仪《说郛》卷七八引唐·颜师古《隋遗录》:"(吴)绛仙善画长蛾眉……由是殿脚女争效为长蛾眉,司宫吏日给螺子黛五斛,号为蛾绿。螺子黛出波斯国,每颗直十金。"颦(pín):皱眉。姚冶(yě):妖艳。《荀子·非相》:"今世俗之乱君,乡曲之儇子,莫不美丽姚冶,奇衣妇飾,血气态度,擬于女子。"杨倞注:"《说文》曰:'姚,美好貌;冶,妖。'"

苏小魂香,钱王气短,俊笔连朝写——苏小小香魂千古留名,吴越王钱镠英雄气短,我一支妙笔连日来也写不尽这些杭州历史上的名人。

乡邦如此,几人名姓传者——如此故乡,如此人物,有多少人能留下姓名?

平生沈俊如侬,前贤尚作,有臂和谁把——像我这样的才俊之士,如果那些前辈们还在,我和谁把臂入林?把臂入林:旧指和友人相偕归隐。南朝宋·刘义庆《世说新语·赏誉》:"谢公(安)道:豫章(谢鲲)若遇七贤,必自把臂入林。"把,挽着。林,山林。互挽手臂，表示亲热。

问取山灵浑不语，且自徘徊其下——我欲问山灵，山灵却默默不语，我且在山林中徘徊。

幽草粘天，绿阴送客，冉冉将初夏——满地碧草直至天际，浓密的绿荫遮断归路，时光冉冉，快要到了初夏时节。“幽草”句：化用宋·秦观《满庭芳》词名句“山抹微云，天粘衰草”。

流光容易，暂时著意潇洒——流光容易消逝，暂且潇洒地享受这一刻的时光吧。

新评

起首“如梦”通括惘惘追忆之情，“记前年，垂杨系马”，细写曾泛舟此地的往事。“一抹”句，写湖上风景，青山似悲似喜，情致万千，亦蕴有青山如旧而人事都非之感。于是由如此湖山，转入对历史人物的追思。苏小钱王，一美人一英雄，可见乡邦人物叠出，气象万千。而古人却已都不可及，词人虽欲把臂入林，无奈在当前之世，竟无处可觅一二知己，只得独自徘徊。末尾“流光”二句，是强自宽慰语。

鹊踏枝

过人家废园作

题解

本词收于《怀人馆词选》，作于嘉庆二十年（1815）乙亥六月前。是时，龚自珍随父亲住在徽州知府署中。嘉庆十九年（1814）九月，天理教在北方起义，关心局势的龚自珍作了《尊隐》和《明良论》二文，但没有引起当局的注意。此词借伤春隐约地表达了龚自珍不得见遇于当局的怨愤心情。

漠漠春芜春不住，藤刺牵衣，碍却行人路。偏是无情偏解舞，濛濛扑面皆飞絮。　绣院深沉谁是主？一朵孤花，墙角明如许。莫怨无人来折取，花开不合阳春暮。

新解

漠漠春芜春不住，藤刺牵衣，碍却行人路——春草杂生，漠漠一片，春天已经离去。废园中荆藤缠绕，藤刺扯拉行人的衣服，防碍行走。芜：荒杂。春不住：古典诗词中表现伤春主题时，常设想能将春天留住。如宋·欧阳修《蝶恋花·庭院深深深几许》：“门掩黄昏，无计留春住。”宋·黄庭坚《清平乐·春归何处》：“春归何处？寂寞无行路。若有人知春去处,唤取归来同住。”

偏是无情偏解舞,濛濛扑面皆飞絮——柳絮本是无情之物,却似乎偏偏善于飞舞,漫天都是,扑向人面。柳絮善舞扑人,多见于古典诗词,宋·晏殊《踏莎行·小径红稀》:“春风不解禁杨花,濛濛乱扑行人面。”《红楼梦》中宝钗咏柳絮的《临江仙》词也说:“白玉堂前春解舞。”本词中的飞絮,其所指并不单是晚春风景的点缀,而是用来比喻朝廷中无才无德但却偏偏喜欢兴风作浪的小人,含义与宋·司马光的《客中初夏》“更无柳絮因风起”句相同。

绣院深沉谁是主?一朵孤花,墙角明如许——这深邃的精致庭院,谁是其中的主宰?墙角边开着一枝孤单的花朵,于幽暗中显得格外明丽。南唐·李璟《摊破浣溪沙》:“风里落花谁是主。”绣院:庭院的美称。如许:这般。

莫怨无人来折取,花开不合阳春暮——这朵墙角的孤花,不要怨恨没人来折取欣赏,谁让你在不合适的春暮季节开放呢。这两句从唐·杜秋娘《金缕衣》的“花开堪折直须折,莫待无花空折枝”中化出,而内蕴更深:花需要得到人的欣赏赞美,才不负这一番盛开的美丽,如果开不逢时,错过了游人玩赏的阳春季节,那么只能在墙角独自空守寂寞了。龚自珍生当封建社会和清王朝的末期,他敏感地觉察到了整个社会已经弥漫着“秋气”和“暮色”。他所追慕不已的,是国家繁荣富强的顺康乾诸朝,如得到康熙年间的一本八股文刊本后,就艳羡“家家饭熟书还熟,羡杀承平好秀才”,“国家治定功成日,文士关门养气时”的前代士人生活。(《吴市得旧本制举之文,忽然有感,书其端》)然而命运如此,无可改变,词中这朵在春暮方才盛开的寂寞孤花,是生不逢时的龚自珍的个人写照。

新评

本词全篇通用寄托手法,即美人香草之义。一片荒芜的废园象征作者所处的黑暗社会,“碍却行人路”的牵衣藤刺,象征着作者遭遇的种种阻碍。而无情又到处飞舞的飞絮,是朝廷中那批无才无德,而偏偏上窜下跳的小人的象征。墙角无人欣赏的孤花,则代表着得不到社会承认的龚自珍自己。这一年龚自珍虽尚为二十岁的青年,却早已敏感地省悟到此世与己才之间无可调和的矛盾。清代中后期词坛,几乎是常州词派的天下。常州词派论词,讲究词意在言外的寄托功能。龚自珍虽不属于常州词派中人,但是他从常州学派的刘逢禄学习《公羊春秋》,和常州词派有着一定的联系,其《常州高才篇》,论常州学人之词有句曰:“人人妙擅小乐府,尔雅哀怨声能遒。”可谓深得常州词派之旨。只不过本词中的寄托象征,和常州词派的隐约婉转比起来,更加的畅达明显,婉约之中,仍可见词人奇崛的个性。

百字令

苏州晤归夫人佩珊，索题其集

题解

这首词作于嘉庆二十一年丙子(1816)春。本年龚自珍的父亲龚丽正升任上海苏松太兵备道，龚自珍前往上海随任，途经苏州时，和女诗人归懋仪相识。归懋仪，字佩珊，号虞山女史，江苏常熟人。松江监生李学璜妻。是当时的著名闺阁诗人。著有《绣馀小草》、《绣馀续草》、《听雪词》等。此时约五十馀岁。

扬帆十日，正天风，吹绿江南万树。遥望灵岩山下气，识有仙才人住。一代词清，十年心折，闺阁无前古。兰霏玉映，风神消我尘土。　　人生才命相妨，男儿女士，历历俱堪数。眼底云萍才合处，又道伤心羁旅。南国评花，西州吊旧，东海趋庭去。红妆白也，逢人夸说亲睹。

新解

扬帆十日，正天风，吹绿江南万树——这次由徽州前往上海，是在早春时节。船行十数日，春风吹绿了江南的无数树木。扬帆：指乘舟而行。“天风”二句，化用宋·王安石《泊船瓜州》诗名句：“春风又绿江南岸。”这几句写作者前往苏州，交代路程和时节。“天风”二句虽系化用前人成句，但境界宏大，不用更通用的“春风”而改用作者喜爱的“天风”一词，可见龚自珍高朗旷举的审美倾向。

遥望灵岩山下气，识有仙才人住——遥望苏州的灵岩山下，见这里上有才华之气，明白在此地居住着具有仙才的人士。望气：古人的迷信说法，能望气者，看某地上空“气”的颜色形状，便可以知道这块地的风水或矿产，未来的发展趋势等。这里其实是对自己早就仰慕归懋仪才华的一种曲折的表达方式。

一代词清，十年心折，闺阁无前古——归懋仪清丽的诗词堪称一代名作，是闺阁中前无古人的作者，我对此早已深深倾慕。十年：系泛指，说明对归懋仪久已仰慕。心折：仰慕。按，归懋仪自嫁后二十岁左右便大有诗名，为著名诗人袁枚的女弟子之一，距此时已有三十馀年。归懋仪的女婿袁桐，是龚自珍十二岁时的同窗小友，情谊甚笃，故而龚自珍闻知归懋仪的才名，很可能已经有十几年了。

兰霏玉映，风神消我尘土——归懋仪本人有着出众的风采，一见之下，她的翩翩风神使我忘记了旅途的疲劳。“兰霏”句：形容归懋仪温润如玉，高洁如兰的高雅气质。尘土:指旅途中的风尘。

人生才命相妨,男儿女士,历历俱堪数——人的出众才华似乎总是妨碍自己的命运,在历史中,无论男儿还是女子,这样的例子都可以数出很多。才命相妨:才华对命运有妨碍。唐·李商隐《有感》:"古来才命两相妨"。归懋仪有高才而半生穷困,此时同丈夫一起隐居苏州,过着清贫的生活。清·黄协埙《锄经书舍零墨》中称归懋仪:"性多抑郁,兼之时值坎坷。"陶澍《绣馀续草序》也称归懋仪:"以诗名数十年,穷老且病,吟咏不辍。"可资参考。龚自珍这里说才命相妨,既指归懋仪,又指自己。龚自珍一生自视高才,但到本年为止,会试落第,第一任妻子又新婚不久即去世,故而也感慨命运的多艰。

眼底云萍才合处,又道伤心羁旅——刚刚合上眼睛,看眼中的种种变幻,又要继续伤心的旅途。作者自注:"夫人频年客苏州,颇抱身世之感"。云萍:天上浮云飘拂不定,水中浮萍亦逐水而流,没有定所。这里是比喻人生无常。

南国评花,西州吊旧,东海趋庭去——我在南方欣赏群花,在徽州悼念故人,如今要往上海去探望父亲。作者自注:"予小子住段氏枝园,将之海上省侍,故及之。"南国:泛指南方江浙地区。西州:本处指徽州。"吊旧"即悼念自己三年前去世的第一任妻子段美贞。龚自珍在嘉庆十八年(1813)作的《高阳台》词中有句云:"南国伤谗,西洲怨别,泪痕淹透重衾。"西洲本为《乐府诗集》中《古辞》一诗中女子和恋人相别的地方:"忆梅下西洲,折梅寄江北。"在《高阳台》词中遂指和妻子段美贞分别的徽州。本词中的"南国"和"西州",所指同于《高阳台》词,故仍系指徽州而言。龚自珍此时已经继娶何吉云,故而称前亡妻为"旧"。东海:这里指上海。趋庭:指探望父亲。《论语·季氏》:"(孔子)尝独立,鲤趋而过庭。曰:'学诗乎?'对曰:'未也。''不学诗,无以言。'鲤退而学诗。"鲤,孔子之子伯鱼。后因以"趋庭"为承受父教的代称。作这首词时,龚自珍即将前往上海苏松太兵备道父亲的官署中,故云。

红妆白也,逢人夸说亲睹——归懋仪可称为是女性中的李白啊,从此之后,我可以逢人夸耀说,见过这位著名诗人本人了。作者自注:"夫人适李,有女青莲之目"。红妆:指女性。白也:指著名唐代诗人李白。唐·杜甫《春日忆李白》:"白也诗无敌"。归懋仪夫家姓李,在封建社会中,按照惯例她应被称为李归氏,故龚自珍以同姓的才人李白相比。

新评

与同时代人相比,龚自珍更尊重女性,特别是敬重有才华的女子。他在诗文中又常以美人来寄托自己的理想和追求,而他所幻想的理想型美人,也往往富有文学修养。"吴歈楚词兼国风,深吟浅吟态不同,千篇背尽灯玲珑。"(《能令公少年行》)归懋仪在清代闺阁诗人中佼佼不群,独树一帜,袁枚《随园诗话》称她的作品"雄伟绝不似闺阁语。”龚自珍的这首赠词,也大不同于一般男性文人对女性作者常抱有的赏玩的态度,而是极写这位前辈女诗人超然不群的气质,和自己的衷心崇仰。本词落笔便写“江南万树”,写春景而场景极其壮阔。下面以望气知才比喻闻名来访,充分展现了作者诗文尚“奇”的特色。相见之后,作者本人是风尘仆仆,而女诗人是气质如兰似玉,极其高雅,贬褒之间,可见龚氏一贯的赞美女性的审美倾向。下阕“才命相妨”句,借前人成句,高度概括了归懋仪多才而坎坷的一生,极为沉痛,而“男儿女士,历历俱堪数”,这种沉痛又何尝不是龚自珍自己的夫子自道!

百字令

投袁大琴南

题解

本词选自《怀人馆词选》,约作于嘉庆二十一年(1816)在苏州时。袁大琴南:指龚自珍的童年好友袁桐,号琴南,排行第一,浙江钱塘人。袁枚之侄,归懋仪之婿。能诗,善书法绘画篆刻。二人少年时,曾共师事宋璠。

深情似海,问相逢初度,是何年纪?依约而今还记取,不是前生夙世。放学花前,题诗石上,春水园亭里。逢君一笑,人间无此欢喜。　　无奈苍狗看云,红羊数劫,惘惘休提起。客气渐多真气少,汩没心灵何已。千古声名,百年担负,事事违初意。心头阁住,儿时那种情味。

新解

深情似海,问相逢初度,是何年纪——我们的友情情深如海,在童年第一次相逢的时候,我们才刚过了几岁的生日?初度:生日。

依约而今还记取,不是前生夙世——依稀还记得那些回忆,是今生,不是前世。依约:隐约。夙(sù)世:前世。

放学花前,题诗石上,春水园亭里——记得我们放学归来,在庭园中玩耍,春水荡漾,我们在花前的石上写下诗句。

逢君一笑,人间无此欢喜——与你相逢,彼此一笑,只觉得人间没有什么比这更快乐的事。作者自注:“乃十二岁时情事。”

无奈苍狗看云,红羊数劫,惘惘休提起——无奈的是,自从我们分别后,人间诸事变幻不定,我也历尽坎坷,这些年来的遭遇不堪提起。苍狗看云:“看白云苍狗”的倒装与省略。指世事变幻无常。唐·杜甫《可叹》:“天上浮云似白衣,斯须改变如苍狗。”红羊数劫:指国家多次遭受劫难。古人以为丙午、丁未二年是国家容易发生灾祸的年份。丙丁为火为红,未属羊,故有此称。宋代柴望作《丙丁龟鉴》,历举战国到五代之间的变乱发生在丙午、丁未年的有二十一次之多。

客气渐多真气少,汩没心灵何已——我渐渐变得虚伪而不真诚,心头的灵气都被淹没殆尽。客气:虚伪之气。汩没(gǔmò):淹没,湮灭。

千古声名,百年担负,事事违初意——少年时曾想过要名垂千古,在这一生中对社会担负起责任来,然而如今万事都事与愿违。

心头阁住,儿时那种情味——心头回荡的,是儿时的那种纯真的友情。

新评

龚自珍是一个歌颂赤子之心的人,这就是为何他在一首首的诗词中再三地深情回忆童年的生活,歌颂童真时代的那种未被玷污的纯真心灵。这首送给儿时朋友的赠词,不单是简单地回顾二人昔年的友情而已,而是一个成人龚自珍对少年龚自珍的无限追忆,和对已经失去童真之心的自我忏悔。本词以上下阕分写昔日今朝:儿时往事是“放学花前,题诗石上,春水园亭里”,生动活泼的画面,充满明亮而温暖的色彩,儿时情感是“逢君一笑,人间无此欢喜”,一派不沾染任何人世俗务的天真烂漫。下阕转头以“无奈”二字领起,感情色彩陡然一转。“苍狗看云,红羊数劫”,高度概括十多年间的个人与国家的巨变。国如斯,人如斯,少年的理想和追求都早已被无情的现实击破,“事事违初意”,这是何等的沉痛!踏入成人世界后,心灵的被淹没,被玷污,不仅是龚自珍个人的悲剧,也是无法生存在理想空间中的人类共同的悲剧。末尾二句则再次回照全文,使全词显得情味不尽。

金缕曲

赠李生

题解

本词选自《怀人馆词选》。从词中“海上云萍遇”和“登楼选赋”等词句可知,本词作于上海,作者和被赠者有文字交游。按樊克政《龚自珍年谱考略》,嘉庆二十一年(1816),龚自珍在上海苏松太兵备道府署中,曾和诸生李锐有交游。故本词题中的李生应即指李锐而言。李锐(1768-1817),字尚之,号四香,元和县生员。善数学历法,著有著作多种,不善诗文,而颇工制义。

海上云萍遇。笑频年、开樽说剑,登楼选赋。十万狂花如梦寐，梦里花还如雾。问醒眼看时何许？侬已独醒醒不惯，悔黄金何不教歌舞？明月外，思清苦。　　奇才未必天俱妒？只君家、通眉长爪，偶然仙去。花月湖山骄冶甚，一种三生谁付？只片语、告君休怒。收拾狂名须趁早，鬓星星、渐近中年路。容傍我，佛灯住。

新解

海上云萍遇。笑频年、开樽说剑，登楼选赋——在上海偶然地遇到您，一年多来，我们常常把酒畅谈，选评文字。海上：上海。云萍：此处是萍水相逢之意。开樽：饮酒。说剑：这里指畅谈志向。登楼选赋：梁昭明太子萧统，同文士刘孝绰、王筠等选《文选》三十卷，今镇江、扬州等地皆有文选楼旧址。这里指龚自珍和李锐共同评点诗文。按樊克政《龚自珍年谱考略》，本年龚自珍和李锐曾商榷《礼经》，同读王引之《太岁考》及明赵南星草书诗翰卷等。

十万狂花如梦寐，梦里花还如雾——世事纷纷变幻不定，如同梦中的落花一般，如雾朦胧不定。“梦里”句：梦中花如雾般隐约不分明。唐·白居易《花非花》：“花非花，雾非雾。”

问醒眼看时何许？侬已独醒醒不惯，悔黄金何不教歌舞——问即使醒来，开眼看这世间景象又是什么心情呢？我已经不再习惯这种众人皆醉我独醒的寂寞，后悔为什么不沉溺于声色之中。独醒：《楚辞·渔父》中屈原说自己被流放江潭的原因，是“举世皆浊我独清，众人皆醉我独醒。”本处即用此典，形容整个世间人们对国家民族的命运大多麻木不仁，在这样的环境中，孤独的清醒的自己反而无比痛苦。黄金何不教歌舞：指以金钱眷养歌女舞姬，以女色自娱。唐·白居易《嘲关盼盼》：“黄金不惜买娥眉，拣得如花四五枚。歌舞教成心力尽，一朝身去不相随。”

明月外，思清苦——在明亮的月光下，我的思绪苦涩。

奇才未必天俱妒？只君家、通眉长爪，偶然仙去——奇才之士也许未必全遭到老天的嫉恨，只有您家的奇才李贺，早年夭折，算是一个偶然。“通眉”句：指唐代诗人李贺，字长吉。唐·李商隐《李长吉小传》：“长吉细瘦，通眉，长指爪。”又记李贺临终时，有仙人下降，云天上白玉楼成，天帝召李贺为楼记，李贺遂亡。故而后人多以为李贺成仙。李贺与李锐同姓，所以称为“君家”。这几句说奇才未必天妒，其实是愤激的反语，本意为奇才必遭天妒。

花月湖山骄冶甚，一种三生谁付——风花雪月，湖光山色，如此美丽，我的一生是否就这样渡过？冶：艳丽。三生：佛教认为人有三生，即前生、今生和来生，这里指今生。

只片语、告君休怒——这短短几句话劝告您，您不要发怒。

收拾狂名须趁早，鬓星星、渐近中年路——要趁早收起狂傲的名声啊，不然时光飞逝,很快就会鬓发斑白,人到中年了。鬓星星:鬓角出现点点白发,指人渐渐衰老。宋·蒋捷《虞美人》:"而今听雨僧庐下,鬓已星星也。"

容傍我,佛灯住——老了之后,请让我能够在佛灯下渡过馀生。龚自珍笃信佛教,其诗文经常反映出佛教对他的影响,这里也以佛教为他的最终精神归宿。

新评

这首词是龚自珍青年时期抒情写志的一首力作。无论是风格还是神韵都神似清初阳羡派主将陈维崧的作品。词中慷慨激昂,牢骚满腹。龚自珍此时的身份,是商业最繁华之地上海地方官的长公子,然而贵介公子的富贵生涯,并未使他失去对现实世界清醒而冷峻的认识。在众人皆醉,"万马齐喑"的社会里,孤独的清醒者的灵魂,反而会遭受更多的痛苦。龚自珍一再声称要借助"美人"和佛教来逃离这种精神痛苦,然而对世间苍生不自觉的关切,使得他终究未能成为一名平和的遁世者。

减　兰

题解

本词选自《怀人馆词选》,作于嘉庆二十二年(1817)春的上海。龚自珍偶然发现一包十年前在北京时包起的海棠花瓣,引发了对十年来时光飞逝和自己身世的感叹。减兰,词牌《减字木兰花》的简称。业纸:旧纸。辛幼安"更能消几番风雨":指南宋词人辛弃疾的名作《摸鱼儿》,中有句云:"更能消、几番风雨。匆匆春又归去。惜春长怕花开早,何况落红无数。"悯忠寺:即今日北京法源寺,寺以春日海棠花闻名,是清代北京的胜景之一。十年前龚自珍随父母在北京时,家即住悯忠寺寺南。戊辰:嘉庆十三年(1808)。泫然:流泪的样子。

偶检业纸中,得花瓣一包,纸背细书辛幼安"更能消几番风雨"一阕,乃是京师悯忠寺海棠花,戊辰暮春所戏为也。泫然得句。

人天无据,被侬留得香魂住。如梦如烟,枝上花开又十年。
十年千里,风痕雨点斓斑里。莫怪怜他,身世依然是落花。

新解

词前小序交待了此词的创作背景。

人天无据,被侬留得香魂住——这海棠花无论在人间还是天上都无可凭依,她的一缕香魂被我留住。侬:我,作者自谓。

如梦如烟，枝上花开又十年——往事如烟如梦，迷茫一片，如今枝头海棠花又盛开，离当日已有十年。

十年千里，风痕雨点斓斑里——这包海棠花瓣十年随我来行过千里路途，饱经风雨摧残，已是斑斑点点。这两句，表面是写海棠花的十年来遭受风痕雨点，实际是写作者自己十年来的飘零。这十年来龚自珍的行程南北不定，嘉庆十三年至十六年在北京，十七年三月南下，先到苏州和段美贞结婚，又往徽州。十八年四月，离徽州入京，应会试不第，八月南还，而妻子已经在徽州去世。二十年离徽州到杭州，二十一年后在上海。

莫怪怜他，身世依然是落花——不要奇怪我为什么如此怜惜这包海棠花瓣，因为我的身世也和这落花相似。

新评

小序中所引的的辛弃疾词"更能消几番风雨"，实际上点明全词的主旨：借伤春来寄托词人对时事和自身命运的感怀。龚自珍是一个相当多情的诗人，一包旧日的落花，勾起了作者无穷的伤感。这种伤感不单来自于对落花的怜惜，还来源于因为无情的时光匆匆而逝，从而感到的一种对于生命短暂无常的悲哀。京师悯忠寺的海棠春日依旧在枝头盛开，而这包十年前的花朵，如果不是作者偶然留住香魂一缕，又有谁还记得呢？十年前，龚自珍方入国子监，正是意气风发的十七岁少年，此后，数次应会试，均命运多艰而落第，新婚不久的妻子又不幸病卒。往事如烟，不可回首，而十年来的"风痕雨点"，让作者更是百般滋味在心头，本词题为怜花，实为自怜。

浪淘沙

书愿

题解

选自《影事词选》，本卷词专卷记载龚自珍三十岁（道光元年，1821）前与苏州一妓女恋爱事。

云外起朱楼，缥缈清幽。笛声叫破五湖秋。整我图书三万轴，同上兰舟。　　镜槛与香篝，雅憺温柔。替侬好好上帘钩。湖水湖风凉不管，看汝梳头。

新解

云外起朱楼，缥缈清幽——我要建造起华丽的高楼，高耸入云，楼中清幽的境界缥缈如仙。

笛声叫破五湖秋——在楼上吹笛，笛声划破五湖的秋色。五湖：太湖的别称。叫破：形容笛声的清越。作者《能令公少年行》中亦云携美人泛舟湖上吹笛："笛声叫起春波龙，湖波湖雨来空濛。"

整我图书三万轴，同上兰舟——整理我的图书，带着心爱的美人一起登舟。轴：书籍量词。古书为卷子样式，以纸帛等书写，卷绕在轴上，一卷书即为一轴。图书三万轴，形容书籍之多。唐·韩愈《送诸葛觉往随州读书（李繁时为随州刺史宰相泌之子也）》："邺侯家多书，插架三万轴。"兰舟：即木兰舟，对船的美称。南朝·梁·任昉《述异记》："木兰川在浔阳江中，多木兰树。……七里洲中有鲁班刻木兰为舟，舟至今在洲中。"唐·马戴《楚江怀古》："猿啼洞庭树，人在木兰舟。"

镜槛与香篝，雅憺温柔——舟中生涯，有妆台镜架，熏衣香炉，雅致安详，无比温柔。镜槛：镜架。香篝：指熏衣香炉外可搁衣被的架子，即熏笼。宋·周邦彦《花犯·咏梅》："香篝熏素被"。憺（dàn）：通"澹"，恬淡。

替侬好好上帘钩——替你（指心爱的美人）好好的挂上帘钩。

湖水湖风凉不管，看汝梳头——舟外好水凉风，我一概不管，只愿在舟中帘下，看你梳头。本句暗用唐·元稹《离思》"水晶帘下看梳头"之意。

新评

《影事词》中的女主角，实有其人。但本词与其看作对一段少年情事的纪实，不如看作是作者对心目中一种理想境界的描绘。春秋时的范蠡在建功立业后，携美泛舟，隐居湖上，一直为后世文人所艳羡，认为是隐逸的理想境界。龚自珍在道光元年（1821）所作的《能令公少年行》中，就描绘了一个和本词基本相同的理想梦境："美人十五如花秾，湖波如镜能照容，山痕宛宛能助长眉丰……有时言寻缥缈之孤踪，春山不妒春裙红，笛声叫起春波龙，湖波湖雨来空濛。""湖水湖风凉不管，看汝梳头。"词人所幻想的携美人同隐的境界，温柔动人。

丑奴儿令

题解

本词选自《小奢摩词选》。道光三年（1852），龚自珍作有《漫感》一诗，诗中有"一箫一剑平生意，负尽狂名十五年"之句。句意和字面都与本词相近，故本词应大致作于同时。这一年，龚自珍将从前的词作进行删削，最后定为《无著词选》、《怀人馆词选》、《影事词选》、《小奢摩词选》各一卷，刻入文集中刊行。本词所写即为删定词集后的感想。

沉思十五年中事，才也纵横，泪也纵横，双负箫心与剑名。
春来没个关心梦，自忏飘零，不信飘零，请看床头金字经。

新解

沉思十五年中事，才也纵横，泪也纵横，双负箫心与剑名——我于沉思中回首十五年间的往事，想到自己才气纵横，却屡遭挫折，辜负了自己的理想，不禁泪流满面。十五年：本处指词人十八岁（嘉庆十四年，1809）成人立志以来，到本年的十五年。

春来没个关心梦，自忏飘零，不信飘零，请看床头金字经——春天来了，我却连一个好梦都作不成，我为自己已逝的年华忏悔，然而我不相信此生终将如此，请看我的床头放着佛经。忏：本佛教用语，指为自陈己过，悔罪祈福。这里指对渡过的岁月感到痛惜。金字经：佛经。

新评

本词是龚自珍对渡过的人生所作的回顾总结，词中感慨自己的怀才不遇，有志难申。箫心剑名都空然辜负，飘零的人生中，诗人唯一能找到的寄托，就只有床头的佛经。这反映了诗人身处于那个时代的思想局限，今日的读者亦不必对此苛求。全词朴素，而真情灌注，凄凉感人。

台城路

题解

本词选自《庚子雅词》，于道光二十年庚子（1840）作于江苏南京。是年龚自珍四十九岁，八月初游南京，九月离去，次年即病逝于丹阳。秣陵：南京的古称。卧钟：即明洪武年间所铸钟，今置于南京鼓楼北大钟亭中。钟上本有“洪武二十一年九月吉日铸”的铭文，而作者故意说不知何代物，是为了借古钟引发古今之思。鸡笼山：即今南京鸡鸣山。钧：古代计量单位，三十斤为一钧。

赋秣陵卧钟，在城北鸡笼山之麓，其重万钧，不知何代物也。

山陬法物千年在，牧儿扣之声死。谁信当年，楗槌一发，吼彻山河大地？幽光灵气，肯伺候梳妆，景阳宫里？怕阅兴亡，何如移向草间置？　　漫漫评尽古今，便汉家长乐，难寄身世。也称人间，帝王宫殿，也称斜阳萧寺。鲸鱼逝矣！竟一卧东南，万牛难起。笑煞铜仙，泪痕辞灞水。

新解

小序交待了此词的创作背景。

山陬法物千年在，牧儿扣之声死——这古代的大钟在鸡笼山麓一躺千年，只有牧童无心敲击，钟声低沉。"牧儿"句：笔法类于宋·辛弃疾《归朝欢·题晋臣积翠岩》词："长被儿童敲火苦，时有牛羊磨角去。"同样是以牧竖之流的无知来写出所咏对象的知音难遇，不被时世所重视。山陬（zōu）：山角落。法物：本指帝王仪仗所用器物，后亦指僧人所用的器物。牧儿：牧童。声死：形容被丢弃在草间的巨钟的声音暗哑低沉。

谁信当年，楗槌一发，吼彻山河大地——谁相信这大钟当年被钟锤撞击时，洪亮的声音彻底传遍山河大地？楗槌（jiànchuí）：即犍槌，梵文音译，或指磬，或指钟。山河大地：佛教中用语，常用来指整个世界。如宋·释道衍《五灯会元》卷十正勤希奉禅师条："问：'古人有言，山河大地是汝真善知识。如何得山河大地为善知识去？'师曰：'汝唤甚么作山河大地？'"

幽光灵气，肯伺候梳妆，景阳宫里——巨钟是如此神骏，怎么肯和南朝的景阳钟一样，在深宫中侍候宫女妃嫔之辈的梳洗？"景阳"句：用"景阳钟"典。《南齐书·武穆裴皇后传》："上（萧赜）数游幸诸苑囿，载宫人从后车。宫内深隐，不闻端门鼓漏声，置钟于景阳楼上。宫人闻钟声，早起装饰。"

怕阅兴亡，何如移向草间置——这巨钟不愿再见人间的兴亡变幻，不如移它到长草中安置。

漫漫评尽古今，便汉家长乐，难寄身世——巨钟见识了古往今来的风云变幻，即使是当年汉朝的乐宫长乐宫，也不是它所应待的所在。长乐：长乐宫。汉朝的宫殿，中有悬钟之室。汉高祖时，吕后曾诛杀韩信于长乐钟室。

也称人间，帝王宫殿，也称斜阳萧寺——它可以放置于人间帝王的宫殿中，也可以于斜阳萧瑟中置于荒凉的废寺里。萧寺：寺庙。唐·李肇《唐国史补》："梁武帝造寺，令萧子云飞白大书'萧寺'。"后多有荒凉废寺之意。

鲸鱼逝矣！竟一卧东南，万牛难起——敲钟的鲸杵已经失去，这万钧巨钟长卧在南京这个东南城市，万头健牛也拉它不起。鲸鱼：指钟杵。《文选·班固〈东都赋〉》:“于是发鲸鱼,动华钟。”李善注引薛综云:“海中有大鱼曰鲸,海边又有兽名蒲牢。蒲牢素畏鲸,鲸鱼击蒲牢,辄大鸣。凡钟欲令声大者,故作蒲牢于上。所以撞之者,为鲸鱼。”万牛难起:形容巨钟的沉重。宋·苏轼《咏怪石》:“或在骊山拒强秦,万牛喘汗力莫奔。”

笑煞铜仙,泪痕辞灞水——那汉朝的金铜仙人承露盘真是可笑,离开长安时居然流泪。铜仙:汉武帝好神仙,于宫中建神明台,上有铜仙人,舒掌捧铜盘玉杯,以承云表之露,汉武帝以露和玉屑服之,以求仙道。后魏明帝时,徙长安铜仙人往洛阳,传闻拆盘时,铜仙人流泪。唐·李贺《金铜仙人辞汉歌》即咏此事,有句云:“忆君清泪如铅水。”灞(bà)水:长安城东南三十里处的一条河,河上有桥。唐代人们出长安东门相送亲友,常在灞水上分手。

新评

这首词是龚自珍晚年的力作,笔势苍劲有力,感慨深沉。龚自珍一生自恃才高,但不得赏识。正如曾“吼遍山河大地”的巨钟,被无情地抛弃在荒草之中,与庸俗之辈为伍。但巨钟虽已“扣之声死”,被废多年,却不肯奴颜婢膝,“伺候梳妆,景阳宫里”,汉朝铜仙人因为怀念故君而潸然泪下,这种泪水在巨钟看来是多么的可笑!这种高度的士人自尊,和对皇权的公然轻蔑,在整个封建社会,可谓是振聋发聩的风雷之声,比起唐代李白“安能摧眉折腰事权贵”的思想境界更高一层。龚自珍作为封建社会文学的殿军,和近代文学的先驱,其文字中可贵的现代意识,正在于此。

卖花声

题解

本词选自《庚子雅词》,是龚自珍道光二十年庚子(1840)在江苏南京时的作品。纷红骇绿:原意指花叶被风所吹而杂乱的样子。唐·柳宗元《袁家渴记》:“每风自四山而下,振动大木,掩苒众草,纷红骇绿,蓊葧香气。”这里指世俗菊花的俗艳色彩。东篱古意:东篱用晋·陶渊明《饮酒》中名句“采菊东篱下,悠然见南山”句意,东篱古意指菊花传统的恬淡雅致之美。

近世菊花,纷红骇绿,无复东篱古意,偶客金陵,得墨菊二本,甚娟妙,小词赏之。

我住秣陵西,怪鸟秋啼,也无墨客对挥犀。何处寻秋何处醉?小妹青溪。　　寒菜两三畦,花不成蹊,折归灯下伴凄迷。忽忆青门人缟袂，淡墨曾题。

新解

我住秣陵西，怪乌秋啼，也无墨客对挥犀——我住在南京城的城西，秋日乌鸦乱啼，也没有文友过往清谈。墨客：文士。挥犀：犹挥麈，挥动麈尾。指文士清谈。宋人赵令时撰有《墨客挥犀》和《续墨客挥犀》两种著名笔记，龚自珍这里借用此典。

何处寻秋何处醉？小妹青溪——去什么地方寻觅秋光，什么地方纵情一醉？在有着青溪小妹传说的青溪。小妹青溪：用青溪小姑典。青溪是南京城内发源于钟山的一条溪水。传说汉代秣陵尉蒋子文的三妹未嫁而死，吴孙权时，封蒋子文为中都侯，立庙钟山。约到晋代时，小姑亦被配祀，遂成为青溪之神。南朝乐府有《青溪小姑曲》："开门白水，侧近桥梁；小姑所居，独处无郎。"

寒菜两三畦，花不成蹊，折归灯下伴凄迷——冬天的花圃内种着两三块菜，墨菊花朵稀少，盖不住道路。我折下花枝携回，让它在灯下相伴我的凄凉。寒菜两三畦：化用南朝·庾信《小园赋》中："燋麦两瓮，寒菜一畦"之语。畦（qí）：这里指一块田地。蹊（xī）：小路。

忽忆青门人缟袂，淡墨曾题——忽然回忆起京城城东那个淡素衣裳的人儿，她曾用淡墨为菊花题诗。青门：指汉长安城东南门，本名霸城门。因其门色青，故俗称"青门"或"青城门"。后来泛指京师的东门。缟袂（gǎomèi）：这里用《诗经·郑风·出其东门》"出其东门，有女如云。虽则如云。匪我思存。缟衣綦巾，聊乐我员"的典故，指一位住在北京城东的词人所怀念的女子。缟，白色素绢。袂，衣袖。

新评

自从陶渊明采菊东篱后，菊花遂成为士大夫高雅情操的象征。本词的小序却写俗世菊花已经为迎合世人俗意而变得媚俗，这就更显得词中所咏墨菊的可贵，亦有墨菊不得世人赏识的孤高傲世之意。词的上阕，写词人客居金陵时心绪的寂寞无聊，"怪乌秋啼"的肃杀异境阑入词中，其生硬幽僻为历来词中罕见。所写已经不单单是对自然风物的描绘，而是暗喻人世间的种种逼人风波。龚自珍此时另有一首《台城路·客秣陵》词，词上阕云："青溪一曲容人住，钟山黯然如睡。败苇滩西，孤枫巷左，有个红泥萧寺。翛然高寄，也无客来寻，苔平屐齿。昼拥单衾，蒋侯三妹梦中至。"可以和本词参看。独居如此荒寒之境，而友人不至，无可共谈者，词人惟有于秋光中寻醉而已。在这样的心态中，于荒园中携回的的几枝娟妙墨菊，便成了词人灯下相对的伴侣。末句更递一层，由眼前花，及远方人。而这远方所思之人，又是衣裳素雅，长于吟咏。轻抹淡画，菊耶人耶，同一风神。

清平乐

题解

本词选自《庚子雅词》，约作于道光二十年庚子(1840)秋季在江苏南京时。朱石梅：朱坚，字石梅，浙江绍兴人。画家，善画墨梅。亦善制紫砂壶，创造锡壶砂里，精镌刻，著有《壶史》。瓮(àng)：同“盎”。盆类容器，腹大口小。

朱石梅以红梅四瓮赠行，报谢，即题其画册后。

芙蓉老去，没个销魂处。今雨不来来旧雨，心与亭台俱古。

青溪一曲盘桓，粥鱼茶板荒寒。多谢画师慰我，红妆打桨同还。

新解

芙蓉老去，没个销魂处——芙蓉花已经凋谢，无处可怡情销魂。

今雨不来来旧雨，心与亭台俱古——新朋友不来，来了老友，心境苍老，宛如眼前古旧的楼台亭阁。“今雨”句：用唐·杜甫《秋述》：“寻常车马之客，旧雨来，今雨不来”典。今雨指新结识的朋友，旧雨指老朋友，这里指朱坚。

青溪一曲盘桓，粥鱼茶板荒寒——我闲来在一弯青溪水间盘桓，过着如同寺庙中一般清淡寂寞的日子。粥鱼茶板：又作粥鱼茶鼓。粥鱼即木鱼。寺庙中刳木为鱼形，其中凿空，悬于廊下，粥饭时扣之作声，以集聚僧众。茶板，寺院集聚僧众饮茶时击板为号。清乾隆人祝喆《送从弟东毓南归》：“一梦天涯乳燕飞，粥鱼茶板静相依。”龚自珍用此形容自己这时候在南京生活的枯寂无聊。

多谢画师慰我，红妆打桨同还——多谢画师安慰我的好意，我将带着您送来的梅花乘船归去。画师：指朱坚。红妆：指朱坚送来的两盆红梅。打桨：划船。

新评

龚自珍喜好梅花，在约作于本词同时的名篇《病梅馆记》中说到，自己辞官南还后，曾购梅三百盆。所以本年在龚自珍即将离开南京，返回苏州时，老友朱坚送来梅花赠行。龚自珍十分感动，在朱坚的画册上题词答谢。这一年，辞官后的龚自珍，来往于嘉兴、南京、苏州之间，生涯、心境都无限“荒寒”。他独自盘桓于青溪水边，过着近于寺庙中僧人的枯寂生活。苏轼贬谪惠州时，给友人参寥子的信中说到：“某到贬所半年，凡百粗遣，更不能细说，大略只似灵隐天竺和尚退院后，却在一个小村院子，折足铛中，罨糙米饭吃，便过一生也得。”(《答参寥三首(惠州)》之一)。龚自珍此时的心境,庶几似之。

本词和龚自珍的早期词作相比,已经没有了少年词作的绵丽多情,青壮年词作的飞扬激昂,而是呈现出一种经历尽人生百种况味后的平淡和苍劲。这种朴素简古的词风,大异前人面目,为中国词史的最末章增添了重要的一叶。

◎附　录

龚自珍年谱简编

清乾隆五十七年壬子(1792),一岁

七月,生于浙江杭州东城马坡巷。龚氏先世居涿州,宋代迁山阴,明代迁馀姚,后又迁杭州。祖父敬身,乾隆三十四年(1769)进士,官至云南迤南兵备道。本生祖父禔身,乾隆三十四年(1769)正榜,官内阁中书。父丽正,嘉庆元年(1796)进士,官至江苏苏松太兵备道,曾署江苏安察使。母段驯,著名经学家段玉裁之女。

清乾隆六十年乙卯(1795),四岁

父丽正中浙江乡试第五名举人。

清嘉庆元年丙辰(1796),五岁

父丽正赴京应会试,中进士,分礼部学习行走。

清嘉庆二年丁巳(1797),六岁

随母赴京,侍父家居。

清嘉庆四年己未(1799),八岁

父丽正补授礼部主事。得读旧《登科录》,从父习《昭明文选》。

清嘉庆五年庚申(1800),九岁

九月,祖父敬身去世。父丽正回杭处理丧事,龚自珍随母留住京师,从母口授吴伟业、方舟、宋大樽三家诗文,后龚自珍称此三家诗文为“三别好诗”。

清嘉庆六年辛酉(1801),十岁

八月,随母返杭,经苏州时逢父丽正,时丽正主清江浦讲席。本年已能作诗与母唱和。

清嘉庆八年癸亥(1803),十二岁

从外祖父段玉裁习《说文解字》部目。七月,随父母抵京,十一月,父丽正任军机章京。宋璠来龚家任西席,龚自珍从之读书。

清嘉庆九年甲子(1804),十三岁

作《辩知觉》、《水仙花赋》。

清嘉庆十年乙丑(1805),十四岁

父丽正升礼部员外郎。龚自珍始考古今官制。

清嘉庆十一年丙寅(1806),十五岁

诗始编年。

清嘉庆十二年丁卯(1807),十六岁

父丽正升礼部郎中。读《四库全书总目提要》,始为目录之学。

清嘉庆十三年戊辰(1808),十七岁

入国子监读书,见石鼓文,从此留意石刻文字。闰五月,父丽正任广西乡试正考官。

清嘉庆十五年庚午(1810),十九岁

八月,应顺天乡试,中副贡生。本年,父丽正为取名自珍。填词亦自本年始。

本年有词作《桂殿秋·明月外》、《前调·惊觉后》。

清嘉庆十六年辛未(1811),二十岁

外祖父段玉裁为取表字爱吾。

本年有词作《水调歌头·风雨飒然至》、《瑶台第一层·无分同生偏共死》、《满江红·草白云黄》。

清嘉庆十七年壬申(1812),二十一岁

考充武英殿校录,始为校雠之学。春,随全家返南。四月,父丽正任徽州知府,龚自珍与舅父女段美贞完婚。夏,携妻返杭,有《湘月·天风吹我》词,后同往徽州府署。

已有《怀人馆词》三卷,《红禅词》二卷。

清嘉庆十八年癸酉(1813),二十二岁

四月入京。七月,妻段美贞病卒。八月,应顺天乡试,落第南归。

本年作有《鹊桥仙·飘零也定》、《金缕曲·我又南行矣》词。

清嘉庆十九年甲戌(1814),二十三岁

春季,前往徽州,时父丽正主持重修徽州府志,自珍参与搜集徽州文献。

作有《湘月·湖云如梦》词,《明良论》四篇,《平约篇》等。

清嘉庆二十年乙亥(1815),二十四岁

父丽正任安庆知府。龚自珍娶何吉云为继室。

本年作有《黄山铭并序》、《摸鱼儿·乙亥六月留别新安作》词。

清嘉庆二十一年丙子(1816),二十五岁

父丽正任江苏苏松太兵备道,龚自珍携家眷往上海随任,途经苏州,初识归懋仪,有诗词唱和。

作有《丙子论礼》、《批道论》、《批才论》、《乙丙之际著议》等文。

清嘉庆二十二年丁丑(1817),二十六岁

合所著文稿为《竚泣亭文》一册。读江藩《国朝汉学师承记》,为其作《江子屏所著书序》。

本年九月二十七日,长子橙生于上海。

清嘉庆二十三年戊寅(1818),二十七岁

二月初,和友人钮树玉、叶昶同游太湖洞庭山。有词一首,《纪游诗》一卷,已轶。八月应浙江恩科乡试。九月放榜,中本省第四名举人。

清嘉庆二十四年己卯(1819),二十八岁

初春,赴北京应会试,过苏州,抵京后,住丞相胡同,作《丞相胡同春梦诗》二十首。三月应会试,四月会试放榜,落第。春夏间在北京时作《杂诗》十四首,从刘逢禄受《公羊春秋》,游万柳堂故址、陶然亭等地。有《饮少宰王定九丈鼎宅,少宰命赋诗》诗。秋,南还,十月在苏州,冬在上海苏松太兵备道官署,有《题红蕙花诗册》四首并序。

本年作《西域置行省议》,并上书吐鲁番领队大臣宝兴。

本年作有《行路易》、《梦得"东海潮来怒月明"之句,醒,足成一诗》、《又成一首》、《邻儿半夜哭》等诗。

本年二月二十三日,次子陶生。

清嘉庆二十五年庚辰(1820),二十九岁

新春,再次游太湖洞庭山,有《舟到》、《风意》、《发洞庭舟中怀钮非石树玉叶青原昶》、《此游》诗。

北上赴京,途中作《过扬州》诗。至京后,有《庚辰春日重过门楼胡同故宅》诗,《客春住京师之丞相胡同,有〈丞相胡同春梦诗〉二十绝句。春又深矣,因烧此作,而奠以一绝句》,《春晚送客》等诗。

三月应会试,四月放榜,落第。捐纳得内阁中书一职。

五月初,同周仪暐南下途中,有《逆旅题壁,次周伯恬原韵》诗和《南浦·羌笛落花天》词唱和题壁。至扬州,有《广陵舟中为伯恬书扇》诗,并和友人宋翔凤相会。与一扬州妓善,有《高阳台·宫烛凄烟》词,宋翔凤有和作。

五月底,到上海,于李筠嘉家抄录顺治朝文章三十卷。

秋,至苏州,和友人赵魏、顾广、钮树玉等虎丘秋宴。

本年作《戒诗五章》,拟戒诗。

清道光元年辛巳(1821),三十岁

正月,和顾广圻往苏州邓尉赏梅。

春,将前此所作《怀人馆词》选编为《怀人馆词选》一卷,前所作《影事词》选编为《影事词选》一卷。

未能守诗戒,本年所作诗题为《破戒草》。

夏,赴京,途中过扬州,和友人周仪暐、王嘉禄等看芍药。

抵京后,以内阁中书身份,到内阁行走,得读历朝签及丝纶簿。

与舅父同选外祖父段玉裁之《经韵楼集》,本年由父丽正刊行问世。

清道光二年壬午(1822),三十一岁

将《无著词》(原名《红禅词》)选编为《无著词选》一卷。三月,应会试,落第。与魏源、陈沆等交游,常与包世臣、何绍基等参加陈沆所设的五篚会。陈沆抄有龚自珍古文稿本二卷。九月二十八日,上海家中书楼火灾,龚自珍所著《蒙古图志》及所搜集七阁未收书与千馀种金石拓本毁于火,母亲段驯因而受惊。十一月,南返省亲,十二月抵达上海。

本年被实授内阁中书。将十九岁来所填词作删为六卷。吴文徵为作《箫心剑态图》。

清道光三年癸未(1823),三十二岁

二月下旬抵京。三月,因叔父龚守正任会试同考官,避嫌未试。时与谢阶树、陈沆游,话古今学术。春,有《暮春以事诣圆明园,趋公既罢,因览西郊形胜,最后过澄怀园,和内直友人春晚退直诗六首》。春夏间,作《五经大义终始论》、《五经大义终始答问》一至九,四月末,重读段玉裁《说文解字注》,有题记。六月,编成《定盦初集》十九卷,内有文集三卷,馀集(文)三卷附少作文一卷,诗三卷,《梦草》一卷,馀集(诗)三卷附少作诗一卷,《定盦别集》四卷。《定盦别集》即《无著词选》、《怀人馆词选》、《影事词选》、《小奢摩词选》各一卷。夏,夜值内阁,听茶房说清初遗民傅山事。

参加宣南诗社活动,六月二十一日诗人聚集,纪念欧阳修生日。

七月初一,母段驯卒。龚自珍丁忧南还,九月初,抵上海,因家居故,半年无诗。

《丑奴儿令·沉思十五年中事》约作于本年。

清道光四年甲申(1824),三十三岁

三月,送母柩经苏州返杭安葬,墓上植梅五十株。葬后即返上海。五月,父丽正奉旨到京,送部引见,旋引疾归里。七月,作《金坛方言小记》。八月,与江沅合资助贝墉重刊《圆觉经略疏》,并作后序。

清道光五年乙酉(1825),三十四岁

在上海父署中,与曹籀、费晓楼、王曰申游,王曰申绘《豫园话月图》。

十月服阕,服丧期间无诗。十一月,作《补题李秀才(增厚)〈梦游天姥图〉卷尾(有序)》诗。十二月,在昆山,作《乙酉腊,见红梅一枝,思亲而作,时小客昆山》(二首)诗,时魏源来访。在昆山买地,拟构别墅宝燕阁。得汉玉印,文曰"婕妤妾赵",珍爱甚。作《古史钩沉论》七千言。

清道光六年丙戌(1826),三十五岁

正月,作诗咏去年所得汉玉印,并遍邀友朋唱和。春,携妻何吉云自昆山入京,时父丽正亦自杭入京。三月,应会试,虽经刘逢禄推荐,仍落第,然和魏源因此大得名。

本年作《寒月吟(有序)》诗五首,有携妻归隐之志。

清道光七年丁亥(1827),三十六岁

三月二十七日,往花之寺观海棠,有《西郊落花歌》。四月初一,投牒更名易简,有诗。九月,孝穆皇后安葬东陵,龚自珍以内阁中书身份被派参与其役,有《东陵纪役三首》诗。十月,从自道光元年所作诗中选录一百二十八首,编为《破戒草》一卷,又选录五十七首编为《破戒草之馀》一卷,作跋文一篇,欲戒诗三十六年。

撰成《羽琌山馆金石墨本记》,题诗卷首。

十月,作《梦中作四截句》。为姚祖同作《太常仙蝶歌(有序)》。

《伪鼎行》等作于本年。

父丽正南归。

清道光八年戊子(1828),三十七岁

二月,撰《大誓答问》一卷,刘逢禄为之作序。夏,认为世传《李白集》十之五六皆伪,作《最录李白集》。为王凤生《黄河归棹图》题词《水调歌头·落日万艘下》。

清道光九年己丑(1829),三十八岁

三月应会试,中贡士。三月二十八日,与京城名士多人参加陶然亭饯春会。四月,果勇侯杨芳平定新疆叛乱后还京觐见,龚自珍与之相见于军机处直房,作《书果勇侯入觐》一文。四月殿试,中三甲第十九名,然因书法不合楷法,不得入翰林,被命以知县用,呈请仍回内阁中书任。十二月,上书大学士,乞到内阁看本。

清道光十年庚寅(1830),三十九岁

四月九日,同京城名士多人参加花之寺宴集。

为王凤生《黄河归棹图》再次题词《水调歌头·当局荐公起》。

清道光十一年辛卯(1831),四十岁

夏,曹籀来京,居于龚自珍寓所一月,龚自珍以所撰《大誓答问》相示。九月,为张维屏《国朝诗人征略》作序。

清道光十二年壬辰(1832),四十一岁

春,邀友人会于花之寺。怀念故园玉兰,作《洞仙歌·江东猿鹤》词忆之。夏,京师大旱,有旨在京官员上书直言,龚自珍作《当世急务八条》。

时叔父堂兄弟辈在京者多人,有九龚之集。

本年曹籀于杭州刊刻《大誓答问》。

清道光十三年癸巳(1833),四十二岁

本年,《古史钩沉论》定稿。作《六经正名》、《六经正名答问》。作《左氏春秋服杜补义》一卷、《左氏决疣》一卷。

清道光十四年甲午(1834),四十三岁

六月,游那兴阿苏园,居五日,有诗。时考试差未入选。

本年,《干禄新书》作成。

清道光十五年乙未(1835),四十四岁

任宗人府主事。为王引之作墓志铭。《洞仙歌·香车枉顾》词作于本年。

清道光十六年丙申(1836),四十五岁

春,友人王元凤被遣张家口军台,龚自珍照顾其妻小,分屋与之居。三月,参加花之寺宴集,有《凤凰台上忆吹箫·白昼高眠》词。五月,宴别梁章钜,有文送之。

本年,次女阿莼生。

清道光十七年丁酉(1837),四十六岁

正月,撰成《龙藏考证》七卷,并重定《妙法莲华经》,作《妙法莲华经四十二问》。二月,京察一等引见,被记名,三月,改礼部主事,祠祭司行走,四月,补主客司主事。时同吴荣光探究金石。七月,迁居,为王鹄《盗诗图》题诗。

被选授湖北同知,辞不就。

清道光十八年戊戌(1838),四十七岁

正月,上书礼部堂官,论四司政体沿革。四月,邀友人集饮,往崇效寺看海棠,时将乞养南归。七月,作《会稽茶》诗,决定明年回浙江。十一月,林则徐入京,被命为钦差大臣往广东查禁鸦片,龚自珍有文送之,并表示愿意同往广东,为林则徐派人劝止。冬,被夺俸钱,生活窘迫,于十二月往保定,求助于友人直隶布政使托浑布,并建议其发展冀中的蚕桑生产。

本年,《春秋决事比》六卷编成,文集已编定百卷。

清道光十九年己亥(1839),四十八岁

春,长子橙娶陈宪曾女为妻。

四月二十三日,辞官南下,以一车载文集百卷,一车自载,时眷属尚留京。自本日至十二月二十六日,作七言绝句三百十五首,纪游之外,兼回顾一生事业,合为《己亥杂诗》一卷。五月,到清江浦,识灵箫,得友人何俊资助。六月,到扬州,识小云,并作《己亥六月重过扬州记》,得友人卢元良资助。经镇江、江阴抵苏州,向江苏布政使裕谦陈吴中水利策。继到嘉兴,谒楞严寺访天台宗佛书。七月初九抵杭州,八月,侍老父观潮。时近亲中姊妹某去世,有诗十馀首悼之。到昆山,修整别墅,取《穆天子传》中穆天子饮于羽琌之山典,名为羽琌山馆,供天台宗大师智顗像其中。拟抄全集数十份赠送亲朋。九月,复北上迎取家眷,经苏州、扬州、清江浦、顺河集、铜山,抵曲阜,同孔宪彝游,谒孔庙、孔林。十一月,眷属出京,十二月二十六日,抵昆山,安顿眷属于羽琌山馆。

《病梅馆记》约作于本年。

清道光二十年庚子(1840),四十九岁

春,托吴葆晋做媒,拟嫁次女阿莼与友人孔宪彝之子庆第。

初春,往嘉兴南湖访友人徐荣,住五日,有诗文相赠。时龚自珍拟游两广,徐荣为其作介绍信数封。五月,过苏州吴江。夏至秋,与王鹄同住苏州沧浪亭,和僧人达受有交游。在苏州寄《己亥杂诗》一卷并书信与孔宪彝,又寄《己亥杂诗》一卷与吴葆晋。九月,往南京,住四松庵中,访汤贻汾于纱帽巷之琴隐园,为其祖、父作《画像记》,为其母诗集题《水龙吟·虎头燕颔书生》词。在南京时,与孙麟趾、姚宗木、王鹄等游。时昵某妓,诗词中多及之,而终舍去。秋,离南京,返杭州。

本年所作词36首,录为《庚子雅词》一卷。

清道光二十一年辛丑(1841),五十岁

春,在杭州,就丹阳云阳书院讲席,正月初二日作书与吴葆晋,附去次女阿辛八字。初三日即往丹阳。

闰三月初五,父丽正病卒于杭州。

夏,往淮阴,与沈淦、朱甘澍、江春舲、万承紫等游。七月初三,为河道总督麟庆《鸿雪因缘图记》第二集作序。为于昌进《旧雨轩图》题《鹧鸪天·双桨鸥波又一时》词。八月上旬,在扬州魏源家。本月有信与江苏巡抚梁章钜,约定辞去丹阳云阳书院讲席,而赴上海入梁氏幕府。

八月十二日,暴卒于丹阳。

龚自珍著作主要版本

《定盦文集》三卷,《定盦馀集》附少作一卷

清道光三年(1823)龚氏自刻本

清宣统元年(1909)上海国学扶轮社铅印本

《定盦文集》十三卷

龚橙编校,清抄本

《定盦文集》三卷,《定盦续集》四卷,《定盦文集补》九卷

清同治七年(1868)吴煦刻本

《四部丛刊初编》影印本

民国二十四年(1935)上海商务印书馆《万有文库》本

民国二十五年(1936)上海印书馆《国学基本丛书》本

《定盦文集补编》四卷

清光绪十二年(1886)朱之榛刻本

《四部丛刊初编》影印本

民国二十四年(1935)上海商务印书馆《万有文库》本

民国二十五年(1936)上海印书馆《国学基本丛书》本

《定盦文集轶文》一卷

民国二十四年(1935)上海商务印书馆《万有文库》本

民国二十五年(1936)上海印书馆《国学基本丛书》本

《定盦龚先生集外文》不分卷

清同治元年(1862)魏锡抄本

《龚定盦先生自定文稿》不分卷

抄本

《定盦遗著》一卷

民国十年(1921)《娟镜楼丛刻》排印本

《大誓答问》一卷

清同治六年(1867)《滂喜斋丛书》刻本

清光绪十四年(1888)南菁书院《皇清经解续编》刻本

清光绪十五年(1889)上海蜚英馆《皇清经解续编》石印本

清光绪十六年(1890)《知不足斋丛书》刻本

清光绪间《翠琅玕馆丛书》刻本

民国二十四年(1935)《芋园丛书》本

《春秋决事比》一卷

清光绪十四年(1888)南菁书院《皇清经解续编》刻本

《龚定盦〈说文〉段注札记》一卷

《观古堂汇刻书》本

《蒙古台卡略》一卷,《青海事宜论》一卷,《西域置行省议》一卷,《天寿山说》一卷,《蒙古水道略》一卷,《昌平州说》一卷,《居庸关说》一卷

清光绪十七年(1891)《小方壶斋舆地丛钞》排印本

《翠微山说》一卷

清光绪二十年(1894)《小方壶斋舆地丛钞》排印本

《破戒草》一卷,《破戒草之馀》一卷

清道光龚氏自刻本

《己亥杂诗》一卷

清道光二十年(1840)羽琌别墅龚氏自刻本

清光绪二十三年(1897)元和江氏重刻,名为《定盦续集》

《龚定盦集外未刻诗》一卷

清宣统三年(1911)上海秋星社石印本

《定盦词》五卷

龚橙编校,清抄本

《无著词》一卷

清刘耀椿选辑，清同治刻本

《定盦词》五卷

民国二十六年(1937)开明书店刊本

上海书店1982年重印本

《龚定盦全集》

清光绪二十三年(1897)粤东万本书堂刻本

《龚定盦集》

清光绪二十三年(1897)丰城余氏宝墨斋刻本

《定盦全集》

清光绪二十四年(1888)浙江宝晋斋石印本

《龚自珍全集》

王佩诤校，上海古籍出版社1999年出版

龚自珍研究主要著作

龚自珍编年诗注　刘逸生　周锡䪖注　浙江古籍出版社1995年出版

龚自珍己亥杂诗注　刘逸生注　中华书局1980年出版

龚自珍诗词选　孙钦善选注　中华书局2006年出版

龚自珍诗选　郭延礼选注　齐鲁书社1981年出版

龚自珍鲁迅比较研究　朱奇志著　岳麓书社2004年出版

龚自珍研究　管林　钟贤培　陈新璋著　人民文学出版社1984年出版

龚自珍研究论文集　孙文光等著　上海书店出版社1992年出版

龚自珍评传　陈铭著　南京大学出版社1998年出版

龚自珍全传　阎海清著　长春出版社1996年出版

龚自珍年谱　郭延礼著　齐鲁书社1987年出版

龚自珍年谱考略　樊克政著　商务印书馆2004年出版

《龚自珍集》名言警句

△我有箫心吹不得，落花风里别江南。(《吴山人文征、沈书记锡东饯之虎丘》)
(第001页)

△文格渐卑庸福近，不知庸福究何如？(《杂诗，己卯自春徂夏，在京师作，得十有四

首》其二)(第008页)

△凭君且莫登高望,忽忽中原暮霭生。(《杂诗,己卯自春徂夏,在京师作,得十有四首》其十二)(第010页)

△绿鬓人嗤愁太早,黄金客怒散无名。(《驿鼓三首》其二)(第012页)

△春灯如雪浸兰舟,不载江南半点愁。(《过扬州》)(第013页)

△来何汹涌须挥剑,去尚缠绵可付箫。(《又忏心一首》)(第015页)

△文章酸辣早,知觉鬼神灵。(《因忆两首》其一)(第016页)

△行人临发长亭晚,更折梨花照暮愁。(《春晚送客》)(第018页)

△孝子忠臣一传成,千秋君父名先裂。(《呜呜硁硁》)(第019页)

△秋气不惊堂内燕,夕阳还恋路旁鸦。(《逆旅题壁,次周伯恬原韵》)(第026页)

△美人十五如花秾,湖波如镜能照容,山痕宛宛能助长眉丰。(《能令公少年行并序》)(第030页)

△秋肌出钏凉珑松,梦不堕少年烦恼丛。(《能令公少年行并序》)(第031页)

△乾隆朝士不相识,无故飞扬入梦多。(《寥落》)(第036页)

△相思无十里,同此凤城寒。(《暮雨谣三叠》)(第037页)

△奇士不可杀,杀之成天神。奇文不可读,读之伤天民。(《夜读番禺集,书其尾》其二)(第038页)

△德坚能不死,心苦惜无名。(《赋得香》)(第043页)

△亦是三生影,同听一杵钟。(《辛巳除夕,与彭同年蕴章同宿道观中,彭出平生诗,读之竟夜,遂书其卷尾》)(第047页)

△麟生凤降岂有种,况乃一家中国犹弟兄。(《汉朝儒生行》)(第049页)

△郑人能见邓析子,黄祖能知祢正平。(《投包慎伯世臣》)(第059页)

△俯临太湖春水阔,仰见缥缈晴空悬。(《桐君仙人招隐歌并序》)(第060页)

△风雪衔杯罢,关山拭剑行。(《送刘三》)(第063页)

△安得眼前可归竟归矣,风酥雨腻江南春。(《十月廿夜大风,不寐,起而书怀》)(第065页)

△从来不蓄湘累问,唤出姮娥诗与听。(《夜坐》其一)(第068页)

△沉沉心事北南东,一睨人材海内空。(《夜坐》其二)(第069页)

△一翠扑人冷,空濛溯却遥。(《暮春以事诣圆明园,趋公即罢,因览西郊形胜,最后过澄怀园,和内直友人〈春晚退直〉诗六首》其二)(第071页)

△一种春声忘不得,长安放学夜归时。(《三别好诗有序》其一)(第073页)

△忽作泠然水瑟鸣,梅花四壁梦魂清。(《三别好诗有序》其三)(第073页)

△瓶花帖妥炉香定,觅我童心廿六年。(《午梦初觉,怅然诗成》)(第074页)

△避席畏闻文字狱,著书都为稻粱谋。(《咏史》)(第075页)

△气寒西北何人剑，声满东南几处箫。(《秋心三首》其一)(第 078 页)
△新知触眼春云过，老辈填胸夜雨沦。(《秋心三首》其二)(第 079 页)
△木有文章曾是病，虫多言语不能天。(《释言四首之一》)(第 081 页)
△如钱塘潮夜澎湃，如昆阳战晨披靡。如八万四千天女洗脸罢，齐向此地倾胭脂。(《西郊落花歌》)(第 085 页)
△又如先生平生之忧患，恍惚怪诞百出无穷期。(《西郊落花歌》)(第 085 页)
△匣中龙剑光，一鸣四壁静。夜夜辄一鸣，负汝汝难忍。(《自春徂秋，偶有所触，拉杂书之，漫不诠次，得十五首》其五)(第 093 页)
△酒杯清复深，秋士多春心。且遣秋花妒，毋令秋魄沉。(《秋夜花游》)(第 103 页)
△叱起海红帘底月，四厢花影怒于潮。(《梦中作四截句》其二)(第 105 页)
△珍重不从今日始，出山时节千徘徊。(《题盆中兰花四首》其一)(第 105 页)
△百年心事归平淡，删尽蛾眉惜誓文。(《己亥杂诗》其二)(第 112 页)
△终是落花心绪好，平生默感玉皇恩。(《己亥杂诗》其三)(第 113 页)
△欲浣春衣仍护惜，乾清门外露痕多。(《己亥杂诗》其六)(第 114 页)
△送我摇鞭竟东去，此山不语看中原。(《己亥杂诗》其八)(第 115 页)
△钟簴苍凉行色晚，狂言重起廿年瘖。(《己亥杂诗》其十四)(第 117 页)
△少慕颜曾管乐非，胸中海岳梦中飞。(《己亥杂诗》其三十三)(第 121 页)
△何敢自矜医国手，药方只贩古时丹。(《己亥杂诗》其四十四)(第 121 页)
△从此九州不光怪，羽陵夜色春熊熊。(《己亥杂诗》其七十一)(第 127 页)
△十一年来春梦冷，南游且吃玉川茶。(《己亥杂诗》其九十三)(第 134 页)
△大宙南东久寂寥，甄陀罗出一枝箫。(《己亥杂诗》其九十五)(第 135 页)
△一事平生无齮龁：但开风气不为师。(《己亥杂诗》其一百零四)(第 136 页)
△吟到恩仇心事涌，江湖侠骨恐无多。(《己亥杂诗》其一百二十九)(第 138 页)
△为恐刘郎英气尽，卷帘梳洗望黄河。(《己亥杂诗》其二百五十二)(第 144 页)
△此生欲问光明殿，知隔朱扃几万重？(〔桂殿秋〕"明月外")(第 148 页)
△关山绝。乱云千叠，江北江南雪。(〔点绛唇〕"一帽红尘")(第 149 页)
△香草美人吟未了，防有蛟听。(〔浪淘沙〕"夜起幽梦四更醒")(第 151 页)
△怨去吹箫，狂来说剑，两样消魂味。(〔湘月〕"天风吹我")(第 152 页)
△纵使文章惊海内，纸上苍生而已。似春水，干卿何事？(〔金缕曲〕"我又南行矣")(第 154 页)
△莫怨无人来折取，花开不合阳春暮。(〔鹊踏枝〕"漠漠春芜春不住")(第 157 页)
△侬已独醒醒不惯，悔黄金何不教歌舞？(〔金缕曲〕"海上云萍遇")(第 163 页)
△替侬好好上帘钩。湖水湖风凉不管，看汝梳头。(〔浪淘沙〕"云外起朱楼")(第 165 页)
△谁信当年，楗槌一发，吼彻山河大地？(〔台城路〕"山陬法物千年在")(第 168 页)

图书在版编目（CIP）数据

龚自珍集／（清）龚自珍著；侯荣荣解评．—太原：三晋出版社，2008.10（2018.7重印）
（中国家庭基本藏书·名家选集卷）
ISBN 978－7－5457－0011－4

Ⅰ.龚… Ⅱ.①龚…②侯… Ⅲ.①古典诗歌－作品集－中国－清代②古典散文－作品集－中国－清代 Ⅳ.I 214.92

中国版本图书馆CIP数据核字（2008）第157723号

龚自珍集

著　　者：（清）龚自珍　　**解 评 者：**侯荣荣

责任编辑：李永明　　**审 订 者：**张　强
封面设计：敬人工作室　　**版式设计：**敬人工作室
责任校对：李永明　　**责任印制：**李佳音

出版发行：山西出版传媒集团·三晋出版社（原山西古籍出版社）
地　　址：太原市建设南路21号
电　　话：（0351）4956036（咨询）　4922268（邮购）
传　　真：（0351）4956036
网　　址：http://www.sjcbs.cn
邮　　编：030012

印刷装订：山西出版传媒集团·山西新华印业有限公司
（本书如有破损、缺页、装订错误，请与承印厂联系调换　0351－4120948）

开　　本：787mm×960mm　1/16
字　　数：230千字
印　　张：13
版　　次：2008年10月第1版
印　　次：2018年7月第2次印刷
书　　号：ISBN 978－7－5457－0011－4
定　　价：26.00元